古诗名篇

◎王清淮 编著

中华传统经典系列

中国发展出版社

图书在版编目（CIP）数据

古诗名篇/王清淮编著.—北京：中国发展出版社，2005.1

 ISBN 7-80087-782-5

Ⅰ.古… Ⅱ.王… Ⅲ.古典诗歌—作品集—中国 Ⅳ.I222

中国版本图书馆 CIP 数据核字（2004）第 126468 号

书　　　名：	古诗名篇
著作责任者：	王清淮
出 版 发 行：	中国发展出版社
	（北京市西城区百万庄大街 16 号 8 层　100037）
标 准 书 号：	ISBN 7-80087-782-5/G·97
经　销　者：	各地新华书店
印　刷　者：	北京市翠明文印中心
开　　　本：	880×1230mm　　1/32
印　　　张：	11
字　　　数：	260 千字
版　　　次：	2005 年 1 月第 1 版
印　　　次：	2005 年 1 月第 1 次印刷
印　　　数：	1—8000 册
定　　　价：	20.00 元

咨 询 电 话：(010) 68990692　68990630
购 书 热 线：(010) 68990682　68990686
网　　　址：http://www.develpress.com.cn/
电 子 邮 件：fazhan@drc.gov.cn

版权所有·翻印必究

本社图书若有缺页、倒页，请向发行部调换

前　言

　　言为心声，而诗歌是言语的美化，所以，诗歌的本质在美。

　　中国文化崇尚美，作为美的载体——诗歌，在中国文学中有着崇高的地位。绵延久远，而历久弥新，诗歌，不断给人们以惊喜。远古人们就把狩猎活动诗化了，"断竹、续竹、飞土、逐肉"，砍下竹子做成弓，搭上箭，射中了一只野兽，既表述了劳作过程，更表达了成功的喜悦。中国诗重抒情，也阐发哲理，"二人同心，其利断金；同心之言，其臭如兰"，告诉人们，团结就是力量，心与心的沟通，其言语如兰花般芬芳。也叙事。大禹治水，他的妻子等待他回家，她说的"话"既是叙述一件事，也是诗："候人兮倚！"生活就是诗，把生活诗化是中国文化的突出特征。

　　诗歌源于生活，它在民间产生，在民众中传唱。西周初期，中国诗歌出现了第一个创作和吟诵的高潮，以至中央政府派出专职人员到民间采集诗歌，以"观风俗，知薄厚"，考察为政的得与失。采集来的诗歌经过整理，形成专集，这就是中国的第一部诗歌总集《诗经》。《诗经》内容丰富多彩，形式灵活多样，奠定了中国诗歌的基调。继《诗经》之后，南方的楚文化地区产生了魂丽多姿的《楚辞》，屈原是我国第一位有作品主名的诗人，而《楚辞》自由、浪漫的风格与《诗经》的智慧、质实相得益彰。

　　汉魏六朝时期，中国诗歌臻于成熟，并成功转型。"汉乐府"继承《诗经》传统，反映的社会生活更为广阔，对社会的认识也更深刻。与此同时，文人诗歌甚至专业诗人诗歌更丰富和提升了诗的境界，《古诗十九首》在诗的规范化和意象化方面达到了很高的水平，成为古体诗的样板。汉末"三曹"、"七子"的文人诗创作证明了古体诗的辉煌成就。随着古体诗的成熟，人们又寻求新的表现形式，将诗创作纳入相对固定的规范，即诗的格律化。"格律诗"追求形式的完美，使文学的"诗"与艺术的"歌"更加接近，以至融合无间。格律诗在形式上的"作茧自缚"，却使它在艺术表现力上获得了巨大的成功，这种"唯美主义"的文艺实际上提高了中国诗歌的艺术品位。与诗的格律化相反，陶渊明作诗贴近现实，追求自然，开创了中国诗歌的田园一派，他直接从生活中提取素材，创作了具有永恒艺术生命力的田园诗。

经过隋、唐早期的沉寂，全盛的唐朝迎来了中国诗歌的全盛时代。盛唐时期一扫六朝以来诗界的柔弱与单调，出现了异彩纷呈的诗歌创作态势。形式上，格律诗最后完成了"格律"，古体诗继续繁荣，乐府诗几经嬗变，为几乎所有诗人所钟爱；同时，以古体诗和乐府诗分化出的歌行体，在唐代诗人笔下焕发出青春活力；此外，诗歌进入社会交际领域，酬唱诗以庞大的数量，已难以为人所轻视。内容上，诗歌涵概了社会生活和人类精神活动的各个方面，励志诗、时政诗、军旅诗（边塞诗）、咏史诗、山水诗、哲理诗、爱情诗，纷纭繁复，各有佳妙。

唐代诗歌的辉煌在于诗人众多，在不断涌现的诗人群落中，历史铸就了卓越的诗界领袖，山水诗界的王维、孟浩然；边塞诗界的高适、岑参；咏史诗界的刘禹锡、杜牧；时政诗界的杜甫、白居易；爱情诗界的李商隐；神怪诗界的李贺，就是这样的诗人，他们的诗意、诗体、诗风，或承自前人，或自创机杼，其成就在文学史上罕有比伦。

唐代诗的天空群星灿烂，最为璀灿的两颗星则为李白与杜甫。李白以狂放浪漫的诗风横空出世，引领唐诗攀上诗情诗采完

前言

美结合的艺术顶峰。李白的诗风难以摹仿,但历代诗人中不乏李白的忠诚追摹者,可见李白诗歌的无限魅力。杜甫把家国天下系于一身,他的病弱身体不能承担如此重负,但他那不屈不挠的精神使他获得天下人的同情与尊敬,历史将"诗圣"的桂冠赠与杜甫,他当之无愧。而且,杜甫在诗格律化方面的成就位居泰斗。

晚唐五代时期,中国诗歌再次发生变革,各种诗体继续繁荣的同时,以配乐演唱为主要形式的词逐渐进入文化主流,与诗分庭抗礼,这是俗文学跻身雅文学殿堂的又一范例。唐代词的内涵相对薄弱,以闺阁闲情为主调,南唐冯延巳用诗的手法作词,后主则把词的表现范围扩大为家国兴亡,他们分别在形式和内容上改造了词,为宋代词的崛起开拓了境界。

宋代诗歌依两个系统发展,一为诗,一为词。宋诗虽然规步唐诗,但仍有自己的特色。苏轼将议论、学问和散文引入诗创作,显示了宋人要摆脱唐诗藩篱并试图超越的努力。江西诗派在结构文体方面寻找杜甫诗创作的秘诀,其影响不止于有宋一代。陆游诗高扬爱国的主题,密合时代主旋律,既是复古,又是革新。词系统本身也存在两个系统,一是继承温庭筠、韦庄等"花间词"传统,写女性与闺阁,香艳柔靡;二是继承南唐后主的家园沉思,境界高远。前者早期有欧阳修、柳永,晚宋则有姜夔、吴文英;后者早期有苏轼,南渡后则有辛弃疾。

苏轼以高尚的人格、渊博的学问和不世出的文才雄踞宋代文坛主位,他在诗与词两界都有突出的贡献。他的诗以幽默和哲理为宋诗另开门径,词创作方面,在纯熟填婉约词的同时,更开豪放一派。苏轼词境界雄阔,取材立意高远,词风大开大合,如神龙横天,令人心驰神往。

元代散曲与杂剧伴生,独立于一种新型的诗歌体式。散曲重在咏唱,对韵律要求严格,但不废文采,许多优秀的散曲小令和套曲兼有诗和词的双重优势。明代俗文学兴盛,讲唱和小说繁荣,但诗词曲尤其是诗仍然是文学正宗,优秀的诗人诗作层出不穷。清代迄于近代,诗歌创作虽不似唐代的繁盛,但并未沉寂,经过历史的积淀与裁汰,人们会不断发掘出明清诗歌的瑰宝。

　　本书选取历代诗歌的创作精华,加注释和赏析,目的有两个。第一,为热爱古代诗歌的读者提供一个精而优的文本,也作为我们对中国传统文化的一项事业,贡献给广大读者;第二,为历代诗歌"总成"提供一个较好的简本,也就是说,我们不希望自己的选本"速朽"。在编写过程中,参考了许多相关的著作,在此一并向著作者致谢。

　　因选编者水平所限,这里选编的作品可能不尽恰当,尤其是注释和赏析部分,更会有疏漏和失误,诚恳期待批评指正。

王清淮

2004年12月6日

于北京夔足斋

目 录

关　雎 /《诗经》	1
溱　洧 /《诗经》	3
伐　檀 /《诗经》	5
硕　鼠 /《诗经》	7
无　衣 /《诗经》	9
离　骚 / 屈　原	11
国　殇 / 屈　原	16
陌上桑 / 汉乐府民歌	19
上　邪 / 汉乐府民歌	24
十五从军征 / 汉乐府民歌	26
孔雀东南飞 / 汉乐府民歌	28
羽林郎 / 辛延年	39
行行重行行 /《古诗十九首》	42
青青河畔草 /《古诗十九首》	45
迢迢牵牛星 /《古诗十九首》	47
步出夏门行·观沧海 / 曹　操	49
短歌行 / 曹　操	51
饮马长城窟行 / 陈　琳	54
赠白马王彪 / 曹　植	57
咏　怀 / 阮　籍	63
咏　史 / 左　思	65

归园田居／陶渊明	69
读山海经／陶渊明	73
登池上楼／谢灵运	75
拟行路难／鲍照	78
晚登三山还望京邑／谢朓	80
企喻歌／北朝民歌	83
木兰诗／北朝民歌	85
敕勒歌／北朝民歌	89
送杜少府之任蜀州／王勃	91
长安古意／卢照邻	93
在狱咏蝉／骆宾王	99
从军行／杨炯	101
登幽州台歌／陈子昂	103
春江花月夜／张若虚	105
咏柳／贺知章	108
望月怀远／张九龄	110
过故人庄／孟浩然	112
临洞庭湖赠张丞相／孟浩然	114
从军行／王昌龄	116
出塞／王昌龄	118
芙蓉楼送辛渐／王昌龄	120
黄鹤楼／崔颢	122
观猎／王维	124
使至塞上／王维	126
送元二使安西／王维	128

目 录

山居秋暝 / 王 维	130
凉州词 / 王之涣	132
望天门山 / 李 白	134
蜀道难 / 李 白	137
行路难 / 李 白	141
梦游天姥吟留别 / 李 白	143
将进酒 / 李 白	146
赠汪伦 / 李 白	149
望庐山瀑布 / 李 白	151
月下独酌 / 李 白	153
宣州谢朓楼饯别校书叔云 / 李 白	155
白雪歌送武判官归京 / 岑 参	157
望 岳 / 杜 甫	160
春 望 / 杜 甫	162
茅屋为秋风所破歌 / 杜 甫	164
江畔独步寻花 / 杜 甫	166
兵车行 / 杜 甫	168
秋 兴 / 杜 甫	171
闻官军收河南河北 / 杜 甫	173
旅夜书怀 / 杜 甫	175
登 高 / 杜 甫	177
登岳阳楼 / 杜 甫	179
滁州西涧 / 韦应物	181
游子吟 / 孟 郊	183
早春呈水部张十八员外 / 韩 愈	185

西塞山怀古 / 刘禹锡	187
酬乐天扬州初逢席上见赠 / 刘禹锡	190
江　雪 / 柳宗元	193
登柳州城楼寄漳汀封连四州刺史 / 柳宗元	195
渔　翁 / 柳宗元	197
赋得古原草送别 / 白居易	199
卖炭翁 / 白居易	202
长恨歌 / 白居易	204
琵琶行 / 白居易	211
钱塘湖春行 / 白居易	216
题李凝幽居 / 贾　岛	218
雁门太守行 / 李　贺	220
山　行 / 杜　牧	222
泊秦淮 / 杜　牧	224
赤　壁 / 杜　牧	226
锦　瑟 / 李商隐	228
夜雨寄北 / 李商隐	230
无　题（相见时难）/ 李商隐	232
梦江南（梳洗罢）/ 温庭筠	234
谒金门（风乍起）/ 冯延巳	236
摊破浣溪沙（菡萏香销）/ 李　璟	238
乌夜啼（无言独上）/ 李　煜	240
虞美人（春花秋月）/ 李　煜	242
渔家傲·秋思 / 范仲淹	244
蝶恋花（槛菊愁烟）/ 晏　殊	246

目 录

浣溪沙（一曲新词）/ 晏　殊 …………………………………… 248

东　溪 / 梅尧臣 ………………………………………………… 250

戏答元珍 / 欧阳修 ……………………………………………… 252

雨霖铃（寒蝉凄切）/ 柳　永 …………………………………… 255

登飞来峰 / 王安石 ……………………………………………… 258

泊船瓜洲 / 王安石 ……………………………………………… 260

饮湖上初晴后雨 / 苏　轼 ……………………………………… 262

惠崇春江晚景 / 苏　轼 ………………………………………… 264

水调歌头（明月几时有）/ 苏　轼 ……………………………… 266

江城子·密州出猎 / 苏　轼 …………………………………… 268

念奴娇·赤壁怀古 / 苏　轼 …………………………………… 270

清平乐（春归何处）/ 黄庭坚 …………………………………… 272

鹊桥仙（纤云弄巧）/ 秦　观 …………………………………… 274

苏幕遮（燎沉香）/ 周邦彦 ……………………………………… 276

西河·金陵怀古 / 周邦彦 ……………………………………… 278

醉花阴（薄雾浓云）/ 李清照 …………………………………… 281

声声慢（寻寻觅觅）/ 李清照 …………………………………… 283

满江红（怒发冲冠）/ 岳　飞 …………………………………… 285

书　愤 / 陆游 …………………………………………………… 288

十一月四日风雨大作 / 陆　游 ………………………………… 291

示　儿 / 陆游 …………………………………………………… 293

州　桥 / 范成大 ………………………………………………… 295

四时田园杂兴（昼出耘田）/ 范成大 …………………………… 297

晓出净慈寺送林子方 / 杨万里 ………………………………… 299

观书有感 / 朱　熹 ……………………………………………… 301

水龙吟·登建康赏心亭 / 辛弃疾	303
破阵子·为陈同甫赋壮词以寄之 / 辛弃疾	306
永遇乐·京口北固亭怀古 / 辛弃疾	308
扬州慢（淮左名都）/ 姜 夔	311
过零丁洋 / 文天祥	314
天净沙·秋思 / 马致远	316
旅 兴 / 刘 基	318
山坡羊·潼关怀古 / 张养浩	321
石灰吟 / 于 谦	323
别云间 / 夏完淳	325
后秋兴 / 钱谦益	327
精 卫 / 顾炎武	329
聊斋 / 蒲松龄	331
蝶恋花（辛苦最怜）/ 纳兰性德	333
论 诗 / 赵 翼	335
咏 史 / 龚自珍	337
己亥杂诗（九州生气）/ 龚自珍	339

关　雎

《诗经》

【解题】

　　《诗经》作品产生的时代，上起西周初年，下迄春秋中叶。《诗经》产生的地域，包括今陕西、河南、山西、山东和湖北等省的全部或部分地区，《诗经》实际上是我国最早的北方诗歌总集。

　　《诗经》三百零五篇都是可以入乐的乐歌，按其音乐的不同分为风、雅、颂三大类："风"是民间歌谣，包括十五国风，一百六十篇；"雅"是朝会宴享时用的乐歌，包括《大雅》和《小雅》，一百零五篇，大多是贵族文人的作品；"颂"是宗庙祭祀时用的乐歌，包括《周颂》、《鲁颂》和《商颂》，四十篇，是贵族文人的作品。

　　《诗经》在形式上以四言句式为主，在表现方法上，普遍采用赋、比、兴的手法。"比兴"是《诗经》突出的艺术特点，也是我国古典诗歌重要的特点和传统。

【正文】

　　关关雎鸠，在河之洲。窈窕淑女，君子好逑[1]。
　　参差荇菜，左右流之。窈窕淑女，寤寐求之[2]。
　　求之不得，寤寐思服。悠哉悠哉，辗转反侧[3]。
　　参差荇菜，左右采之。窈窕淑女，琴瑟友之[4]。

参差荇菜，左右芼之。窈窕淑女，钟鼓乐之[5]。

【注释】

[1] 关关：雌雄二鸟互相应和的叫声。雎（jū）鸠：水鸟名。河：黄河。洲：水中高地。窈窕（yǎo tiǎo）：美好貌。好逑（qiú）：犹今语"佳偶"，理想的配偶。

[2] 参差（cēn cī）：长短不齐貌。荇（xìng）菜：水生植物，可食用。流：求取。寤（wù）：醒。寐（mèi）：入睡。

[3] 思、服：思念。悠：忧思貌。辗、转、反、侧：四字都是表示翻来覆去睡不着。

[4] 采：取。琴、瑟：古代的弦乐器。友：亲近。

[5] 芼（mào）：拔取。钟鼓句：是说用钟鼓使她欢乐。

【鉴赏】

《关雎》是一首民间情歌，是《诗经》的第一篇。当初整理过《诗经》的孔子曾对这首诗给予高度评价。称其为："乐而不淫，哀而不伤。"

诗歌开篇四句是为第一节，起到总领全篇的作用。诗人看到成双成对的水鸟在沙洲上娱乐嬉戏，听到它的愉快的叫声，觉得它们是那样的幸福。联想到自己要追求到一个美好的女子是多么的困难。下面的八句则是描写了诗人追求女子，却捉摸不透她的内心，所以比较痛苦，因此夜不能寐。最后四句是诗人渐渐进入幻境，仿佛自己与所爱的姑娘一同弹琴，体味着幸福，又好像在一片鼓乐声中，俩人结成了夫妻，享受着生活的快乐。

这首诗在描写男子对女子的追求过程，丝毫没有淫邪、不庄重的行为。在诗中，作者大量使用了"比、兴"的艺术手法，并用幻境来结尾，显示了高超的写作技巧。

溱洧

《诗经》

【解题】

《溱洧》是一首叙写上巳节（夏历三月初三）游春盛会的诗。据《韩诗》说，郑国风俗，每年上巳节，在溱、洧二水边上，"招魂续魄，袚（fú）除不祥"。青年男女结伴游春，发展爱情。诗中插入对话，一问一答，最为传神。

【正文】

溱与洧方涣涣兮，士与女方秉蕳兮[1]。
女曰："观乎？"士曰："既且[2]。"
"且往观乎！洧之外洵訏且乐[3]。"
维士与女，伊其相谑，赠之以勺药[4]。

溱与洧浏其清矣，士与女殷其盈矣[5]。
女曰："观乎？"士曰："既且。"
"且往观乎！洧之外洵訏且乐。"
维士与女，伊其将谑[12]，赠之以勺药。

【注释】

[1] 溱（zhēn）、洧（wěi）：二水名。蕳（jiān）：香草名，即长在水边的泽兰。

[2] 观：看看。既且：已经去过了。既，已。且（cú），同"徂"。
[3] 且：再。訏（xū）：宽旷。
[4] 维：语助词。伊：语助词。相谑（xuè）：互相调笑。勺药：香草名。赠送勺药是古代男女愿结爱情的表示。
[5] 浏（liú）：清澈貌。殷：众多。盈：满。殷其盈：犹言"人山人海"。
[6] 将谑：犹"相谑"。

【鉴赏】

  这首诗是描写爱情的诗歌。它运用赋的手法，生动地描述了三月上巳节，郑国的青年男女在溱洧河边相约郊游，谈情说爱的情景。

  全诗共分两节，每一节的前两句都是写景，描写溱水上河冰刚刚融化，河水奔腾流淌。青年男女手执兰草出来游玩。"溱与洧浏其清矣，士与女殷其盈矣"，是说溱水和洧水是那么清澈，男男女女的游人是那样的多。冰雪消融，春暖花开。在河边踏青游玩的青年男女纷纷攘攘，喜笑颜开。

  女孩对男孩说："去看看吗？"男孩说："我已经去看过了。"女孩说："你再陪我去看看吗！"于是青年男女便嘻嘻哈哈地一同去了，然后相互赠送勺药。这里勺药与今天的木本芍药不同，它是一种香草，是青年男女有约的象征。在这段对话中表达方式与其他爱情诗不同，而是女孩主动出击，来邀请男孩，"且往观乎"表现了姑娘主动、热情、开朗、大方的性格，于是男孩欣然前往，相约佳期。

  全诗采用复沓形式来表现，这在诗经中是经常可以见到的艺术形式，它能起到令读者感到纯朴亲切的感觉，可以引起读者产生由此及彼的对照和联想。

伐 檀

《诗经》

【解题】

　　这首诗选自《魏风》。《魏风》是西周时期的魏国民歌。魏国君姬姓,首封者不可考,其领土约在今山西西南部,都城在芮城县东北。魏风共七篇,思想性都较强,《伐檀》、《硕鼠》尤其突出。

【正文】

　　坎坎伐檀兮,寘之河之干兮,河水清且涟猗[1]。
　　不稼不穑,胡取禾三百廛兮[2]?
　　不狩不猎,胡瞻尔庭有县貆兮[3]?
　　彼君子兮,不素餐兮[4]!

　　坎坎伐辐兮,寘之河之侧兮,河水清且直猗[5]。
　　不稼不穑,胡取禾三百亿兮[6]?
　　不狩不猎,胡瞻尔庭有县特兮[7]?
　　彼君子兮,不素食兮!

　　坎坎伐轮兮,寘之河之漘兮,河水清且沦猗[8]。
　　不稼不穑,胡取禾三百囷兮[9]?
　　不狩不猎,胡瞻尔庭有县鹑兮[10]?
　　彼君子兮,不素飧兮[11]!

【注释】

[1] 坎坎：伐木声。檀：木名，木质坚韧，可用来造车。寘（zhì）：同"置"，放。干：岸。猗（yī）：语气词。

[2] 稼：耕种。穑（sè）：收割。胡：何，为什么。禾：指谷物、庄稼。廛（chán）：同"缠"，作"束"解。

[3] 狩（shòu）：冬天打猎。猎：夜间打猎。瞻：望见。县：同"悬"，挂。貆（huán）：兽名，即今猪獾。

[4] 素餐：白吃饭。《孟子·尽心篇》赵歧注云："无功白食，谓之素餐。"

[5] 辐：车轮的辐条，代指车。伐辐：伐木造车。直：指直条的波纹。

[6] 亿：同"繶"，亦作"束"解。

[7] 特：三岁的兽。

[8] 轮：车轮，代指车。伐轮：伐木造车。漘（chún）：河边。沦：小波。

[9] 囷（qūn）：圆形粮仓，即"囤"。

[10] 鹑：鸟名，即鹌鹑。

[11] 飧（sūn）：熟食。

【鉴赏】

　　全诗三章重叠，意思相同，按照诗人情感发展的脉络，可分为三层。第一层写伐檀造车的艰辛劳动，当伐木者把亲手砍下的檀树运到河边的时候，面对着流逝的河水，想到自己身负沉重压迫和剥削的枷锁，不觉愤恨不平；第二层写对那些剥削者的愤怒斥责："不稼不穑，胡取禾三百亿兮？不狩不猎，胡瞻尔庭有县特兮？"第三层承此进一步揭露剥削者不劳而获的本质。并用反语对剥削者进行讽刺，"彼君子兮，不素餐兮"，点明主题。

　　本诗在艺术上采用了复沓的形式，每章只更换其相应的几个字，三章重叠，反复咏唱，连番质问，抒发了作者的不满和怨恨情绪。运用鲜明的对比，以农奴的劳而无获与领主坐享其成对照，揭示阶级矛盾的尖锐对立。

硕 鼠

《诗经》

【解题】

　　本诗选自《魏风》。《诗序》说："《硕鼠》，刺重敛也。国人刺其重敛，不修其政，贪而畏人，若大鼠也。"朱熹《诗集传》也说："民困于贪残之政，故托言大鼠害己而去之也。"这些评价基本符合诗的原意和当时的实际情况。

【正文】

　　　　硕鼠硕鼠，无食我黍！三岁贯女，莫我肯顾[1]。
　　　　逝将去女，适彼乐土。乐土乐土，爰得我所[2]！
　　　　硕鼠硕鼠，无食我麦！三岁贯女，莫我肯德[3]。
　　　　逝将去女，适彼乐国。乐国乐国，爰得我直[4]！
　　　　硕鼠硕鼠，无食我苗！三岁贯女，莫我肯劳[5]。
　　　　逝将去女，适彼乐郊。乐郊乐郊，谁之永号[6]！

【注释】

[1] 硕鼠：大鼠。无：同"勿"，不要。三岁：三年；指时间长久。贯：侍奉。女：同"汝"，你。顾：照顾，关心。莫我肯顾：即莫肯顾我。

[2] 逝：誓。逝、誓古时通用。适：往。乐土：快乐的地方，作者理想的社会。下文"乐国"、"乐郊"同此。爰（yuán）：语助词，犹"乃"。

[3] 德：感念恩德。

［4］直：同"值",代价。
［5］苗：禾苗。劳：犒劳,慰劳。
［6］永：长。号：呼号。此句意指："既到乐郊,谁还长嘘短叹?"

【鉴赏】

　　《硕鼠》是《伐檀》一诗的姊妹篇。《伐檀》描写了伐檀的农奴,不堪忍受剥削压迫,对领主产生了强烈的不满和反抗情绪;而《硕鼠》则在思想上由对剥削阶级的不满发展到行动上进行反抗。进而对"硕鼠"提出警告:"无食我黍!"对剥削者的痛恨之情跃然纸上。食了我黍却"莫我肯顾",所以我已经对你不抱任何幻想,要去寻找那让我愉快的"乐土"了。由此可以联想到西周王朝将要崩溃,农奴的大量逃亡是一个重要因素。

　　全诗通篇采用"比"的形式。而且叠章重唱,层层递进,把剥削阶级贪婪、残酷的本性揭露无余,强烈抒发了对剥削者的切齿之恨,同时也表达了对没有剥削、没有压迫的社会理想的向往和追求。这首诗对后世产生了深远的影响。

无 衣

《诗经》

【解题】

  本诗选自《秦风》,大概成于公元之前771年前后。当时因王室内讧,导致戎族人入侵,攻进镐京,周王朝的土地大部分沦陷。因为秦国距周都很近,为保家卫国,秦人遂奋起反抗,于是产生了这首诗。

【正文】

    岂曰无衣?与子同袍[1]。
    王于兴师,修我戈矛,与子同仇[2]。

    岂曰无衣?与子同泽[3]。
    王于兴师,修我矛戟,与子偕作[4]。

    岂曰无衣?与子同裳[5]。
    王于兴师,修我甲兵,与子偕行[6]!

【注释】

[1] 袍:长衣,此指战袍。
[2] 王:周王。于:语助词。兴师:出兵作战。戈:长柄武器,可击可钩。仇:同伴。
[3] 泽:是"襗(zé)"的假借字,贴身内衣。

[4] 戟：长柄武器。形似戈，横直两锋。偕：共同。作：起。
[5] 裳：古时上曰衣，下曰裳。裳，下裙。
[6] 甲：铠甲。兵：兵器。

【鉴赏】

　　本诗表现了战士们齐心协力，同仇敌忾，共赴国难的昂扬斗志和爱国精神。

　　这首诗共分三章。每章第一、二句均以问答的形式分别写"同袍""同泽""同裳"，"无衣"是因为战事紧急，一时来不及制作战袍，由是产生了"三同"。然而，正是这三同，才生动表现战士们克服困难、团结互助的情形。每章第三、四句，先后写"修我戈矛""修我矛戟""修我甲兵"，表现战士们为了国家的安宁，人民的生活，而齐心备战的情景。每章最后一句，写"同仇""偕作""偕行"，表现战士们的爱国感情和大无畏精神。这首诗是最早体现爱国主义思想情操的诗歌之一。

　　本诗在写作上的艺术特色：一是语言具有强烈的艺术效果。以"岂曰无衣"反复提出反问，采用士兵对话形式，重章叠唱，循环往复，逐层推进，激励将士的情绪从而使情感与形式高度统一。二是铺陈其事，逐层深入。全诗采用赋的手法，在铺陈复咏中一层深一层地揭示战士们的崇高精神境界。

离　骚（节选）

屈　原

【解题】

屈原（前340？～前278？），名平，字原，战国后期楚国人。政治家、爱国诗人，楚国宗室贵族。曾任楚怀王左徒，颇受信任。后遭到旧贵族集团的强烈反对，因谗毁而被怀王贬黜、流放。襄王时，被令尹子兰、上官大夫毁谤，又一次被流放于江南边地。在长期的流放中，写下了许多不朽的诗篇。最后投汨罗江而死。

屈原是楚辞的创始人，也是楚辞作家的最高代表。屈原继承并发展《诗经》的"比兴"传统，在楚国民间歌曲的基础上创造了楚辞这一新的诗体，在中国诗歌史上掀开了新的一页。楚辞体具有浓厚的楚地色彩，词藻华美，对偶工巧，以大量运用"兮"字为其特色，与《诗经》相比，更便于表达丰富深刻的社会内容，抒发激情。它标志着由群众文学《诗经》阶段进入自觉的作家创作时代，也标志着我国古典诗歌的发展进入了一个崭新的阶段。屈原的代表作品有《离骚》、《天问》、《招魂》、《九章》和《九歌》。

【正文】

　　长太息以掩涕兮，哀民生之多艰。
　　余虽好修姱以鞿羁兮，謇朝谇而夕替[1]。

既替余以蕙纕兮,又申之以揽茝。
亦余心之所善兮,虽九死其犹未悔[2]!

怨灵修之浩荡兮,终不察夫民心。
众女嫉余之蛾眉兮,谣诼谓余以善淫[3]。

固时俗之工巧兮,偭规矩而改错。
背绳墨以追曲兮,竞周容以为度[4]。

忳郁邑余侘傺兮,吾独穷困乎此时也。
宁溘死以流亡兮,余不忍为此态也[5]!

鸷鸟之不群兮,自前世而固然。
何方圜之能周兮,夫孰异道而相安![6]

屈心而抑志兮,忍尤而攘诟,
伏清白以死直兮,固前圣之所厚[7]。

悔相道之不察兮,延伫乎吾将反。
回朕车以复路兮,及行迷之未远[8]。

步余马于兰皋兮,驰椒丘且焉止息。
进不入以离尤兮,退将修吾初服[9]。

制芰荷以为衣兮,集芙蓉以为裳。
不吾知其亦已兮,苟余情其信芳[10]。

离　骚（节选）

高余冠之岌岌兮，长余佩之陆离。
芳与泽其杂糅兮，唯昭质其犹未亏[11]。

忽反顾以游目兮，将往观乎四荒。
佩缤纷其繁饰兮，芳菲菲其弥章[12]。

民生各有所乐兮，余独好修以为常。
虽体解吾犹未变兮，岂余心之可惩[13]！

【注释】

[1] 太息：叹息。掩涕：拭泪。民生：人生。多艰：多灾多难。好：爱好。修姱：修洁美好。鞿（jī）：马缰绳。羁：马笼头。谇（suì）：谏。替：废弃，贬黜。

[2] 以：因。蕙纕（xiāng）：用蕙作的香囊。申：重（chóng），再加上。揽：持。亦：语助词。善：爱好。九死：犹"万死"。

[3] 浩荡：浩浩荡荡，无思虑貌。众女：比喻楚王左右的众臣。蛾眉：蚕蛾的眉毛细而弯曲，是古代女子美貌的象征，此代指美貌。谣诼（zhuó）：造谣诽谤。善淫：善于淫邪。

[4] 工巧：善于取巧。偭（miǎn）：违背。规：画圆形的工具。矩：画方形的工具。规矩：指法度。错：同"措"，犹言"措施"。绳墨：墨绳，木匠用以正曲直，亦喻法度。追曲：随曲而行。周容：苟合取容。度：常规，原则。

[5] 忳（tún）：忧闷的样子。郁邑：同"郁悒"，忧结不解的样子。侘傺（chàchì）：不得志的样子。宁：宁愿。溘（kè）：忽然。溘死：忽然死去。此态：指苟合取容之态。

[6] 鸷鸟：凶猛的鸟，如鹰、雕等。不群：不与凡鸟为伍。圜：同"圆"。方圜：方圆。

[7] 屈心：委屈己心。抑志：压抑己志。尤：罪过。忍尤：容忍强加的罪名。攘（rǎng）：取。攘诟：承受耻辱。伏：同"服"，保持。死直：

13

为正直而死。厚：重，嘉许。

[8] 相（xiàng）：视，看，引申为"选择"。道：指人生道路。延：伸脖颈。延伫：伸着脖颈踮着脚而望。回：指掉转。复路：走回原来的路。及：趁。行迷：误入迷途。

[9] 步：慢慢走。皋：即江岸、湖岸。兰皋：满是兰草的江岸或湖岸。驰：马急行。离（lí）：遭遇。离尤：犹"获罪"。退：退隐。初服：明言当初的服饰，实指原来的志趣。

[10] 芰（jì）：菱，此指菱叶。芙蓉：莲花。不吾知：是"不知吾"的倒文，即"不了解我"。信芳：确实美好。

[11] 岌岌（jíjí）：高的样子。陆离：长的样子。泽：与芳相对，指污垢。糅（róu）：混杂。昭质：清白的品质。未亏：未受损害。

[12] 反顾：回头看。游目：纵目四望。四荒：四方绝远处。菲菲：香气浓郁。弥：愈，越。章：同"彰"，显著。

[13] 乐：喜好。好修：爱好修养品德。体解：古代的一种酷刑，肢解。惩：改变。

【鉴赏】

《离骚》是我国最早的浪漫主义诗歌杰作，全诗分为九十三节，这里选的是二十节至三十二节，通过回顾因改革弊政而受谗被疏的遭遇，表明自己决不与黑暗势力同流合污的政治态度和"九死未悔"的坚定信念，抒发了诗人忧国忧民、献身理想的爱国感情。

诗歌从"长太息以掩涕兮"至"固前圣之所厚"，这七节述怀，也揭示"朝谇而夕替"（朝进谏而夕见斥）的原因，表达"九死其犹未悔"的意志。"长太息"二句表达了诗人因为同情人民生活的艰苦而常常叹息流泪。自己想要洁身自好，却备受谗谤而遭放逐。但诗人仍对自己的抱负和理想坚定不移。"虽九死而犹未悔"！而且为了保持清白，维护正义而死，这正是前代圣贤

离 骚(节选)

所推崇的。那么又何尝不是死得其所呢?

　　从"悔相道之不察兮"至"岂余心之可惩",这六节反省,检查自己的行为,以退为进,更表现出诗人追求美政、美德而体解未悔的精神和品德。其中最后一节"民生各有所乐兮,余独好修以为常。虽体解吾犹未变兮,岂余心之可惩。"诗人通过自察、自省、自勉,不仅又回到了"虽九死其犹未悔"的境界,而且感情更加深沉,意志更加坚定,于是作出断然的决定:宁肯死去,也不与污浊势力同流。

　　诗中大量运用比兴、象征手法,塑造出一组组富于象征意义的意象群。例如,用"蕙纕"、"揽茝"、"蛾眉"比喻自己的美德;用"灵修"这种神圣的事物比喻君王、君心;用"众女"比喻群奸;用"初服"比喻当初的政治主张;用"鸷鸟"比喻诗人的刚烈不群。语言生动形象。全诗以四句为一节,每节中由两个"兮"字相连,加上固定的偶字韵,使全诗一直在回环往复的旋律中行进,节奏鲜明,富有感染力。

国 殇

屈 原

【解题】

《国殇》是《九歌》的第十首。古时称为国捐躯的人为"国殇",《国殇》就是一篇祭祀为国捐躯将士的祭歌。《九歌》的其他篇都是祭祀天神、地祇的,独此篇是祭祀人鬼(死难英雄)。

【正文】

操吴戈兮被犀甲,车错毂兮短兵接[1]。
旌蔽日兮敌若云,矢交坠兮士争先[2]。
凌余阵兮躐余行,左骖殪兮右刃伤[3]。
霾两轮兮絷四马,援玉枹兮击鸣鼓[4]。
天时怼兮威灵怒,严杀尽兮弃原野[5]。

出不入兮往不反,平原忽兮路超远[6]。
带长剑兮挟秦弓,首身离兮心不惩[7]。
诚既勇兮又以武,终刚强兮不可凌[8]。
身既死兮神以灵,魂魄毅兮为鬼雄[9]。

【注释】

[1] 犀甲:用犀牛皮作的铠甲。错:交错。毂(gǔ):车轮中心的圆木,车轴悬其中,车辐集其外。这里代指战车。

国殇

[2] 矢：箭。坠：落。

[3] 凌：侵犯，指冲击。躐（liè）：践踏。行（háng）：行列。骖（cān）：古时一车驾四马，中间的两马称"服马"，服马外边的两马称"骖马"。殪（yì）：死。

[4] 霾（mái）：一作"埋"，掩埋。絷（zhí）：绊，捆。王逸《楚辞章句》云："言己马虽死伤，更霾车两轮，绊四马，终不反顾，示必死也。"援：引，犹"取"。枹（fú）：鼓槌。玉枹：嵌玉为饰的鼓槌。鸣鼓：特别响的鼓，指战鼓。

[5] 天时：天象。怼（duì）：怨愤。威灵：神灵。天怼灵怒，意谓这一仗打得惊天地，泣鬼神。严：严酷，惨烈。

[6] 反：同"返"，归。平原：指战场。忽：远。超远：犹言"遥远"。

[7] 秦弓：秦国制造的弓最好，代指良弓。首身离：古时常用语，首、身分离，意即"被杀"。不惩：不惧，不悔。

[8] 勇：勇气。武：武艺。终：始终。不可凌：犹"志不可夺"。

[9] 神以灵：神而灵，是说英雄死后成神，精神不死。毅：刚毅。鬼雄：鬼中英雄。

【鉴赏】

　　《国殇》是屈原创作的祭祀为国牺牲的将士的乐歌，取材于秦楚丹阳、蓝田之战，写的是楚军打败仗的情景。屈原在诗中再现了战争的惨烈状况，描写了楚军将士勇敢战斗、慷慨赴死的场面，以激励人们洗雪国耻，寄托诗人的爱国情思。

　　全诗共分两段：第一段写战役的全过程及将士的英勇事迹；"旌蔽日兮敌若云"，可知战役是在敌强我弱的情况下展开的。但是在强敌面前，勇士们并未胆怯，而是"矢交坠兮士争先"，冒着箭雨压奋勇向前。虽然伤亡惨重到了"左骖殪兮右刃伤"的程度，但却越战越勇。"霾两轮兮絷四马，援玉枹兮击鸣鼓"两句描写勇士们毅然地将车轮埋在土里，挽住驾车的骏马，抢起鼓槌,敲响战鼓,最后与敌人同归于尽,场面何其壮烈!

第二段歌唱死难的英雄。想象着这悲壮的场面,诗人于是发出感叹:"诚既勇兮又以武,终刚强兮不可凌"。真是英勇无畏而又武艺超群,是那样的凛然不可侵犯。进而颂扬烈士的伟大。"身既死兮神以灵,魂魄毅兮为鬼雄"。即使死去了,你们却将化为神灵,你们是鬼中的英雄,永远值得人民称颂。诗情悲壮,声调激昂。

本诗艺术感染力很强。诗人运用了多种描写手法,刻划了楚军战士的英雄形象。诗中战士的群像塑造得鲜明生动,真实饱满,再现了一场酷烈的战斗,使人如睹在目,有亲临其境之感。通篇给人以阳刚雄阔之感,它在楚辞体作品中独树一帜。

陌上桑[1]

汉乐府民歌

【解题】

　　本诗选自《乐府诗集》,是汉乐府民歌。最早著录于《宋书·乐志》,题名《艳歌罗敷行》,在《玉台新咏》中,题为《日出东南隅行》。不过更早在晋人崔豹的《古今注》中,已经提到这首诗,称之为《陌上桑》。"陌上桑",意即大路边的桑树,这是故事发生的场所。因为女主人公是在路边采桑,才引起一连串的戏剧性情节。

　　《乐府诗集》是上古至唐五代乐章和歌谣的总集。所收作品以汉魏至隋唐的乐府诗为主,全书共一百卷。南宋郭茂倩编。《乐府诗集》把乐府诗分为郊庙歌辞、燕射歌辞、鼓吹曲辞、横吹曲辞、相和歌辞、清商曲辞、舞曲歌辞、琴曲歌辞、杂曲歌辞、近代曲辞、杂歌谣辞和新乐府辞等十二大类,其下又分若干小类。它所收诗歌,多数是优秀的民歌和文人用乐府旧题所作的诗歌。在现存的诗歌总集中,《乐府诗集》是成书较早,收集历代各种乐府诗最为完备的一部重要总集。

【正文】

　　　　日出东南隅,照我秦氏楼[2]。
　　　　秦氏有好女,自名为罗敷[3]。
　　　　罗敷喜蚕桑,采桑城南隅[4]。

青丝为笼系,桂枝为笼钩[5]。
头上倭堕髻,耳中明月珠[6]。
缃绮为下裙,紫绮为上襦[7]。
行者见罗敷,下担捋髭须[8]。
少年见罗敷,脱帽著帩头[9]。
耕者忘其犁,锄者忘其锄。
来归相怨怒,但坐观罗敷[10]。

使君从南来,五马立踟蹰[11]。
使君遣吏往,问是"谁家姝?"
"秦氏有好女,自名为罗敷[12]。"
"罗敷年几何[13]?"
"二十尚不足,十五颇有余[14]。"
使君谢罗敷:"宁可共载不[15]?"
罗敷前置辞:"使君一何愚!
使君自有妇,罗敷自有夫[16]!

东方千余骑,夫婿居上头[17]。
何用识夫婿?白马从骊驹[18];
青丝系马尾,黄金络马头;
腰中鹿卢剑,可值千万余[19]。
十五府小史,二十朝大夫,
三十侍中郎,四十专城居[20]。
为人洁白皙,鬑鬑颇有须[21];
盈盈公府步,冉冉府中趋[22]。
坐中数千人,皆言夫婿殊[23]。"

陌上桑

【注释】

[1] 陌上桑是《乐府诗集》中的题名，属《相和歌辞》。
[2] 隅（yú）：方。
[3] 好女：美女。自名句：名字本叫罗敷。自名：本名。罗敷（fū）：古代美女的通名，如同上句的"秦氏"是诗歌中美女常用的姓一样。
[4] 蚕桑：这里名词用作动词，指养蚕采桑。
[5] 青丝：青色的丝绳。笼：篮子。系（xì）：篮子上的络绳。钩：篮子的提柄。
[6] 倭堕髻（wō duò jì）：又叫堕马髻，汉代一种时髦发型，发髻歪在头部一侧，呈似堕非堕的样子。明月珠：宝珠名，相传出于西域大秦国。
[7] 缃（xiāng）：杏黄色。绮：有细密花纹的绫类。襦（rú）：短袄。
[8] 行者：过路人。下担：放下担子。捋（lǚ）：用手指顺着抹过去。
[9] 著：戴。帩（qiào）头：包头发的纱巾。
[10] "来归"二句：是说耕田锄地的人回来之后彼此埋怨耽误了农活，都是因为贪看罗敷的缘故。坐：因为。
[11] 使君：东汉人对太守、刺史的称呼。五马：太守所乘的车马。立：停下。
[12] 此二句是罗敷回复太守的话。
[13] "罗敷"句：这是太守的问话。
[14] "二十尚不足"二句：罗敷答话。
[15] 谢：问。也可以解作"告"。宁可：可不可以的意思。载：乘。
[16] 置辞：同"致辞"。一何：何其。
[17] 东方：指夫婿做官的地方。上头：前列，前面。
[18] 何用：何以，根据什么。识：辨认。骊驹（lí jū）：深黑色的小马。
[19] 鹿卢剑：宝剑，剑柄用丝绦缠绕起来，呈辘轳形状。鹿卢：同"辘轳"。
[20] 府小史：府中最低级的小吏。朝大夫：朝廷上的大夫。侍中郎：能出入宫禁，接近皇帝的侍卫官。专城居：独据一城的意思，即指官为州

牧、太守。专:擅,独占。

[21] 晢(xī):白。鬑鬑(lián):须发稀疏的样子。

[22] 公府步:摆出官派踱方步。公府即官府。

[23] 数千人:夸张的数目。殊:特殊,与众不同。

【鉴赏】

　　这首诗热情地歌颂了女主人公罗敷的勤劳、美丽、勇敢、机智和坚贞,揭露了上层社会的腐朽和丑恶。使君被尽情嘲笑,表达了广大人民的愿望。

　　第一段着重写罗敷的美貌和人们对她的美慕。起首四句,交代故事主人公,色泽鲜明,是典型的民间故事式的开场白。接下来八句描写罗敷的衣着打扮和采桑。她提着一只精美的桑篮,络绳是用青丝编成,提把是用桂树枝做就。头上梳着"倭堕髻",耳朵上挂着价值连城的明月珠,上穿紫红绫子袄,下穿杏黄绮罗裙。"行者"以下八句写周围的人被罗敷的美貌所吸引的神态:过路人放下担子,伫立凝视手捋胡须,流露出赞叹的神气。小伙子脱下了帽子,整理着头巾,像是在卖弄和逗引。耕田、锄地的农人看得失了神,活也不干了;回家便互相抱怨。这诙谐夸张,增添了诗歌的戏剧性。

　　第二段描写使君调戏罗敷,提出无理要求。用对话的形式描写了无耻的太守和机智的罗敷。"使君"二句描写使君的气派大,引出使君出场。使君见了罗敷,便派了手下人去问:这是谁家的漂亮女子?多大年纪了?罗敷不动声色,一一作答。使君问道:你可愿意坐上我的车,跟我回去?罗敷义正辞严地回答:"使君一何愚!你有你的妻,我有我的夫。各安其家室,乃是礼教之大义,岂可逾越?"

　　第三段描写罗敷盛赞夫君,拒绝使君、极尽夸张之能事。表现了罗敷的坚定、勇敢机智。罗敷的夫君做着高官,骑着一骏马,青丝系着马尾,黄金络着马头,别着宝剑,价值千万。夫君十五岁做小吏,二十岁就入朝作大夫,三十岁成了天子的亲随侍中郎,如今四十岁,已经做到专权一方的太守。这几句暗含深意,言夫君将来的前程,不可限量,使君难以望其项背。最后是夸丈夫的相貌风采:丈夫皮肤洁白,长着稀稀的美髯,走起路来气度非凡,用这些来反衬使君的委琐丑陋。

　　本诗以叙事为主,融以描写和抒情。将直接描写与间接描写相结合,还运用了夸张、排比等修辞手法,对比手法运用巧妙。语言清新活泼,字里行间蕴含一种乐观、幽默、俏皮的情调。

上 邪[1]

汉乐府民歌

【解题】

　　本诗为《汉铙歌十八曲》之一,是一首民歌,是一个北方女子的爱情誓言。与文人诗词喜欢描写少女初恋时的羞涩情态相反,在民歌中最常见的是以少女自述的口吻来表现她们对于幸福爱情的无所顾忌的追求。这首诗由于这位姑娘表爱方式特别出奇,表爱的誓词特别热烈。

　　这首古诗对后世的影响很大。敦煌曲子词中的《菩萨蛮》在思想内容和艺术表现手法上明显地受到它的启发:"枕前发尽千般愿,要休且待青山烂。水面上秤锤浮,直待黄河彻底枯。白日参辰现,北斗回南面,休即未能休,且待三更见日头。"不仅对坚贞专一的爱情幸福的追求是如出一辙的,并且连续用多种不可能来说明一种不可能的艺术构思也是完全相同的。

【正文】

　　　　上邪!
　　　　我欲与君相知,长命无绝衰[2]。
　　　　山无陵,江水为竭[3],
　　　　冬雷震震,夏雨雪[4],
　　　　天地合,乃敢与君绝![5]

上 邪

【注释】

[1] 上：指天。邪：同"耶"，感叹词。上邪：犹言"天啊"。
[2] 相知：相亲相爱。命：令，使。绝衰：断绝、松弛。
[3] 陵：山峰。山无陵犹言高山变成平地。竭：干涸。
[4] 震震：雷声。雨（yù）雪：下雪。雨：这里用为动词，是下、降的意思。
[5] 天地合：天与地合在一起。

【鉴赏】

  本诗描写了民间男女的热烈爱情，表达了一个青年女子对自己的心上人誓死相爱、忠贞不渝的爱情。

  全诗用女子自抒胸臆的口吻写出，感情热烈，想象奇特。开头三句，女子呼苍天而发誓言，希望她与她所钟爱的男子之间的爱情长久不衰。接着六句，是女子表示永远相爱的决心。这位女子不是从正面直接表示决心，而从侧面表示，她提出了"乃敢与君绝"的五个假设条件，而这个五个假设条件任何一个都绝对不会出现，因此，她也是绝对不会"与君绝"的。这就把她的爱情决心表示得极为坚定。

  首先，本诗语言质朴生动，感情真挚强烈，想象奇特，具有很强的艺术感染力。其次，本诗表达方式新颖，从反面设誓，正话反说，加强了誓词的分量，揭示人物内心世界深刻。第三，全诗句短音促，一句一顿，符合热恋中少女的感情激动，心潮澎湃的特点。

十五从军征

汉乐府民歌

【解题】

　　本诗原属汉乐府《横吹曲》。《乐府诗集》在《汉横吹曲·紫骝马》篇解中载录了本篇开头四句，而于《梁鼓角横吹曲·紫骝马歌辞》篇中收录了全文。

　　本篇有时被作为"古诗"看待。但汉代的"古诗"和乐府诗，很难严格区分。许多曾入乐演唱的作品，后人因不知其原来的音乐分类，就笼统地称为"古诗"。《古诗十九首》中的好几篇，在有些记载中又被称为"乐府"，也属于同样的情况。

【正文】

　　十五从军征，八十始得归。
　　道逢乡里人："家中有阿谁[1]？"
　　"遥看是君家，松柏冢累累[2]。"
　　兔从狗窦入，雉从梁上飞[3]，
　　中庭生旅谷，井上生旅葵[4]。
　　烹谷持作饭，采葵持作羹[5]。
　　羹饭一时熟，不知贻阿谁[6]，
　　出门东向看，泪落沾我衣。

【注释】

　[1] 阿谁：即"谁"。阿：语助词。

十五从军征

[2] 冢（zhǒng）：高坟。
[3] 兔从狗窦入：野兔从狗洞钻进院子。狗窦：狗洞。窦：孔穴。雉（zhì）：野鸡。梁：房梁。
[4] 中庭：庭院中。旅谷：不种自生的谷。旅葵：自生的葵。葵：菜名，又叫冬葵，古人重要蔬菜之一。
[5] 烹：亦作"舂"。
[6] 羹：汤。贻（yí）：赠送。

【鉴赏】

　　这首诗通过记叙一个老兵的不幸遭遇，揭露了汉代统治者穷兵黩武的政策和不合理的兵役制度给劳动人民造成的深重灾难。

　　开头两句，起得很平，简单交代了从军的年数：整整六十五年。"始"字已强有力地揭示了当时兵役制度的惨无人道。老兵归途中不断地设想着亲人团聚的欢乐。父母或许已经不在人间，兄弟姐妹们大概也难以相识？当他在途中遇到"乡里人"时，忍不住问道："我家里还有谁活着？""乡里人"的回答，是那样一个难以接受的事实：远远望去，松柏之下，坟茔相连的地方，便是你的家！原来，家中的亲人早已在战乱中死去。

　　"兔从狗窦入"四句写老兵来到已经不成其为"家"的家中，只见野兔从往日留给看门狗进出的墙洞里窜入，野鸡在屋梁上扑翅飞起，庭院中长满野谷，井台旁长满野生的葵草。老兵只好一个人采来野谷、野葵煮成饭菜，可是有谁陪着他一起吃？"羹饭一时熟"二句，写出生活对他的又一次沉重打击，亲人都已不在，他孑然一身，只能孤苦生活。最后二句写老兵难以下咽，十分心酸，出门东望，一片荒凉，他老泪纵横，湿透衣衫。

　　本诗语言朴实无华，纯用白描，但其中蕴含的深沉感情却令人悲怆，颇具感染力。其次，诗的环境描写和人物心理刻划极其成功，真切生动地表现了老兵的悲痛、孤独之感。

孔雀东南飞[1]

汉乐府民歌

【解题】

本诗为汉乐府民歌,最早见于《玉台新咏》,原题为《古诗为焦仲卿妻作》。本诗是我国古代文学史上最早的一首长篇叙事诗,也是我国古代最优秀的民间叙事诗,它与《木兰辞》并称我国古代诗歌史上的"乐府双璧"。全诗共一千七百八十五字,"古今第一首长诗也。淋淋漓漓,反反复复,杂述十数人口中语,而各肖其声音面目,岂非化工之笔"(《古诗源》卷四)。

【正文】

孔雀东南飞,五里一徘徊[2]。"十三能织素,十四学裁衣,十五弹箜篌,十六诵诗书[3]。十七为君妇,心中常苦悲。君既为府吏,守节情不移[4]。鸡鸣入机织,夜夜不得息。三日断五匹,大人故嫌迟[5]。非为织作迟,君家妇难为。妾不堪驱使,徒留无所施[6]。便可白公姥,及时相遣归[7]。"

府吏得闻之,堂上启阿母:"儿已薄禄相,幸复得此妇[8]。结发同枕席,黄泉共为友[9]。共事二三年,始尔未为久[10]。女行无偏斜,何意致不厚[11]?"阿母谓府吏:"何乃太区区!此妇无礼节,举动自专由[12]。吾意久怀忿,汝岂得自由!东家有贤女,自名秦罗敷[13]。可怜体无比,阿母为汝求[14]。便可速遣之,遣去慎莫留!"府吏长跪告,伏惟启阿母:"今若遣此妇,终老不复取[15]!"阿母得闻之,槌床便大怒:"小子无所畏,何敢助妇语!吾已失恩义,会不相从许[16]!"

　　府吏默无声,再拜还入户。举言谓新妇,哽咽不能语:"我自不驱卿,逼迫有阿母[17]。卿但暂还家,吾今且报府[18]。不久当归还,还必相迎取[19]。以此下心意,慎勿违吾语[20]。"新妇谓府吏:"勿复重纷纭!往昔初阳岁,谢家来贵门[21]。奉事循公姥,进止敢自专?昼夜勤作息,伶俜萦苦辛[23]。谓言无罪过,供养卒大恩[24]。仍更被驱遣,何言复来还?妾有绣腰襦,葳蕤自生光[25]。红罗复斗帐,四角垂香囊[26]。箱帘六七十,绿碧青丝绳[27]。物物各自异,种种在其中。人贱物亦鄙,不足迎后人[28]。留待作遗施,于今无会因[29]。时时为安慰,久久莫相忘。"

　　鸡鸣外欲曙,新妇起严妆[30]。着我绣夹裙,事事四五通[31]。足下蹑丝履,头上玳瑁光[32]。腰若流纨素,耳著明月珰[33]。指如削葱根,口如含朱丹[34]。纤纤作细步,精妙世无双。上堂谢阿母,母听去不止[35]。"昔作女儿时,生小出野里[36]。本自无教训,兼愧贵家子。受母钱帛多,不堪母驱使[37]。今日还家去,念母劳家里[38]。"却与小姑别,泪落连珠子:"新妇初来时,小姑始扶床;今日被驱遣,小姑如我长[39]。勤心养公姥,好自相扶将;初七及下九,嬉戏莫相忘[40]。"出门登车去,涕落百余行。

　　府吏马在前,新妇车在后,隐隐何甸甸,俱会大道口[41]。下马入车中,低头共耳语:"誓不相隔卿!且暂还家去,吾今且赴府。不久当还归,誓天不相负[42]。"新妇谓府吏:"感君区区怀。君既若见录,不久望君来[43]。君当作磐石,妾当作蒲苇。蒲苇纫如丝,磐石无转移[44]。我有亲父兄,性行暴如雷,恐不任我意,逆以煎我怀[45]。"举手长劳劳,二情同依依[46]。

　　入门上家堂,进退无颜仪[47]。阿母大拊掌:"不图子自归[48]！十三教汝织，十四能裁衣，十五弹箜篌，十六知礼仪，十七遣汝嫁，谓言无誓违[49]。汝今无罪过，不迎而自归？"兰芝惭阿母："儿实无罪过。"阿母大悲摧[50]。

还家十余日，县令遣媒来。云"有第三郎，窈窕世无双，年始十八九，便言多令才[51]"。阿母谓阿女："汝可去应之。"阿女衔泪答："兰芝初还时，府吏见丁宁，结誓不别离。今日违情义，恐此事非奇[52]。自可断来信，徐徐更谓之[53]。"阿母白媒人："贫贱有此女，始适还家门[54]。不堪吏人妇，岂合令郎君？幸可广问讯，不得便相许[55]。"

媒人去数日，寻遣丞请还[56]，说"有兰家女，承籍有宦官[57]。"云"有第五郎，娇逸未有婚，遣丞为媒人，主簿通语言[58]。"直说太守家，有此令郎君，既欲结大义，故遣来贵门[59]。阿母谢媒人："女子先有誓，老姥岂敢言[60]？"阿兄得闻之，怅然心中烦，举言谓阿妹："作计何不量[61]！先嫁得府吏，后嫁得郎君。否泰如天地，足以荣汝身[62]。不嫁义郎体，其往欲何云[63]？"兰芝仰头答："理实如兄言。谢家事夫婿，中道还兄门，处分适兄意，那得自任专[64]？虽与府吏要，渠会永无缘！登即相许和，便可作婚姻。"

媒人下床去，诺诺复尔尔[65]。还部白府君[66]："下官奉使命，言谈大有缘。"府君得闻之，心中大欢喜。视历复开书，便利此月内，六合正相应[67]。"良吉三十日，今已二十七，卿可去成婚[68]。"交语速装束，络绎如浮云。青雀白鹄舫，四角龙子幡，婀娜随风转；金车玉作轮，踯躅青骢马，流苏金镂鞍[69]。赍钱三百万，皆用青丝穿。杂采三百匹，交广市鲑珍[70]。从人四五百，郁郁登郡门[71]。

阿母谓阿女："适得府君书，明日来迎汝。何不作衣裳？莫令事不举[72]！"阿女默无声，手巾掩口啼，泪落便如泻。移我琉璃榻,出置前窗下[74]。左手持刀尺,右手执绫罗。朝成绣夹裙,晚成单罗衫。晻晻日欲暝,愁思出门啼[75]。

府吏闻此变,因求假暂归[76]。未至二三里,摧藏马悲哀[77]。新妇识马声,蹑履相逢迎。怅然遥相望,知是故人来。举手拍马鞍,嗟叹使心伤:"自君别我后,人事不可量[78]。果不如先愿,又非君所详。我有亲父母,逼迫兼弟兄[79]。以我应他人,君还何所望[80]!"府吏谓新妇:"贺卿得高迁!磐石方且厚,可以卒千年;蒲苇一时纫,便作旦夕间[81]。卿当日胜贵,吾独向黄泉[82]。"新妇谓府吏:"何意出此言[83]!同是被逼迫,君尔妾亦然。黄泉下相见,勿违今日言!"执手分道去,各各还家门。生人作死别,恨恨那可论!念与世间辞,千万不复全[84]。

府吏还家去,上堂拜阿母:"今日大风寒,寒风摧树木,严霜结庭兰[85]。儿今日冥冥,令母在后单[86]。故作不良计,勿复怨鬼神[87]!命如南山石,四体康且直[88]。"阿母得闻之,零泪应声落:"汝是大家子,仕宦于台阁[89]。慎勿为妇死,贵贱情何薄[90]!东家有贤女,窈窕艳城郭,阿母为汝求,便复在旦夕[91]。"府吏再拜还,长叹空房中,作计乃尔立[92]。转头向户里,渐见愁煎迫[93]。

其日牛马嘶,新妇入青庐[94]。奄奄黄昏后,寂寂人定初[95]。"我命绝今日,魂去尸长留。"揽裙脱丝履,举身赴清池[96]。府吏闻此事,心知长别离。徘徊庭树下,自挂东南枝。

两家求合葬,合葬华山傍[97]。东西植松柏,左右种梧桐。枝枝相覆盖,叶叶相交通[98]。中有双飞鸟,自名为鸳鸯,仰头相向鸣,夜夜达五更。行人驻足听,寡妇起彷徨。多谢后世人,戒之慎勿忘[99]!

【注释】

[1] 本诗最早见于南朝陈徐陵所编《玉台新咏》,题为《古诗为焦仲卿妻

作》，作者为"无名氏"。《玉台新咏》此诗前有序文说："汉末建安中，庐江府小吏焦仲卿妻刘氏，为仲卿母所遣，自誓不嫁。其家逼之，乃投水而死。仲卿闻之，亦自缢于庭树。时人伤之，为诗云尔。"《孔雀东南飞》是后人取本诗首句所题之名。

[2] 孔雀二句：这二句是以鸟飞徘徊起兴，写夫妇离散。

[3] 素：白色丝绢。箜篌（kōng hóu）：古代一种弦乐器。

[4] 府吏：指焦仲卿所任庐江府小吏。守节情不移：焦仲卿忠于职守，不为夫妇感情所移。一说，指刘兰芝对爱情坚贞不移。

[5] 断：从织布机上把布截下，即织成的意思。大人：指焦仲卿的母亲。

[6] 不堪：不能胜任。驱使：使唤。徒留：白白留在焦家。施：用。

[7] 白：禀告。公姥（mǔ）：公婆。这里是偏义词，指焦母。及时相遣归：赶快把我打发回娘家。

[8] 堂上：一说应为"上堂"。启：禀告。禄：俸禄。相（xiàng）：相貌。

[9] 结发：旧时一种婚礼仪俗。黄泉：犹言地下。

[10] 共事：共同生活。始尔未为久：开始过这种恩爱生活并不久。尔：这样，如此。

[11] 偏斜：不正当。不厚：不满意，不喜欢。

[12] 区区：固执，拘泥。自专由：自作主张。

[13] 秦罗敷：汉乐府民歌中美女的共名。

[14] 怜：爱。体：体态。

[15] 伏惟：俯伏而思念。古人自谦之词，表示对尊长的恭敬。终老：直到老，终生。

[16] 槌（chuí）：击。床：古人卧具、坐具都叫床。此指坐具。吾已二句：是说我和兰芝已经恩断义绝，决不能允许你。会：当。相从许：顺从、应允你。

[17] 举言：发言。卿：古代君称臣或平辈人互称都可用"卿"。

[18] 报：同"赴"。报府：犹言到府里去办公。

[19] 取：同"娶"。

[20] 以此下心意：因为这个缘故你要安心忍耐。

[21] 重纷纭：再找麻烦。初阳岁：冬末春初的季节。谢：辞

[22] 奉事循公姥：做事都顺着婆婆的心意。进止：进退。
[23] 伶俜（líng pīng）：孤单。
[24] 谓言：自以为。供养：孝敬，奉养。卒：完成，尽。
[25] 绣腰襦：绣花的齐腰短袄。葳蕤（wēi ruí）：草木茂盛的样子。这里形容衣上刺绣之美。
[26] 复：双层的。斗帐：上狭下宽像斗的样子。
[27] 帘：同"奁"，小箱子。绿碧青丝绳：是说箱子上扎着各色丝绳。
[28] 后人：指焦仲卿日后再娶的妻子。
[29] 遗施：赠送，施与。会因：见面的机会。因：机会，因缘。
[30] 严妆：盛妆。严：整齐，郑重。
[31] 事事四五通：穿衣、戴首饰等事都反复四五遍才做完。通：遍。
[32] 蹑（niè）：踩，这里是穿的意思。丝履：丝织品制的鞋。玳瑁（dài mèi）：龟类动物，甲光滑坚硬可制装饰品。
[33] 腰若流纨素：腰间束着白绢，光彩流动如水波。纨（wán）素：精致的白绢。明月珰：用明月珠做的耳坠。珰（dāng）：耳上饰物。
[34] 指如削葱根：手指像纤细的葱白。削：瘦削，细长。朱丹：一种名贵的红宝石。
[35] 谢：告辞，辞别。母听夫不止：焦母听任她离去，不加留阻。一本作"阿母怒不止"。
[36] 野里：荒僻的乡村。
[37] 钱帛：指聘礼。
[38] 念母劳家里：惦念着婆婆今后要在家里多操劳了。
[39] 却：退。连珠子：一串珠子。如我长：快有我这么高了。新妇初来时四句，前人疑为后人添入的，非原诗所有。
[40] 勤心二句：是说你要殷勤小心地侍奉父母，自己也要好好保重。扶将：照应。初七：指七夕，七月七日。妇女们在这天手拿针线，陈设瓜果于庭院中向织女乞巧。下九：每月十九日。这天是妇女嬉戏的日子。
[41] 隐隐：与"甸甸"同为形容车马声的象声词。
[42] 隔：断绝，离异。誓天不相负：向天发誓决不负心。

[43] 区区怀：诚挚的心意。区区：形容挚诚的样子。若：如此。见：被，蒙。录：记。

[44] 磐石：大石，喻坚定不移。蒲苇：水草，喻柔软而坚韧。纫：同"韧"。

[45] 亲父兄：偏义复词，单指兄。逆以煎我怀：一想到这里我的心就像油煎一样痛苦。逆：预料，在事先想。

[46] 劳劳：忧伤的样子。长劳劳：忧伤不已。依依：恋恋不舍。

[47] 无颜仪：没脸面。

[48] 大拊掌：拍手，表示惊讶、痛心。拊（fǔ）：拍。不图：没想到。

[49] 愆违：过错、过失。

[50] 悲摧：悲痛、哀伤。

[51] 第三郎：第三位公子。便（pián）言：有口才，能言善辩。令：美。

[52] 府吏见丁宁：曾被焦仲卿一再嘱咐。丁宁：同"叮咛"。非奇：不佳，不妙。

[53] 信：信使。指媒人。徐徐更谓之：慢慢再说吧。

[54] 始：刚刚。始适：意为出嫁不久。适，嫁。

[55] 幸：希望。许：答应。

[56] 寻：随即，不久。丞：郡丞，职位次于太守的官。

[57] 承籍：继承先人的仕籍。宦官：即官宦。

[58] 主簿：此指太守府主簿，掌管文书簿籍的官员。

[59] 直说四句：指郡丞奉太守之命向刘家直截了当地说出来意。结大义：结亲。

[60] 老姥（mǔ）：老妇。

[61] 怅然：愤恨烦恼的样子。作计：打主意，作决定。不量：不思量，不算计。

[62] 否（pǐ）泰如天地：好坏高低有天渊之别。否：坏运气。泰：好运气。皆《易经》卦名。

[63] 义郎：对太守儿子的美称。其往欲何云：将来你想怎么办。

[64] 处分：处理、处事。适：遂，顺。

[65] 要：约定。渠：作"他"解，指府吏。登：登时，立刻。许和：应

许，答应。
[66] 诺诺复尔尔：这是媒人的答应声，犹言"好好，就这样，就这样。"
[67] 部：太守府衙。府君：郡民对太守的称呼。
[68] 视历复开书：即开视历书的意思。六合：古人结婚要择吉日，有所谓"冲"、"合"。"冲"是不吉利的日子，"合"是吉利的日子。六合即指月建和日辰相合。
[69] 良吉：好日子。
[70] 交语：互相传话。青雀三句：是说画有青雀和白鹄的船，船舱四角还挂着画有小龙的旗幡，旗幡随风飘动。踯躅（zhí zhú）：犹"踟蹰"，徘徊不前。青骢（cōng）马：毛色青白夹杂的马。
[71] 赍（jī）：送给。杂采：各色绸缎。交：交州，汉郡名，治所在广信（今广西梧州市），后移番禺（今广东广州市）。广：广州，三国吴分交州置广州，治所在番禺（今广州市）。鲑（guī）珍：泛指山珍海味。
[72] 郁郁：形容人多。登：疑为"发"字之误，指迎亲队伍从太守府出发。
[73] 不举：办不成。
[74] 琉璃榻：镶嵌琉璃的坐具。
[75] 晻晻日欲暝：日色昏暗，天要黑下来了。晻（yǎn）晻：日将落时昏暗无光的样子。暝：暗。
[76] 求假：请假。
[77] 摧藏："凄怆"的假借字。
[78] 量：预料。
[79] 亲父母：偏义复词，单指母。
[80] 应他人：许给了别人。
[81] 旦夕间：与"一时"互文，指早晚之间。
[82] 日胜贵：一天比一天高贵。
[83] 何意出此言：你怎么能说这种话呢。
[84] 念：考虑。
[85] 严霜结庭兰：浓霜凝结在院中的兰草上。

[86] 儿今日冥冥：孩儿我已到了日暮途穷的时候，生命即将结束。

[87] 不良计：不好的打算。

[88] 南山：喻寿高。石：喻身体结实。直：顺利。

[89] 零泪：断断续续的眼泪。大家子：出身于高贵门第的人。台阁：指尚书府。

[90] 情何薄：有什么薄情的呢？一说指仲卿贵、兰芝贱，二人的情分多么淡薄。

[91] 艳城郭：全城最艳丽的人。

[92] 作计乃尔立：打算就这样定了。

[93] 转头二句：是说打定主意之后，又回头去看屋里的老母，心里被忧愁煎熬得越来越难受。

[94] 新妇：指刘兰芝。青庐：用青布幔搭成的喜棚。

[95] 奄奄：同"晻晻"，日色昏暗的样子。人定初：指亥时初刻，即夜间九点钟。

[96] 举身：纵身。

[97] 华山：大约是庐江郡的一座小山，不可考。

[98] 交通：连接，交错。

[99] 多谢二句：这二句是作者口吻。

【鉴赏】

《孔雀东南飞》生动具体地叙述焦仲卿和刘兰芝婚姻悲剧的整个过程，控诉了封建礼教，赞美了焦、刘对爱情的忠贞不渝和宁死不屈的反抗封建压迫的斗争精神。

全诗可分为五个部分。第一部分，开端（从"十三能织素"到"及时相遣归"），是兰芝对仲卿的诉述，一开始就提出了问题，展开了矛盾。兰芝和仲卿相爱甚深，本应白头偕老，但婆婆不容，一定逼他们离异。第二部分，发展（从"府吏得闻之"到"二情同依依"），写兰芝被遣回家，仲卿与兰芝告别，发誓要再接兰芝回来。第三部分，发展（从"入门上家堂"到"郁郁登郡门"),写出了兰芝回家后的遭遇。第四部分,高潮(从"阿母谓阿女"到"自挂东南枝"),写兰芝仲卿双双殉情,为全诗的高潮。第五部分,结尾(从"两家求合葬"到结尾),表达了诗人强烈的愿望,告诫后人。

　　通过有个性的人物对话塑造了鲜明的人物形象,是《孔雀东南飞》最大的艺术成就。刘兰芝对仲卿、对焦母、对小姑、对自己的哥哥和母亲讲话时的态度与语气各不相同,正是在这种不同中可以感受到她那勤劳、善良、备受压迫而又富于反抗精神的外柔内刚的个性。同样的,在焦仲卿各种不同场合的话语中,也可感受到他那忠于爱情、明辨是非但又迫于母亲威逼的诚正而软弱的个性。

此诗比兴手法和浪漫色彩的运用，对形象的塑造起了非常重要的作用。作者的感情与思想的倾向性通过这种艺术方法鲜明地表现出来。诗篇开头，"孔雀东南飞，五里一徘徊"是"兴"的手法，用以兴起刘兰芝、焦仲卿彼此顾恋之情，布置了全篇的气氛。最后一段，在刘、焦合葬的墓地，松柏、梧桐枝枝叶叶覆盖相交，鸳鸯在其中双双日夕和鸣，通宵达旦。这既象征了刘焦夫妇爱情的不朽，又象征了他们永恒的悲愤与控告。表现了人民群众对未来自由幸福必然到来的信念，闪现出无比灿烂的理想光辉，使全诗起了质的飞跃。

全诗采用双线推进，即以刘兰芝与焦仲卿的矢志不渝的爱情及刘兰芝被遣后二人与焦母、刘兄等人的逼娶、逼嫁的周旋斗争为线索组织情节，情节结构有条不紊，严谨自然。全诗情节曲折，矛盾尖锐，文章波澜起伏。多以对话的形式展开，对话和行动相得益彰，使人物形象更鲜明生动。诗歌于多处展开抒情描写，起到画龙点睛作用，使诗歌主旨得以强化。如开头"孔雀东南飞，五里一徘徊"的缠绵哀怨，焦、刘是时"举手长劳劳，二情同依依"的难舍难分，最后诀别的"生人作死别，恨恨那可论"的凄婉悲哀……这些抒情的插入，读来令人悲凄哀伤，大大增强了诗歌的悲剧色彩和艺术感染力。

羽 林 郎[1]

辛延年

【解题】

作者辛延年,东汉诗人,生平无可考。

清人朱乾《乐府正义》曾评《羽林郎》这首诗说:"此诗疑为窦景而作,盖托往事以讽今也。"后人多从其说。窦景是东汉大将军窦融之弟,《后汉书·窦融传》:"景为执金吾,瑰光禄勋,权贵显赫,倾动京都。虽俱骄纵,而景为尤甚。奴客缇骑依倚形势,侵陵小人,强夺财货,篡取罪人,劫略妇女。商贾闭塞,如避寇仇。有司畏懦,莫敢举奏。"与诗所写的恶奴"依倚将军势",又混称"金吾子",极为相似,当是影射窦景手下的"奴客缇骑"。

《羽林郎》是在《陌上桑》之后,谱写的又一曲反抗强暴凌辱的赞歌。这首诗在立意、结构和描写手法上,均可与《陌上桑》相媲美,是东汉文人模仿乐府民歌相当成功的作品。

【正文】

昔有霍家奴,姓冯名子都。依倚将军势,调笑酒家胡[2]。
胡姬年十五,春日独当垆。长裾连理带,广袖合欢襦[3]。
头上蓝田玉,耳后大秦珠。两鬟何窈窕,一世良所无。
一鬟五百万,两鬟千万余。"不意金吾子,娉婷过我庐[4]。
银鞍何煜爚,翠盖空踟蹰。就我求清酒,丝绳提玉壶[5]。

就我求珍肴,金盘脍鲤鱼。贻我青铜镜,结我红罗裾。
不惜红罗裂,何论轻贱躯!男儿爱后妇,女子重前夫。
人生有新旧,贵贱不相逾。多谢金吾子,私爱徒区区[6]。"

【注释】

[1] 羽林是皇家的警卫军,羽林郎是羽林的军官。

[2] 西汉昭帝时(前86~前74)霍光为大司马大将军。冯子都:名殷,是霍光所爱幸的奴才头子。酒家胡:酒家"胡"女。当时称西北外族都叫"胡"。

[3] 垆:放酒坛子的地方,用土垒成,四边隆起,一面稍高。"当垆"就是卖酒。襦:短衣。合欢:一种图案花纹的名称,象征和合欢乐。

[4] 以上二句是说鬟上首饰贵重,值钱千万。金吾:即执金吾,官名,统率一部分禁军,负巡防京师的责任。

[5] 煜爚(yù yào):光辉照耀。翠盖:用翠鸟羽毛装饰起来的车盖。

[6] 谢:告。多谢:犹言郑重告诉。

【鉴赏】

本篇是一首叙事诗,叙写一个酒家女反抗强暴,拒绝贵家豪奴调笑的故事,表现了她自尊自爱、庄重严肃的生活态度,歌颂了下层劳动妇女的美好情操。

开头四句简要交待豪奴的身份、姓名和不良行为,是全诗的故事提要。交待了两个正反面人物及其矛盾冲突的性质,提示了"羽林郎"不过是狗仗人势的豪门恶奴这一实质,"胡姬"二句交待女主人公的年龄、身份。"长裙连理带"以下八句描写她的衣着、头饰之贵重,从侧面烘托了她的美貌。"不意金吾子"以下十句作者改用第一人称手法,极力铺陈这位豪奴的气派、心理和调笑行为,让女主人公直接控诉豪奴调戏妇女的无耻行径。"不意"承上启下,笔锋突转。最后八句,写胡姬严辞拒绝豪奴的调

羽林郎

笑。末二句,一语双关,表面是感谢,骨子却含"谢绝"。

　　本诗人物形象鲜明,故事情节生动。本诗通篇都用五言,且多排比句,言语流畅,质朴自然,与汉乐府民歌《陌上桑》异曲同工。

行行重行行[1]
《古诗十九首》

【解题】

　　古诗是与今体诗相对而言的诗体。此处古诗指姓名已佚的古代五言体诗，大约是东汉后期作品，大多为文人模仿乐府之作，个别由民歌加工而成。其中南朝梁萧统所编《文选》收入的《古诗十九首》为其代表。

　　《古诗十九首》的艺术成就是非常突出的，它长于抒情，善于运用比兴手法，使诗意含蓄蕴藉，言近旨远。语言也非常流畅洗练，浅近自然，耐人寻味。它大体上代表了当时古诗的艺术成就。

　　东汉后期社会动荡不安，加上游宦之风很盛，中下层士子为了谋求前程，纷纷奔走交游，《古诗十九首》从一个侧面反映出东汉后期这一时代面貌。《行行重行行》为《古诗十九首》的第一首，是一首描写东汉末年动荡岁月中的相思乱离之歌。"情真、景真、事真、意真"（陈绎《诗谱》），非常感人。

【正文】

　　　　　　行行重行行，与君生别离[2]。
　　　　　　相去万余里，各在天一涯[3]；
　　　　　　道路阻且长，会面安可知[4]！
　　　　　　胡马依北风，越鸟巢南枝[5]。

行行重行行

相去日已远，衣带日已缓[6]；
浮云蔽白日，游子不顾反[7]。
思君令人老，岁月忽已晚[8]。
弃捐勿复道，努力加餐饭[9]！

【注释】

[1] 行行：如同说走啊走啊。重：又。两"行行"相重叠是为了加重语气，同时含有愈走愈远的意思。
[2] 生别离：活生生地分开。
[3] 天一涯：犹言天一方。
[4] 阻且长：艰险而漫长。
[5] 胡马：北方所产的马。依：依恋。越：指汉时南方"百越"之地，越鸟即南方的鸟。
[6] 相去二句：分别的日子越来越久，身上的衣服越来越显宽松。已：同"以"。远：久。缓：宽松。
[7] 顾：念。反：同"返"。
[8] 岁月忽已晚：岁月倏忽又已经到了年终。晚：指年终。
[9] 弃捐：丢开。

【鉴赏】

《行行重行行》是一首思妇诗，抒发了一个女子对远行在外的丈夫的深切思念。

首句五字，连叠四个"行"字，声调复沓，节奏迟缓，渲染了痛苦伤感的氛围，形象地描写了丈夫远行后女子的步伐疲惫。"与君生别离"忆往日和丈夫分离的情景。接着写君行在天涯，相隔万里，会面无期，丈夫离家万里，与思妇相隔为天涯，加上战争频繁交通不便，生离如死别。"胡马"二句用比兴手法，说明物皆有情，人何以堪，暗喻思妇对远行君子的思念之强烈。

"相去"二句写相思之令人瘦，分别后，女子容颜憔悴，因人日渐消瘦而显衣带渐宽。"浮云"二句由思念引起猜测疑虑，反衬相思之深。"思君"四句写思妇感叹相思令人憔悴，坐愁红颜老，不如努力加餐，以待来日相会。

　　本诗感情真挚，思绪层层递进，一诵三叹，将闺中的相思之情表达得缠绵悱恻，哀婉动人。诗歌意境深远，描写细腻，其中许多句子至今已传为名句，如"胡马依北风，越鸟巢南枝"等。

青青河畔草

《古诗十九首》

【解题】

　　《古诗十九首》中抒写离别相思的诗，大多是思妇闺怨，但也有游子乡愁。这类诗的共同主题思想是表达离恨之苦，希望夫妻团聚，能过正常的恩爱夫妻生活，然而由于政治混乱，社会动荡不安，这样的愿望往往难以实现，因而这些诗都流露着浓厚的感伤情调，蕴含着对当时社会政治的深刻不满。

　　《青青河畔草》是一首思妇诗。女主人公曾是一位娼女，历尽磨难才挣脱了欢场泪歌的悲苦生活，嫁给了如意郎君，却是空床独守。特定的人物身份，使本诗具有个性与典型化的色彩。

【正文】

　　　　青青河畔草，郁郁园中柳[1]。
　　　　盈盈楼上女，皎皎当窗牖[2]。
　　　　娥娥红粉妆，纤纤出素手[3]。
　　　　昔为倡家女，今为荡子妇[4]。
　　　　荡子行不归，空床难独守。

【注释】

[1] 郁郁：浓密茂盛的样子。
[2] 盈盈：美好的样子。皎皎（jiǎo）：白皙明洁貌。

[3] 娥娥：美貌。

[4] 荡子：在外乡漫游的人。

【鉴赏】

　　这首诗描写了一位昔日的娼家女嫁为荡子妇后空床难独守的寂寞情思。

　　全诗如一幅画：一位女子，独立楼头，体态轻盈，如临风凭虚；她倚窗而立，光艳照人，皎皎有如云中明月；她红妆艳服，精心打扮；她纤纤双手，扶着窗棂，在久久地引颈远望；她望见了园外河畔，草色青青，绵延伸向远方，她的目光随着草色，追踪着远行人往日的足迹；她望见了园中那株郁郁葱葱的垂柳，她曾经从这株树上折枝相赠远行的夫君。明媚的春色，又燃起了她重逢的希望，也撩拨着她那青青的情思。她每日盼夫归来，希望在等待中化成了悲怨。她不禁回想起自己的遭遇，她是一个娼家女，希望过上正常人的生活，夫妻相守；然而，夫君却是一位荡子，远行不归，让她独守空床。

　　诗中由景物写到人物，再到身世和愁思，环环相扣，自然展开。景物描写生动，触景生情，真实自然。另外，本诗多处运用叠字，如"青青河畔草，郁郁园中柳。盈盈楼上女，皎皎当窗牖。娥娥红粉妆，纤纤出素手。"几句连用叠字，贴切生动。"青青"与"郁郁"写外围之春景美好；"盈盈、皎皎"写美人的风姿，体态优美；"娥娥、纤纤"写美人的容色。六个叠字，由外围而中心，由总体到局部，由朦胧而清晰，烘托刻画了楼上女尽善尽美的形象，传达了思妇寂寞而烦忧的心声。

迢迢牵牛星[1]

《古诗十九首》

【解题】

　　《古诗十九首》在艺术上继承了《诗经》、《楚辞》的传统，吸取了乐府民歌的营养。《诗经》的赋、比、兴表现手法，在"古诗"中得到广泛运用。有的作品还在题材、语言、意境等方面，表现出《诗经》的影响。如本诗中"迢迢牵牛星"，写织女星"终日不成章，泣涕零如雨"，发展了《诗经·大东》"跂彼织女，终日七襄。虽则七襄，不成报章"的想象。

【正文】

　　　　迢迢牵牛星，皎皎河汉女[2]。
　　　　纤纤擢素手，札札弄机杼[3]；
　　　　终日不成章，泣涕零如雨[4]。
　　　　河汉清且浅，相去复几许[5]？
　　　　盈盈一水间，脉脉不得语[6]。

【注释】

[1] 迢迢（tiáo）：遥远的样子。牵牛星：俗称扁担星，天鹰星座主星，在银河南面。

[2] 皎皎：明亮的样子。河汉：银河。河汉女：指织女星，是天琴星座主星，在银河北面，与牵牛星隔河相对。

[3] 纤纤：形容手的纤细柔长。擢（zhuó）：摆动。素手：白皙的手。札札：织布机的声音。弄：操作。杼：织布机的梭子。
[4] 章：布帛上的经纬纹路。
[5] 相去复几许：相距又有多远呢？几许：多少。
[6] 盈盈：水清浅的样子。脉脉：含情注视的样子。

【鉴赏】

　　《迢迢牵牛星》借助神话故事情节，描写了牛郎织女隔河相望而不能团聚的相思之情，表达了作者对美好爱情的向往。

　　开头两句分别从两处落笔描写牵牛、织女，它们是那样的遥远，又是那样的明亮，叠音词"迢迢"、"皎皎"贴切精当，意味深长；以下四句专写织女的寂寞哀怨，因整日思念牛郎，心绪不安，虽整天在织，却织不成匹。最后四句是诗人的慨叹，说明织女寂寞哀怨的原因：虽相去不远，只一水之隔，却不得相会。

　　本诗想象丰富，构思巧妙。大胆地运用想像，借助牛郎织女的神话传说，集中刻画一个苦于相思、孤独寂寞的怨女的形象，形象地表现相思的痛苦，不能相会的哀怨。诗中多用叠字，增强了诗的音韵节奏感。在十句诗中，诗人连用了六个叠音形容词，有的状物，有的写人，状物力求准确生动，写人则是形象逼真，表现出一个相思的女子的哀怨忧伤。

步出夏门行[1]·观沧海[2]

曹 操

【解题】

　　曹操（155～220），字孟德，沛国谯（今安徽亳州）人，汉末三国时期杰出的政治家、军事家和文学家。建安十八年（213），他由丞相进位为魏公，建魏国。建安二十一年称魏王。建安二十五年病死于洛阳，其子曹丕代汉称帝之后，追尊他为魏武帝。曹操是邺下文人集团的缔造者，是建安文学新局面的开创者，其诗文开一代风气，对当时和后世都产生了深远的影响。

　　《观沧海》是曹操《步出夏门行》组诗中的第一章。建安十二年（207）五月，曹操率领大军北征乌桓，追歼袁绍残部。八月，大破乌桓。九月，自柳城胜利回师。途经碣石山时，登临眺望，慷慨行吟，便写下了这首诗。

【正文】

　　　东临碣石，以观沧海。水何澹澹，山岛竦峙[3]。
　　　树木丛生，百草丰茂。秋风萧瑟，洪波涌起[4]。
　　　日月之行，若出其中；星汉灿烂，若出其里[5]。
　　　幸甚至哉，歌以咏志[6]。

【注释】

[1]《步出夏门行》：又名《陇西行》。汉乐府曲调名，属《相和歌·瑟调

曲》。《步出夏门行》包括"艳"及"四解"。诗前的"艳",是乐章的序曲。诗共四解(章):第一章《观沧海》,第二章《冬十月》,第三章《河朔寒》(又名《土不同》),第四章《龟虽寿》。

[2] 沧海:指渤海。

[3] 碣石:山名,在今河北省昌黎县北十五里,距海约三十里,天晴时登临观海,海上渔船历历可见。一说,碣石为古时海畔山名,后沉于海中。何:多么。澹澹(dàn):水波动荡的样子。山岛:指碣石山,当时碣石山临海边。竦峙(sǒng zhì):高耸挺拔的样子。

[4] 萧瑟:秋风吹动草木发出的声响。

[5] 星汉:银河。

[6] 幸:庆幸。至:极。

【鉴赏】

这首诗借景抒情,将眼前海上景色和自己的雄心壮志融合在一起,给我们勾勒了大海吞吐日月、包蕴万千的壮丽景象,抒发了作者统一中国建功立业的远大抱负。

全诗可分四层。第一层(前两句)写登临的地点和目的。"观沧海"一语统领全诗。第二层(第三至第八句)写海水和山岛的景象。先写秋风吹拂,大海水波荡漾,画面充满了威严的气氛。接着写岛上的草木茂盛,给人以生机蓬勃的感受。后写大海动态的景观,秋风吹得树木飒飒,大海巨浪涌动,表现了大海的壮阔气势。第三层(第九至第十二句)写大海吞吐日月星辰的景象。这层是全诗的重点,作者以丰富奇特的想像绘制了大海的形象,它以雄浑博大的胸怀包容了宇宙的一切。这意象,正是诗人伟大抱负的写照。第四层(最后两句)是套语,一般与内容无关,在此却巧妙地点明了主旨。

《观沧海》在我国诗歌史上有很高的地位。诗篇通过远近高低的景物描绘展示了大海的雄姿,意境开阔,句句皆是写景,但情在其中。

短歌行[1]

曹 操

【解题】

　　根据史事和《短歌行》这首诗的内容来看，此诗当作于建安十三年（208）赤壁之战以后。赤壁之战是曹操能否完成统一大业的关键，这次战役他虽然遭到失败，但并不灰心，仍要继续招贤纳士，唯才是举，以期壮大政治、经济和军事力量，再图进取。关于这首诗的主题，曾有过争论。唐吴兢《乐府古题要解》（卷上）说它是"言当及时行乐"。这种肤浅的看法曾遭到有识之士的反对。清人张玉谷就讥为"何以掉其轻心"！张认为"此叹流光易逝，欲得贤才以早建王业之诗"。

【正文】

　　对酒当歌，人生几何？譬如朝露，去日苦多[2]。
　　慨当以慷，忧思难忘。何以解忧，惟有杜康[3]。
　　青青子衿，悠悠我心。但为君故，沈吟至今[4]。
　　呦呦鹿鸣，食野之苹。我有嘉宾，鼓瑟吹笙[5]。
　　明明如月，何时可掇？忧从中来，不可断绝[6]。
　　越陌度阡，枉用相存。契阔谈䜩，心念旧恩[7]。
　　月明星稀，乌鹊南飞。绕树三匝，何枝可依[8]？
　　山不厌高，海不厌深。周公吐哺，天下归心[9]。

【注释】

[1] 短歌行：乐府曲调名，属《相和歌·平调曲》，是当时宴会上歌唱的乐曲。曹操的《短歌行》共二首，本篇是第一首。

[2] 当：与"对"同义，也是对着的意思。一说，"当"是应当之意，亦可。去日：过去的岁月。去日苦多：即说过去的时日苦于太多了。

[3] 慨当以慷：即慷慨之意。忧思：忧虑。一作"幽思"，即深藏着的心事。杜康：相传是最早造酒的人，这里是酒的代称。

[4] 衿（jīn）：衣领。青衿：青色的衣领，周代学子的服装。悠悠：长远，形容长久思念不忘。"青青子衿，悠悠我心"，是借用《诗经·郑风·子衿》中的成句。原诗写一女子对情人的思念，作者借以表示自己对贤才的思慕。沈吟：即沉吟，低声吟味。

[5] 呦（yōu）呦四句：用《诗经·小雅·鹿鸣》首章前四句的成句。呦呦：鹿叫声。苹：艾蒿。鹿找到艾蒿就相互鸣叫召唤。嘉宾：指思慕之贤才。

[6] 明明：指满月的光辉，比喻贤才。掇（duō）：拾取，取得。这两句是说，那明洁的月亮，什么时候才能得到呢？以月光的不可捉取比喻贤才之不可得。"掇"一作"辍"，停止，断绝。以月光不可阻隔比喻忧思之不能抑止，亦通。

[7] 陌、阡：田间小路，东西叫"陌"，南北叫"阡"。越陌度阡：即走过许多路。枉：屈就，枉驾。用：以。存：问。这句是说，劳你屈尊光临我处。契阔：聚散，合离。这里是复词偏义，强调"阔"的意思，谓久别。讌：即"宴"。谈讌：即饮宴中畅叙别离怀念之情。

[8] 匝：周，圈。依：依托。"月明星稀"四句，以乌鹊喻贤才，大意是说，贤才都在寻找可托身之所，但何处才是他们的托身之所呢？以良鸟择木而栖喻贤才择主而事，实则希望贤才来归，共建大业。

[9] 厌：嫌弃。《管子·形势解》："海不辞水，故能成其大；山不辞土石，故能成其高；明主不厌人，故能成其众。""山不厌高"二句即本于此。周公：周武王之弟。哺：咀嚼着的食物。吐哺：吐出嘴里的食物。《韩

短歌行

诗外传》卷三载,周公说"然吾一沐三握发,一饭三吐哺,犹恐失天下之士"。这里曹操以周公自比,表示自己也要像周公那样礼贤下士,让天下人都衷心拥戴自己。

【鉴赏】

  这是一首政治抒情诗,通过对人生短暂、贤才难得的咏叹,抒写时光易逝、功业未就的苦闷和作者渴望招纳贤才,帮助自己一统天下的宏大抱负和宽广胸襟,表现了作者统一天下的雄心壮志和自强不息的进取精神。

  全诗围绕"忧思"二字言志抒情。开头写壮志未酬的忧愤,是"忧思"的缘由。接着通过双宴嘉宾的歌辞,表达出他招揽人才的迫切心情。"明明如月"四句,写因求贤不得而忧虑,立意深远。"月明星稀"四句,以乌鹊夜飞比喻贤士在动乱的社会中托身无所,非常贴切。结尾表达了根除"忧思"的愿望:要像周公那样礼贤下士,让天下人都衷心拥戴自己。

  本诗语言质朴自然,抑扬顿挫,跌宕铿锵,具有强烈的节奏感和艺术感染力。全诗融叙事、写景、说理、抒情于一炉,并能相得益彰。全诗风格雄健深沉,慷慨激昂,是曹操诗中最有特色的代表作之一,代表了建安诗歌的风格。

饮马长城窟行[1]

陈 琳

【解题】

陈琳（？～217），字孔璋，东汉广陵射阳（今江苏淮安）人。生平不详。先为大将军何进主簿，后为袁绍记室，为尊文书，曾作檄诋毁曹操父祖。袁氏败后，曹操爱其才而不杀，陈琳归附曹操，为司空军谋祭酒，管记室。军国文书，多出其手。陈琳为建安七子之一。有《陈记室集》。

秦王朝驱使千万名役卒修筑万里长城，残酷而无节制，使无数民众被折磨至死。这段历史，曾激起后代许多诗人的愤慨和感伤。而直接摹写长城造成民间痛苦的诗篇，陈琳这一首《饮马长城窟行》，就现存的作品来说，要算是最早的。

【正文】

饮马长城窟，水寒伤马骨。往谓长城吏，"慎莫稽留太原卒！""官作自有程，举筑谐汝声！""男儿宁当格斗死，何能怫郁筑长城[2]！"

长城何连连，连连三千里。边城多健少，内舍多寡妇[3]。

作书与内舍，"便嫁莫留住。善侍新姑嫜，时时念我故夫子[4]。"报书往边地，"君今出语一何鄙[5]！""身在祸难中，何为稽留他家子。生男慎莫举，生女哺用脯。君独不见长城下，死人骸骨相撑拄[6]？""结发行事君，慊慊心意关。明知边地苦，贱妾何能久自全[7]?"

【注释】

[1]《饮马长城窟行》：属汉乐府《相和歌·瑟调曲》。本篇为依旧题写的新辞。
[2] 窟：泉窟，即泉眼。稽留：滞留、拖延。官作：官府的工程，指筑长城任务。程：期限。筑：砸土用的夯。谐：和谐一致。怫郁：忧郁，愁闷，心情不舒畅。
[3] 连连：连绵不断。内舍：内地家里。寡妇：指役夫们的妻子。
[4] 姑嫜：公婆。故夫子：旧日的丈夫。
[5] 报书：回信。鄙：鄙陋，庸俗。一何鄙：多么庸俗。
[6] 祸难：指自己生归无望。举：抚养。哺（bǔ）：喂养。脯（fǔ）：干肉。
[7] 结发：古时男女成年时要束发，这里指束发之年结为夫妻。行：语助词。事君：侍奉你。慊慊：不满足。心意关：内心相连。自全：自己全活。岂能久自全：表示自己愿以死相守。

【鉴赏】

　　本诗取材于秦代修筑长城的史事，揭露了东汉末年繁重的兵役、徭役给广大人民带来的深重灾难。

　　诗的首句点题，写出环境特征。第二句渲染边地苦寒。三四两句用役卒的口气写一位役卒对监管修筑长城的官吏说：到了服役期满，请千万不要延误我们太原役卒的归期。他归家心切，透露了他的忍无可忍、对"稽留"的不满。五六两句是官吏的回答：官府的事自有期限，举起手中的夯和着号子快干活！七八两句是役卒愤怒之言：男子汉宁可拿刀和剑去战死疆场，怎能这样窝窝囊囊，遥遥无期地做苦役呢！

　　"长城何连连"四句写长城竣工遥遥无期，士卒归期无望，以致造成"边城多健少，内舍多寡妇"。两个"多"字，概括了广大人民的苦难境遇。

"作书与内舍"转写役卒写信。"便嫁"三句,是那位役卒劝其妻改"嫁",希望她好好侍奉新的公婆,恳求她再嫁后能常念往日丈夫。妻子"报书往边地",责怪丈夫出言粗俗无理,"今"字暗示往日不曾如此。其坚贞等待丈夫归来之心,一语道尽。"身在"六句,是役卒再次寄书,头两句说自己身在祸难中,为什么还要留住别人家的子女(其妻)受苦呢?接着"生男慎勿举"四句是化用秦时民歌,以群体的命运,暗示自己的"祸难",自己的结局。最后四句是妻子的回信:"我自从与你成婚,随后你就服役边地,我过着孤独的生活。然而我和你情意相连,两地一心。如今明知你在边地受苦,我又岂能久存于人间!"妻子以死相许,以"苦"字代替丈夫的死亡结局,用语含蓄、得体,读来荡气回肠。

本诗开头两句是叙事又兼起兴作用,由气候的苦寒自然引出筑城士卒向长城吏致辞求归的对话。四句叙述和描写之后又引出筑城士卒同他妻子书信对答,过渡自然。全篇通过这两组对话展开故事情节,取材典型,颇具艺术概括力。这首诗纯用客观叙事,不加任何主观评论,句子长短并用,形式自由活泼,语言通俗质朴,有着浓郁的民歌色彩。

赠白马王彪(并序)[1]

曹　植

【解题】

　　曹植（192～232），字子建，三国魏谯（今安徽亳县）人，曹操第三子。他博学多才，深为曹操宠爱，几被立为太子。但由于行为任诞，饮酒不节，终于在"太子之争"中败阵失宠。曹丕称帝后，屡遭贬迁，很不得志，郁郁而死，年仅四十一岁。曹植的诗在学习乐府民歌的基础上加以提高，手法多样，词采华茂，是建安诗人中成就较高的代表。有《曹子建集》。

　　这首诗写于魏文帝（曹丕）黄初四年（223年）七月。这一年的五月，曹植和兄曹彰，弟曹彪同到京师洛阳朝会。然而，到京城后，曹彰不明不白地死去。朝会结束，曹植和白马王曹彪返回各自的封地，打算同行以叙情谊，可是朝廷强迫他们分道，并派有司进行监视。在这种处境险恶、心情悲痛的情况下，在被迫与弟分手时，曹植写下了这首长篇赠别诗。

【正文】

　　黄初四年五月，白马王、任城王与余俱朝京师，会节气[2]。到洛阳，任城王薨[3]。至七月，与白马王还国[4]。后有司以二王归藩，道路宜异宿止，意毒恨之[5]。盖以大别在数日，是用自剖，与王辞焉，愤而成篇[6]。

　　　　谒帝承明庐，逝将返旧疆[7]。

清晨发皇邑，日夕过首阳[8]。
伊洛广且深，欲济川无梁[9]。
泛舟越洪涛，怨彼东路长[10]。
顾瞻恋城阙，引领情内伤[11]。
太谷何寥廓，山树郁苍苍[12]。
霖雨泥我涂，流潦浩纵横[13]。
中逵绝无轨，改辙登高冈[14]。
修坂造云日，我马玄以黄[15]。
玄黄犹能进，我思郁以纡[16]。
郁纡将何念？亲爱在离居[17]。
本图相与偕，中更不克俱[18]。
鸱枭鸣衡轭，豺狼当路衢[19]。
苍蝇间白黑，谗巧令亲疏[20]。
欲还绝无蹊，揽辔止踟蹰[21]。
踟蹰亦何留？相思无终极。
秋风发微凉，寒蝉鸣我侧。
原野何萧条，白日忽西匿。
归鸟赴乔林，翩翩厉羽翼[22]。
孤兽走索群，衔草不遑食[23]。
感物伤我怀，抚心长太息[24]。
太息将何为？天命与我违[25]。
奈何念同生，一往形不归[26]。
孤魂翔故域，灵柩寄京师[27]。
存者忽复过，亡殁身自衰[28]。
人生处一世，去若朝露晞。
年在桑榆间，影响不能追[29]。
自顾非金石，咄唶令心悲[30]。

心悲动我神，弃置莫复陈[31]。
丈夫志四海，万里犹比邻[32]。
恩爱苟不亏，在远分日亲[33]。
何必同衾帱，然后展殷勤[34]。
忧思成疾疢，无乃儿女仁[35]。
仓卒骨肉情，能不怀苦辛[36]？
苦心何虑思？天命信可疑[37]。
虚无求列仙，松子久吾欺[38]。
变故在斯须，百年谁能持[39]？
离别永无会，执手将何时[40]？
王其爱玉体，俱享黄发期[41]。
收泪即长路，援笔从此辞[42]。

【注释】

[1] 《赠白马王彪》：白马：地名，在今河南省滑县东。白马王：指曹彪，彪字朱虎，为曹植异母弟，当时被封为白马王。

[2] 任城王：指曹彰，彰字子文，为曹植同母兄。任城：今山东省济宁市。会节气：魏制规定每年的立春、立夏、立秋、立冬这四个节气之前的第十八天，各诸侯藩王都要到京师洛阳和皇帝一起行迎气之礼，并举行朝会仪式。

[3] 薨（hōng）：古称诸侯和有爵位的大臣死曰薨。

[4] 还国：回自己的封地，与下文之"归藩"同义。

[5] 有司：指主管该项事情的官吏，职有所司，故称有司。这里实际上是指监国使者灌均。意：即"臆"，内心。毒恨：痛恨。

[6] 大别：久别，永别。是用：用是，因此。自剖：剖白、表明自己的心迹。

[7] 承明庐：汉代的宫殿名，在长安，这里用以代指魏文帝在洛阳的宫殿。逝：语助词，无义。旧疆：自己的封地。

[8] 皇邑：皇城，指都城洛阳。首阳：山名，在洛阳市东北。
[9] 伊、洛：二水名。
[10] 越：超越，渡过。东路：向东去的道路，即自洛阳东归自己封地的道路。
[11] 顾瞻：回头眺望。城阙：京城洛阳。引领：伸长脖子极目远望的样子。情内伤：内心感情无限悲伤。
[12] 太谷：山谷名，又名通谷，在洛阳市东南五十里处。
[13] 霖雨：接连三天以上的大雨。涂：同"途"。潦(lǎo)：积存的雨水。
[14] 逵(kuí)：九达之道，此指道路。中逵：即路上。轨：车辙。
[15] 修：长。坂(bǎn)：坡。修坂：高远的斜坡。造：至，到。玄黄：马病而色变。
[16] 郁：郁积。纡：萦绕。郁以纡：指愁思郁结难以排遣。
[17] 在：将要。
[18] 中：半路。更：又。不克俱：不能同路而行。
[19] 鸱枭：猫头鹰。衡：车辕前面之横木。轭(è)：驾车时套在牲口脖子上的半月形曲木。衢(qú)：四通之大路。
[20] 间：挑拨离间。谗巧：谗言巧语。
[21] 蹊(xī)：路径。绝无蹊：绝对无路可走，即行不通。揽辔：勒马。辔：马缰绳。
[22] 乔木：乔木林。厉：振，奋。
[23] 索群：寻找伙伴。不遑(huáng)：不暇，顾不上。
[24] 抚心长太息：以手抚胸，长声叹息。
[25] 天命：上天的意旨。违：乖违。
[26] 同生：同胞。一往：指这次去洛阳朝会。形：身体。形不归：指曹彰死在洛阳，再也不能归回他的封地了。
[27] 故域：指曹彰的封地任城。
[28] 存者：指自己和白马王曹彪。忽：疾也。过：指过世、死亡。殁(mò)：亡，死。自衰：自行腐烂、消亡。
[29] 桑榆：西方天空中的两颗星名。古人常用"日在桑榆"指日落黄昏之时，并以此比喻年老。影：日影。响：声响。
[30] 咄喑(duō jié)：嗟叹声。

[31] 弃置：把悲痛抛开。
[32] 比邻：近邻。
[33] 分（fèn）：情分，情谊。
[34] 衾（qīn）：被子。帱（chóu）：床帐。同衾帱：指同被而眠。
[35] 疢（chèn）：热病。
[36] 仓卒：突然变故，指曹彰之死。苦辛：痛苦辛酸。
[37] 信：实在，的确。
[38] 列仙：众神仙。松子：赤松子，传说中的古代仙人。
[39] 斯须：顷刻，须臾。
[40] 执手：拉手，握手，比喻再会。
[41] 王：指白马王曹彪。黄发期：指年老高寿。人老头发变黄，故称黄发期。
[42] 即：就，踏上。援笔：拿起笔。

【鉴赏】

　　本诗抒发了诗人对曹丕迫害同胞兄弟的满腔悲愤之情，痛斥了监国使者一类的奸佞小人离间他们兄弟关系的丑恶行径。

　　全诗分七章。第一章，写诗人和曹彪离开京师时的眷恋之情。

　　第二章，写归途的艰险。诗人顾瞻引领、一步三叹。诗中写到伊、洛泛滥，霖雨泥泞，都是当时所见实景。

　　第三章，抒发因小人离间欲与弟同道不能的愤慨。"鸱枭鸣衡轭"四句用形象的比喻，道出了政治上恶人当道，小人离间的种种罪恶。鸱枭在当时人们心目中是一种不祥之物，诗中用来隐喻君王之侧多恶人。"豺狼"句，则是隐喻恶人窃据要津的政治现实。小人变乱善恶是非，犹如苍蝇混淆黑白一样。"欲还绝无蹊"两句是再次照应首章"顾瞻"二句，说明诗人对京城的顾恋，其中有对曹魏政权前途的忧虑。

　　第四章，写日暮秋野萧条、鸟兽急归的景象及自己孤独凄凉的离愁别绪。"归鸟"、"孤兽"这些形象，渗进了诗人的离情。"孤兽"二句极写"孤"兽索"群"的急切，以映衬诗人骨肉分离的凄苦心境、渴望骨肉团聚的热切心情。

第五章，痛切哀悼兄长曹彰的冤死，抒发人生无常的感慨。"奈何"四句是叙述曹彰在京师惨死之事。悼念死者，感伤存者，反映了现实对英雄志士的摧抑，隐含着对曹丕及其爪牙的无比愤慨。

第六章，深情宽慰和劝勉即将分手的弟弟曹彪，倾吐骨肉生死离别的深沉悲伤，"仓卒骨肉情，能不怀苦辛？"

第七章，写作者对天命、神仙的怀疑，"离别永无会"，叮嘱弟弟善自珍重，再次表达离别之情。自己贵为王侯，却无法保有普通人家的兄弟骨肉情谊；祸福无常，谁都难以掌握自己的命运。简单的人生问题都如此不可捉摸，更何况求仙一类虚幻悠远的事。这是诗人在逆境中反复体验而悟出的人生真谛，也是他对现实的悲愤控诉。

本诗采用段与段首尾相接的章法，衔接紧密。又多次运用问答的句式推进情感的表达，继承并发展了汉乐府民歌的艺术手法。另外，诗人把叙事、抒情、写景结合起来，从不同角度表现、衬托无限的悲痛，具有强烈的艺术感染力，堪称曹植的传世之作。

咏　怀（其一）[1]

阮　籍

【解题】

　　阮籍（210～263），字嗣宗，陈留尉氏（今河南尉氏）人，为竹林七贤之一。初为吏，又为尚书郎，均因病免官。司马懿引为从事中郎，懿卒，又任司马师、司马昭兄弟从事中郎，封关内侯、官终步兵校尉。籍本具济世之志，因不愿与司马氏集团同流合污，又恐遭遇谤祸，故崇奉老庄之学，口不言人过，明哲保身，得终天年。性嗜酒，曾慕步兵营人善酿酒而求为步兵尉，故世称阮步兵。阮籍是正始时期的代表作家之一，诗、文都颇有成就，诗的成就尤高，其代表作为《咏怀》诗八十二首。有《阮步兵集》。

　　在当时司马氏恐怖政权的统治下，阮籍常常采用佯狂醉酒的方式，以避祸保身，不与统治者合作，然而，他内心却有着深沉的痛苦。"诗言志"《咏怀》诗正是诗人这种痛苦情绪的流露。

【正文】

　　　　夜中不能寐，起坐弹鸣琴。
　　　　薄帷鉴明月，清风吹我襟[2]。
　　　　孤鸿号外野，翔鸟鸣北林[3]。
　　　　徘徊将何见？忧思独伤心。

【注释】

[1]《咏怀》：阮籍的诗歌总集，共八十二首，是抒情组诗。
[2] 帷：帐幔。鉴：照。
[3] 号：啼叫。这句是说，孤鸿在野外哀号。翔鸟：飞翔盘旋着的鸟。
　　北林：语见《诗经·晨风》，泛指树林。

【鉴赏】

　　此诗是《咏怀》第一首，是《咏怀》诗的总开端，起一个序诗的作用。表现了诗人孤独、郁闷、失望、痛苦的心情，为《咏怀》八十二首定下了感情基调。

　　诗的开头用夜不能寐，起坐鸣琴来表现在险恶的政治环境中诗人内心所产生的孤寂、忧愁及这种愁绪无法排遣的苦闷。这两句诗化用了王粲《七哀诗》（其二）："独夜不能寐，摄衣起抚琴。"当时的社会非常黑暗，阮籍忧谗畏祸，忧思难以排遣，只好通过琴声来渲泄。"薄帷鉴明月，清风吹我襟"，则描绘了另一凄清的景象。清风、明月本是月夜美景，而诗人却忧思满怀，无心赏月，以乐衬忧，更反衬出诗人内心的忧思之重。紧接着一句对偶句"孤鸿号外野，翔鸟鸣北林"诗人以孤鸿、翔鸟自比，渲染了自己处境的险恶，衬托"夜中不能寐"的忧伤。二句以动写静，描写了夜晚凄清的环境，作者触景生情，不由更加苦闷。最后两句"徘徊将何见？忧思独伤心"，诗人在月光下徘徊，和孤鸿、翔鸟一样孤独，它们在迷茫的夜空中看到的是黑暗无边，于是陷入忧思、伤心。

　　本诗着重环境描写和气氛渲染，融情于景，以景衬情地抒发出诗人内心的苦闷和彷徨。感物兴叹，言近旨远，含蓄深婉，耐人寻味。

咏　　史[1]（二首）

左思

【解题】

左思（250?～305?），字太冲，齐国临淄（今山东淄博）人。出身寒微，博学能文，不喜交游。左思是西晋著名的辞赋家和诗人。曾以十年时间写出《三都赋》，洛阳为之纸贵。其诗现存十四首，代表作为八首五言《咏史》诗，钟嵘称"得讽喻之致"。有《左太冲集》。

《咏史》诗，并不始于左思。东汉初年，班固已有《咏史》诗，但其写法只是"概括本传，不加藻饰"，而左思的《咏史》诗，并不是概括某些历史事件和人物，而是借以咏怀，表现诗人从积极入世到消极避世的变化过程。所以何焯说："题云《咏史》，其实乃咏怀也。"又说："咏史者，不过美其事而咏叹之，概括本传，不加藻饰，此正体也。太冲多摅胸臆，此又其变。"（《义门读书记》卷四十六）何焯认为左思《咏史》是"咏史"类诗歌的变体。

【正文】

其　一

弱冠弄柔翰，卓荦观群书[2]。
著论准《过秦》，作赋拟《子虚》[3]。

边城苦鸣镝,羽檄飞京都[4]。
虽非甲胄士,畴昔览《穰苴》[5]。
长啸激清风,志若无东吴。
铅刀贵一割,梦想骋良图[6]。
左眄澄江湘,右盼定羌胡[7]。
功成不受爵,长揖归田庐。

其 二

郁郁涧底松,离离山上苗[8]。
以彼径寸茎,荫此百尺条[9]。
世胄蹑高位,英俊沉下僚[10]。
地势使之然,由来非一朝。
金张藉旧业,七叶珥汉貂[11]。
冯公岂不伟,白首不见招[12]。

【注释】

[1] 左思《咏史》诗共八首,今选其第一、第二首。

[2] 弱冠:古时男子二十岁成人,束发加冠,但身体尚弱,故称"弱冠"。柔翰:毛笔。卓荦(luò):才能卓异。

[3] 准《过秦》:以《过秦论》为标准。《子虚》:即司马相如的《子虚赋》。

[4] 鸣镝:响箭。苦鸣镝:即苦于敌人的侵扰。

[5] 胄(zhòu):头盔。甲胄士:武士。畴昔:往昔。穰苴(ráng jū):即春秋时期齐国的军事家田穰苴。

[6] 铅刀贵一割:铅刀一割即钝,比喻自己才能低下,但希望一用。

[7] 眄(miàn):看。澄:澄清,平定。江湘:长江、湘江,是东吴所在地。羌胡:泛指西北地区的少数民族。

[8] 郁郁:茂密浓绿的样子。离离:分散下垂的样子。苗:小树。

[9] 径寸:直径一寸。茎:指树干。荫:遮蔽。此:涧底松。百尺条:身

咏　　史（二首）

[10] 世胄：世族子弟。胄：长子、后裔。蹑（niè）：登。沉：沉沦，沉没。下僚：下级官员。

[11] 金：指汉代金日磾（mì dī）家，自汉武帝至汉平帝，七代皆为内侍。张：指汉代张汤家。自汉宣帝以后，他家历代为大官，共有侍中、中常侍十余人。珥（ěr）：插。貂：貂尾。汉代侍中、中常侍的帽上皆插貂尾。

[12] 冯公：汉代冯唐。伟：奇伟，人才出众。不见招：不被重用。冯唐年七十左右，仍当着中郎署长的小官。

【鉴赏】

《咏史》第一首，是序诗，主要写诗人具备的才能。诗的主旨是抒发诗人为国建功立业的宏伟抱负，表达了"功成不受爵"的高尚情操。

诗的前八句，诗人借贾谊、司马相如等历史人物作比拟，表现自己非凡的文才武略。前四句写自己二十岁就舞文弄墨，博览群书，才华横溢。写论文以贾谊的《过秦论》为标准，作赋以司马相如《子虚赋》为楷模。"边城苦鸣镝"四句写自己文武兼备，希望能上战场杀敌。后八句写诗人渴望立功报国的宏愿，以及功成身退，终老田园的思想。诗人长啸一声，激荡着清风，他志气远大，把东吴根本不放在眼里。即便一把钝刀，也希望一割之用是作者的夙愿。

这首诗融议论于具体形象之中，富于感情色彩，语言豪壮，文笔雄劲有力，具有很强的感染力。

《咏史》第二首以涧底松和山上苗作比，形象地揭示了当时社会上"世胄蹑高位，英俊沉下僚"的极不合理的社会现象，并且又用金、张之家与冯唐相比，说明这种现象的存在由来已久，根深蒂固，猛烈抨击世族门阀制度，同时也抒发了诗人自己出身寒门，有志不得施展的愤懑。

"郁郁涧底松"四句，写当时社会现象的不平，采用了比兴手法。以"涧底松"比喻出身寒微的士人，以"山上苗"比喻世家大族子弟。仅有一寸粗的山上树苗竟然遮盖了涧底百尺长的大树，不由让人感叹人间的不平。这两句形象鲜明，表现含蓄。"世胄蹑高位"四句，写当时的世家贵族子弟占据高官之位，而出身寒微的士人却沉没在低下的官职上。这种不公平现象就好像"涧底松"和"山上苗"一样，是地势造成的，由来已久，并非一朝一夕的事。四句以形象的语言，揭露了门阀制度所造成的不合理现象。"金张藉旧业"四句，紧承"由来非一朝"。以对比的方法，表现"世胄蹑高位，英俊沉下僚"的具体内容。诗人借历史以抒发自己的怀抱，对不合理的社会现象进行了无情揭露和鞭挞。

此诗对比鲜明，比喻贴切，意气豪迈，语言简劲。是所谓"左思风力"的具体体现，与"建安风骨"一脉相承。

归园田居[1]

陶渊明

【解题】

陶渊明（365～427），字元亮，一说名潜、字渊明，别号五柳先生，私谥靖节，故世称"靖节先生"。东晋浔阳柴桑（今江西九江市西南）人。生平曾任江州祭酒、镇军参军、彭泽县令等职。因对当时现实不满，四十一岁即辞官归隐，躬耕垄亩。

陶渊明是东晋最杰出的诗人，其诗今存一百二十六首，成就最高的是他的田园诗。其诗风格平淡自然，语言简洁含蓄，感情亲切纯真，意境浑厚高远，开创了"田园诗派"，对后世诗人有很大影响。有《陶渊明集》。

东晋义熙元年（405），陶渊明在江西彭泽做县令，八十多天后便声称不愿"为五斗米向乡里小儿折腰"，辞职归田，结束时隐时仕、身不由己的生活，终老田园。归来后，作《归园田居》诗一组共五首，描绘田园风光的美好和农村生活的淳朴可爱，抒发归隐后愉悦的心情。本诗是其中第一首，是陶渊明的代表作，约作于义熙二年（406），即解职归田园的次年。

【正文】

其一

少无适俗韵，性本爱丘山[2]。

误落尘网中,一去三十年[3]。
羁鸟恋旧林,池鱼思故渊[4]。
开荒南野际,守拙归园田[5]。
方宅十余亩,草屋八九间[6]。
榆柳荫后檐,桃李罗堂前[7]。
暧暧远人村,依依墟里烟[8]。
狗吠深巷中,鸡鸣桑树颠[9]。
户庭无尘杂,虚室有余闲[10]。
久在樊笼里,复得返自然[11]。

其 三

种豆南山下,草盛豆苗稀[12]。
晨兴理荒秽,带月荷锄归[13]。
道狭草木长,夕露沾我衣。
衣沾不足惜,但使愿无违。

【注释】

[1]《归园田居》:共五首,写于陶渊明辞去彭泽令之后。这组诗的中心内容是歌咏归田的乐趣。

[2] 适俗:适应世俗。韵:气韵、风度、情调。

[3] 尘网:此指官场。三十年:当为"十三年"之误。

[4] 羁鸟:笼中之鸟。池鱼:池塘之鱼。故渊:鱼儿原来生活的水域。

[5] 南野:一作"南亩"。守拙:守正不阿,不善钻营。

[6] 方:旁。方宅:住宅周围。

[7] 荫:荫蔽、遮盖。罗:罗列。

[8] 暧暧:昏暗、依稀不明之状。依依:轻柔的样子。墟:村落。

[9] 狗吠二句:汉乐府《鸡鸣》诗有"鸡鸣高树颠,犬吠深宫中"之句,陶渊明这里化用其意。

[10] 户庭：门庭。尘杂：指世俗的杂事。虚室：空闲静寂的屋子。
[11] 樊：栅栏。樊笼：关鸟兽的笼子，这里比喻仕途。
[12] 南山：即庐山。
[13] 晨兴：早起。秽：杂草。理荒秽：除杂草。带：被绕，可引申为"披"。荷（hè）：肩负，扛。

【鉴赏】

　　《归园田居》这首诗通过描写诗人辞官归田，重返自然后的生活情景，抒发了诗人厌恶官场及置身于自然怀抱之中的闲适愉悦的思想感情，表达了诗人的社会理想。

　　全诗可分为三个层次。第一层从开头到"池鱼思故渊"共六句，揭示作者的个性和思想。作者清高孤傲，不会逢迎世俗，喜好田园山林，但为了养家进入官场，误入了世俗之网。然而作者并未改变志趣，仍恋着故园，"羁鸟"二句巧用比喻和对仗句式，强化了作者厌倦官场、渴望归隐的思想感情。第二层从"开荒南

野际"到"虚室有余闲",描写了作者生趣盎然的田园生活。"开荒"二句呼应开头二句,写作者因不会钻营,不如抱守愚拙,回去开荒种田,得其所好。"方宅"二句反衬了作者生活的简朴,是简笔勾勒。"榆柳"二句写作者居住的环境,恬静素淡。"暧暧"二句描写了平静安闲的农村景象,令人心旷神怡。"狗吠"二句写了农村的鸡犬之声相闻,静中有动。"户庭"二句写作者生活很悠然。第三层为最后两句,总括全文,表明诗人脱离官场,归隐自然的喜悦。

诗人采用"田家语",以白描手法,写景叙事,抒怀言志,展现了田园生活和农家景象朴素的自然画卷,字里行间跃动着诗人不与世俗同流合污的人格和恬淡的心境。信笔写来,自然天成,如行云流水,无斧凿痕迹,充分体现了陶诗的特点:平中见奇,淡中有味,质而实绮,癯而实腴,深入浅出,余味无穷。

《归园田居》第三首写于退隐后的第二年春夏间。从表面上看,这首诗写的是田园劳作之乐,表现的是归隐山林的遁世思想;实质上,是表现自己不与污浊的现实同流合污的愿望。

全诗共八句。前两句写出了种豆的地点和豆苗的长势,地里的豆苗稀疏,然而杂草却长得很茂盛。此句写实际情况,这就为下文的辛勤耕作做好了铺垫。"晨兴理荒秽,带月荷锄归",早晨赶忙起来,去地里锄草,晚上月亮升起来才回家。此句为虚写。"道狭草木长,夕露沾我衣。衣沾不足惜,但使愿无违。"这四句不但表现了作者对田园生活的热爱,更反映了他对污浊的社会现实的不满,语言朴实,文字浅显。

本诗语言清新自然,于淡泊中见情趣,于朴素中见意境。平淡与幽美、实景与虚景巧妙结合,相映成趣。

读山海经(其十)[1]

陶渊明

【解题】

　　《读山海经》十三首为一组联章诗。第一首咏隐居耕读之乐,第二至第十二首咏《山海经》、《穆天子传》所记神异事物,末首则咏齐桓公不听管仲遗言,任用佞臣,贻害己身的史事。因此,此组诗当系作于刘裕篡晋之后。故诗中"常在"的"猛志",当然可以包括陶渊明少壮时代之济世怀抱,但首先应包括着对刘裕篡晋之痛愤,与复仇雪恨之悲愿。陶渊明《咏荆轲》等写复仇之事的诗皆可与此首并读而参考。

【正文】

　　　　　　精卫衔微木,将以填沧海[2]。
　　　　　　刑天舞干戚,猛志故常在[3]。
　　　　　　同物既无虑,化去不复悔[4]。
　　　　　　徒设在昔心,良辰讵可待[5]!

【注释】

[1] 陶渊明《读山海经》诗除第一首外每首都是歌咏《山海经》中所载的事物。这篇原列第十首,咏精卫和刑天。
[2] 精卫:古代神话中的鸟名。它本是炎帝的少女,名女娃,溺死于东海。死后化为鸟,名精卫,常衔西山木石以填于东海。见《山海经·北山

经》。

[3] 刑天：《山海经·海外西经》云："刑天与帝争神。帝断其首，葬于常羊之野。乃以乳为目，以脐为口，操干戚而舞。"干戚：盾和板斧。

[4] 这句言女娲既已溺死而化为飞鸟，就异于人类而同于其他的物。这句言刑天已被杀，化为异物，可不再悔恨既往。

[5] 这句言空有昔日的壮志。良辰：指实现壮志的时候。讵：犹"岂"。

【鉴赏】

  这首诗是《读山海经》组诗中的第十首，歌颂精卫鸟衔微木填海、刑天掉了脑袋还操干戚而舞。寄托着诗人自己的牢骚与不平。

  开头四句，概括了精卫和刑天的神话故事，简练、传神。歌颂它们"猛志故常在"的坚毅精神，也道出诗人自己的怀抱。"微木"与"沧海"形成鲜明对比，突显了精卫的复仇之艰难和决心之大，可见出作者的用字精警之处。"舞"和"猛"形象地勾画了刑天的勇猛凌厉。五、六句言它们生前无所惧，死后无所悔的品格，是对"猛志故常在"的充分发挥。末二句叹惋它们虽存昔日猛志，然复仇时机终未能等到，这是精卫、刑天精神的悲剧，更是诗人对自己命运的感叹。诗的感情由豪迈转向悲愤，鞭挞了英雄无用武之地的不合理社会现象。

  鲁迅先生曾指出：陶渊明并非浑身"静穆"，他有"悠然见南山"的一面，也有"猛志固常在"的金刚怒目的一面。这首诗正体现了他"金刚怒目"的思想和诗风。

登池上楼[1]

谢灵运

【解题】

谢灵运（385～433），祖籍陈郡阳夏（今河南太康），出生于会稽始宁（今浙江上虞）。他从小博览群书，工书画，是晋宋之交的杰出诗人，是山水诗派的开创者，对后世诗歌发展有广泛的影响。时人誉为"如初发芙蓉，自然可爱"。有《谢灵运集》。

谢灵运为东晋名将谢玄之孙，自幼颖悟过人，成年后骄纵自负，在政治上自然抱有很大的雄心。而宋武帝刘裕去世后，诸子年幼，形势不稳，又使他深深卷入权力斗争的漩涡。刘裕的长子刘义符（少帝）即位后，大臣徐羡之等人把持朝政。刘裕次子刘义真（庐陵王）有觊觎帝位之意。他与谢灵运关系密切，而谢灵运常对徐羡之等施以批评，引起对方的猜忌，在永初三年（422）被逐出京都，迁为偏僻的永嘉郡太守。来永嘉后的第一个冬天，谢灵运便长久卧病，至明年（景平元年）春始愈，于是登楼观景，写下《登池上楼》这一名篇，抒发内心郁闷之情。半年后，谢灵运便辞官归隐。

【正文】

潜虬媚幽姿，飞鸿响远音。薄霄愧云浮，栖川怍渊沈[2]。
进德智所拙，退耕力不任。徇禄及穷海，卧疴对空林[3]。
衾枕昧节候，褰开暂窥临。倾耳聆波澜，举目眺岖嵚[4]。

初景革绪风,新阳改故阴。池塘生春草,园柳变鸣禽[5]。
祁祁伤豳歌,萋萋感楚吟。索居易永久,离群难处心[6]。
持操岂独古,无闷征在今[7]。

【注释】

[1]《登池上楼》:谢灵运于宋武帝永初三年(422)七、八月到宋文帝景平元年(423)七、八月任永嘉太守,此诗当写于景平元年初春。池上楼:在永嘉郡,即今浙江温州市。这个池后来名为谢公池。

[2] 虬(qiú):传说中一种有角的小龙。潜虬:潜藏于水中的小龙。媚:自我欣赏。幽姿:美好的身姿。飞鸿:高飞的鸿雁。响远音:把自己的声音传向远方。薄:迫近。云浮:飘浮在云间,指飞鸿。怍(zuò):惭愧。渊沈:藏于深渊中,此指潜虬。

[3] 进德:进德修业,指仕进。智所拙:智力低下不能达到。退耕:指隐居躬耕。力不任:体力不能胜任。徇:从,这里是追求之意。穷海:边远的海滨,指永嘉。痾(ě):病。空林:冬天枯秃的树林。

[4] 衾枕:此指卧病在床。昧:暗,不明白。节候:季节物候的变化。褰(qiān):揭开,掀起。窥临:临楼观望。岖嵚(qīn):山势高险。

[5] 初景:初春的阳光。革:改变。绪风:余风,冬天北风的余威。新阳:新春。故阴:已过的冬天。这里用阳、阴代春、冬,意即冬去春回。变鸣禽:变换鸣禽的叫声。园柳中鸟类众多,啼声宛转而多变。

[6] 祁祁:众多的样子。萋萋:草茂盛的样子。索居:独居。难处心:难以安心独处。

[7] 持操:保持自己高尚的节操。无闷:《易·乾卦》"龙德而隐者也,不易乎世,不成乎名,遁世无闷。"即有德的隐者,不随波逐流,不追求成名,故能避世无闷。征:验证,证实。

【鉴赏】

这首诗写诗人久病初起登楼临眺时的所见所感,通过对景物的描写,表达了作者志不获展,从而希望归隐的思想。

登池上楼

　　本诗开头八句为第一层，以"潜虬"和"飞鸿"引入抒情性的叙述，象征着退隐与建功立业思想的矛盾。"潜虬"一句喻深藏不露，孤高自赏的生活，"飞鸿"句喻奋进高飞，声名在外的理想生活；三四两句写自己以上两种生活都难以做到，自觉无能、惭愧。下面四句写自己正直耿介，受人陷害，有退隐之心却难以实现。只能无奈地来到偏僻之地，久卧病床，对着萧条的空林。八句由虚到实，由远及近，渲染了悲伤凄凉的氛围。中间八句为第二层，写病中临窗远眺所见满目春色，近景与远景，音响与画面，既错综变化，又有声有色。"池塘"二句，平实自然，真切感人。后六句为第三层，抒发诗人的内心感受。从外界美好景物过渡到思归之情，情绪转向感伤，表达出遁世的意愿。"持操"二句引用《周易》，写坚持节操并非仅古人能做到，今人依然能够遁世无闷。诗人的情绪转为高亢，终于下定决心归隐。

　　本诗借景抒情，情随景生，情真景实，引人共鸣；通篇运用对偶句，对仗工稳，已成为一种重要的艺术技巧。诗人观察细致，感受很深。遣词造句，清新自然。其中"池塘生春草，园柳变鸣禽"更是千古流传的佳句。

拟行路难[1]

鲍 照

【解题】

鲍照（412？～466），字明远，祖籍东海（治所在今山东郯城县西南），久居建康（今南京市）。家世贫贱。临海王刘子顼镇荆州，鲍照为其前军参军，故世称鲍参军。鲍照的七言诗和杂言诗继承了汉魏乐府的优良传统而又有所发展。有《鲍参军集》。

在鲍照最为擅长的乐府诗体中，《拟行路难》十八首称得上是"皇冠上的珍宝"。这一组内容丰富而又形式瑰奇的诗篇，从各个侧面集中展现了鲍照诗歌艺术的多姿多态，确实像一块精光四射、熠熠生彩的钻石。

【正文】

对案不能食，拔剑击柱长叹息[2]。
丈夫生世会几时，安能蹀躞垂羽翼[3]？
弃置罢官去，还家自休息。
朝出与亲辞，暮还在亲侧。
弄儿床前戏，看妇机中织。
自古圣贤尽贫贱，何况我辈孤且直[4]！

【注释】

[1] 拟：摹仿。鲍照《拟行路难》共十八首，根据乐府古题的意思进行创

作，多是对封建世族社会中种种不合理现象的愤慨不平之作，也有仕途失意和离别相思。

[2] 案：古时一种放食器的小几，形如有脚的托盘。
[3] 会：能有。踥蹀（dié xiè）：小步行走的样子。
[4] 孤：身世寒微，势力孤单。直：性格耿直。

【鉴赏】

　　这是一首愤世嫉俗之作，表现了诗人怀才不遇的激愤心情，以及对当时黑暗社会的不满。

　　本诗共有三层意思。开头四句，描写了诗人厌倦官场，"不能食"、"长叹息"形象地写出诗人的郁闷之情。"丈夫"二句写出了悲愤的内容及辞官的原因。中间六句为转折，政治上不能有所作为，不如罢官回家，安享天伦之乐，于是适当地描写了诗人弃官归家的逍遥生活。"弄儿床前戏，看妇机中织"多么闲适、开心，再无官场的勾心斗角、压抑郁闷。最后两句"自古圣贤尽贫贱，何况我辈孤且直"写出了诗人对黑暗社会现实的激愤，为全诗主旨所在。

　　全诗语言质朴，自然亲切。描写生活场景真切，生动形象。诗歌形式自由，手法灵活，杂用五言、七言句式，洒脱奔放。诗歌感情充沛，愤世嫉俗之情溢于字里行间。

晚登三山还望京邑[1]

谢 朓

【解题】

谢朓（464～499），字玄晖，陈郡阳夏（今河南太康）人。他的青少年时期是在宋、齐易代的动乱中度过的，做过豫章王萧嶷太尉行参军、随王萧子隆的文学。明帝时曾掌中书诏诰，后又出任宣城太守，故世称谢宣城。回朝后，又任吏部郎，后受诬陷，下狱而死。他与谢灵运同族，又都长于山水诗，故后人称为"小谢"。有《谢宣城诗集》。

这首诗作于齐明帝建武二年（495）的春天，谢朓出任宣城太守时。此前，南齐在一年（494）之内改了三个年号，换了三个皇帝，其中之一是谢朓为之充任中军记室的新安王，在位仅三个月之久。新安王登基时，谢朓连迁骠骑咨议、中书诏诰、中书郎等官职。明帝废新安王自立后，谢朓的前程虽未受影响，但目睹皇帝走马灯似地变换，不能不心有余悸。所以当他第二年出牧宣城时，对京邑固然不无留恋，不过也很庆幸自己能离开政治斗争的漩涡。

【正文】

> 灞涘望长安，河阳视京县[2]。
> 白日丽飞甍，参差皆可见[3]。
> 余霞散成绮，澄江静如练[4]。

晚登三山还望京邑

喧鸟覆春洲,杂英满芳甸[5]。
去矣方滞淫,怀哉罢欢宴[6]。
佳期怅何许,泪下如流霰[7]。
有情知望乡,谁能鬓不变[8]!

【注释】

[1] 三山:在今南京市西南长江南岸,上有三峰,南北相接。还望:回头眺望。京邑:京城,即今南京市。

[2] 灞:灞水,发源于陕西省蓝田县,流经长安。涘:岸。河阳:故城在今河南孟县西。京县:指西晋的京城洛阳。

[3] 丽:附着,这里是"照在……之上"的意思。甍(méng):屋檐。飞甍:即高耸飞扬起来的屋檐,像鸟飞一样。

[4] 余霞:晚霞。绮:锦缎。练:白绸子。

[5] 覆春洲:覆盖着春洲,极言鸟之多。杂英:杂花,各种各样的花。甸:郊野。

[6] 去矣:指离开京城。方:将。滞淫:久留,淹留。怀哉:怀念啊。

[7] 佳期:此指归期。何许:几许,多少。霰(xiàn):小雪粒。

[8] 鬓(zhěn):黑发。变:黑发因愁而变白。

【鉴赏】

　　这首诗通过对晚登三山回望京邑所见春江日暮美景的描绘,抒发了诗人对京邑生活的无限留恋和急切的思归之情。

　　本诗开头两句介绍了诗人的所在位置,为下文观景作了铺垫。接下来的六句诗人紧扣诗题,描写了自己登临所见之景。在日光照耀下,富丽的皇宫和官宦的宅第高低不齐,白日西沉,余霞灿烂犹如锦缎散开,大江清澄如同明净的白练。"余霞"二句比喻贴切,色彩绚丽悦目,描写黄昏的春江日暮美景如画。"喧鸟"二句从细处描写江边奇趣。归鸟喧闹在江中的小岛上,各色野花开满江边。以鸟的闹反衬江面的宁静，归巢的鸟也让诗人想到自己将离乡远去，表现了作者对京邑生活的热爱之情。最后六句描写了作者离开京邑的无限惆怅。"佳期怅何许，泪下如流霰"两句将诗人的离愁思归的强烈感情凸现于纸上。末二句诗人由自己的离愁想到别人的思乡之情，人有情都知思乡，长期怀乡，谁的黑发不变白呢？与开头还望京邑遥相呼应。

　　本诗情景交融，借景抒情，两者相辅相成，反衬贴切自然。诗以白描手法写来，景色明丽，色彩鲜艳，构成了一幅美妙的图画。其中"余霞散成绮，澄江静如练"二句，为千古名句，李白赞曰："解道澄江静如练，令人常忆谢玄晖"（《金陵城西楼月下吟》）。

企喻歌[1]

北朝民歌

【解题】

　　北朝民歌，主要是北魏以后用汉语记录的作品，很可能是传入南朝后由乐府机关采集而存的，共有七十余首，郭茂倩《乐府诗集·梁鼓角横吹曲辞》收有六十余首，其他收入《杂歌谣辞》和《杂曲歌辞》中。

　　北朝民歌内容较为广泛，有恋歌、战歌、牧歌等，体裁多样，四、五、七言和杂言均有，语言质朴、刚健，风格粗犷豪放，艺术上独具特色。生动地反映了北朝二百多年间的社会生活和时代特色，表现了北方的山川景物和各族人民乐观、粗犷的精神面貌。

　　东晋十六国时期各民族间相互仇杀，社会风气尚武。《企喻歌辞四首》就是在这样的社会背景上出现的一组民歌，它描写的是当时的战斗生活，歌颂的是一种尚武精神。

【正文】

　　　　男儿欲作健，结伴不须多[2]。
　　　　鹞子经天飞，群雀两向波[3]。
　　　　男儿可怜虫，出门怀死忧[4]。
　　　　尸丧狭谷中，白骨无人收。

【注释】

[1]《乐府诗集·梁鼓角横吹曲》有《企喻歌》四曲,这里所选是第一曲和第四曲。

[2] 作健:做健儿。

[3] 两向波:左右飞逃,像波涌。这里也可能以"波"为"播"。播:逃散。

[4] "男儿"二句是说男儿如果出门就怕死那真是可怜虫了。

【鉴赏】

　　此二曲前一曲是歌颂勇武的诗,大意说英雄好汉单枪匹马也可闯荡。"男儿欲作健"写作为一个男儿,最大的追求就是从军,征战沙场,建功立业。"结伴不须多"写真正的勇士即使同伴不多,也能孤军作战。三四两句用鹞子比喻,颂扬一个孤单英雄,驰骋沙场,所向披靡,表现出超人的勇气,写出了北方骑士敢于冲坚履险的大无畏英雄气概。

　　后一曲写从军应视死如归,哪怕野死不葬。前两句"男儿可怜虫,出门怀死忧"语意倒装,是说男子汉走出家门而贪生怕死,足以说是一个可怜虫。后两句"尸丧狭谷中,白骨无人收",是说战争本来就是残酷的,作为战士弃尸荒野又何妨?貌似豪迈的口吻,恰恰从反面证明了战争的残酷,给人以悲愤壮烈之感。

　　二曲都具有一种勇敢、粗犷的精神,意气昂扬,情调悲壮,语言通俗自然,充分体现了北朝民歌豪放慷慨,质朴率真的艺术特色。

木兰诗[1]

北朝民歌

【解题】

　　《木兰诗》是我国南北朝时期北朝民歌中的一首叙事诗,后经文人加工润色,被历代传诵,成为我国古典诗歌中一首脍炙人口的优秀诗篇,它和汉乐府民歌《孔雀东南飞》一起称为我国诗歌史上的"乐府双璧",二者异曲同工,前后辉映。木兰的形象,集中体现了中华民族勤劳、善良、机智、勇敢、刚毅、淳朴的优良品质。

　　《木兰诗》最早见于陈释智匠《古今乐录》,说明它产生于陈之前。《木兰诗》中之战事,当发生于北魏与柔然之间。柔然是北方游牧大国,立国一百五十八年(394～522)间,与北魏及东魏、北齐曾在黑山、燕然山一带发生过多次战争。魏神䴥二年(429),北魏太武帝北伐柔然,便是"车驾山东道,向黑山","北度燕然山,南北三千里。"(《北史·蠕蠕传》。)可见木兰替父从军正是替父讨伐柔然。

【正文】

　　唧唧复唧唧,木兰当户织。不闻机杼声,唯闻女叹息[2]。问女何所思?问女何所忆?女亦无所思,女亦无所忆。昨夜见军帖,可汗大点兵。军书十二卷,卷卷有爷名。阿爷无大儿,木兰无长兄,愿为市鞍马,从此替爷征[3]。

东市买骏马，西市买鞍鞯，南市买辔头，北市买长鞭[4]。朝辞爷娘去，暮宿黄河边。不闻爷娘唤女声，但闻黄河流水鸣溅溅。朝辞黄河去，暮宿黑山头[5]。不闻爷娘唤女声，但闻燕山胡骑声啾啾[6]。万里赴戎机，关山度若飞[7]。朔气传金柝，寒光照铁衣[8]。将军百战死，壮士十年归。

归来见天子，天子坐明堂[9]。策勋十二转，赏赐百千强[10]。可汗问所欲，"木兰不用尚书郎，愿借明驼千里足，送儿还故乡[11]。"

爷娘闻女来，出郭相扶将[12]。阿姊闻妹来，当户理红妆[13]。小弟闻姊来，磨刀霍霍向猪羊[14]。开我东阁门，坐我西阁床。脱我战时袍，着我旧时裳。当窗理云鬓，对镜帖花黄[15]。出门看火伴，火伴皆惊惶[16]。"同行十二年，不知木兰是女郎。"

雄兔脚扑朔，雌兔眼迷离[17]。双兔傍地走，安能辨我是雄雌[18]？

【注释】

[1]《木兰诗》：又名《木兰辞》。《乐府诗集》收入《横吹曲辞·梁鼓角横吹曲》。

[2] 唧唧（jī）：叹息声。杼（zhù）：织布机上用的梭子。机杼声：即织布机发出的声音。

[3] 军帖：即下文的"军书"，征兵的文书、名册。可汗：古代西北地区对君主的称呼，此处指北朝的皇帝。市：购买。

[4] 鞍鞯（jiān）：马鞍子下面的垫子。辔（pèi）头：马笼头。

[5] 朝：一作"旦"。黑山：杀虎山，在今内蒙古呼和浩特市东南一百里。"黑山"，一作"黑水"。即大黑河，在黑山附近。

[6] 燕山：燕然山，即今蒙古境内的杭爱山。胡骑：胡人的骑兵。啾啾（jiū）：马鸣声。

[7] 戎机：军事行动，指战争。赴戎机：奔赴战场的意思。

[8] 朔气：北方的寒气。金柝（tuò）：即刁斗，古代一种军用食器，铜制有柄的三脚锅，白天用来烧饭，晚上用来打更。这句是说，寒风中传来刁斗声。寒光：清冷的月光。铁衣：铠甲。

[9] 明堂：皇帝举行祭祀、朝贺、选士的殿堂。

[10] 策勋句：随着军功不断建立，官爵连连升级。策勋：记功。转：北朝到唐记功制度是把勋位分为若干级，每升一级为一转。赏赐句：赏赐成百上千的财物。百千：表示很多。强：有余。

[11] 尚书郎：官名，是朝中比较高的官职。明驼：日行千里的骆驼。段成式《酉阳杂俎》说："驼卧，腹不贴地，屈足漏明，故曰明驼"。借，一作驰。儿：木兰自称。

[12] 出郭句：爷娘互相搀扶着走出城外迎接。郭：外城，这里指城外。扶将：扶持。

[13] 理红妆：梳洗打扮。

[14] 霍霍：磨刀疾速的样子。

[15] 云鬓：柔美如云的鬓发。鬓：是脸旁靠近耳边的发。帖花黄：当时妇女的一种装饰，把金黄色的纸剪成星、月、花、鸟等形状贴在额上，或在额上涂一点黄颜色。帖：同贴。

[16] 火伴：即伙伴。古代兵制，十人为一个"火"，所以称同"火"的人为"火伴"。

[17] 雄兔二句：这两句描写兔子静止时候的状态，雄兔喜欢动，不走的时候两只前脚也常爬骚着；雌兔比较喜静，不走的时候两只眼睛也常常眯着。扑朔：爬搔的样子。迷离：朦胧的样子。

[18] 双兔二句：这两句是说，雄兔和雌兔一起跑起来，就看不出他们的区别了。这是比喻木兰在军中同士兵们一起生活打仗的时候，是分辨不出她是男是女的。傍地走，贴着地跑。

【鉴赏】

这首长篇叙事诗通过对木兰替父应征、沙场驰骋和荣归故里这一过程的叙述，塑造了一位封建时代文武兼备、忠孝两全的巾帼英雄形象，表现了木兰纯朴而勇敢、柔美而坚强的性格和不慕富贵、眷恋亲情的品质以及热爱劳动、热爱祖国的思想感情。

根据故事情节的发展，整首诗可分为三个部分：开头第一段十六句为第一部分，写木兰替父从军的缘由，接着二、三、四段共二十六句，为全篇的重点写木兰从准备出征、十年征战到功成请归的全过程。出征前的准备活动，既有生活真实，又体现艺术真实，人物形象也有血有肉。写十年征战仅有六句，但仍写得惊心动魄。最后木兰凯旋归来竟不慕荣利、不贪富贵、功成不受封赏，足见木兰高尚的品格。五、六两段二十句是第三部分，写木兰还家，亲人欢迎和她改装后伙伴惊讶的情景。用三个复叠排比句尽情渲染人们的喜悦心情。

整首诗在叙事上有详有略，对木兰的从军缘由、离别、辞官和还家都写得比较详细，淋漓尽致地写出人物的思想感情；对出征前的准备和军旅生活则写得比较简略。前者只有四句，后者也仅有六句，详略得当是这首诗写作上的一个显著特点。另一特点是用富有传奇色彩的情节塑造人物。木兰女扮男装从军十二载，胜利归来，回到家中重着女儿装，令"火伴皆惊忙"等情节，颇有传奇色彩，表现了中华民族的英雄主义精神，她成为后世女中豪杰的代名词，千百年来为中国女性备受推崇的女英雄。

敕勒歌

敕勒歌[1]

北朝民歌

【解题】

《敕勒歌》是北朝敕勒族的民歌。属于乐府《杂曲歌辞》。歌辞是南北朝时由鲜卑语译为汉语的。敕勒，初号锹历，又名高车、丁零，隋唐时叫铁勒，是匈奴族的后裔。史载北齐高欢为周军所败，曾使敕勒族人斛律金唱此歌以激励士气。

【正文】

敕勒川，阴山下[2]。
天似穹庐，笼盖四野[3]。
天苍苍，野茫茫，风吹草低见牛羊[4]。

【注释】

[1]《敕勒歌》：《乐府诗集》收入《杂歌谣辞》中。敕勒：种族名，亦称铁勒，北朝时居于今山西北部一带，这首诗是当时敕勒族的民歌。
[2] 敕勒川：当是敕勒族聚居地附近的地名或河流名。阴山：山脉名，起于河套西北，绵亘于内蒙古，东与内兴安岭相接。
[3] 穹（qióng）庐：毡帐，即今俗称"蒙古包"，是游牧民族居住的帐篷。
[4] 见（xiàn）：同"现"，显露，显现。

【鉴赏】

这首诗的主要内容是歌唱敕勒川地域辽阔、牧草丰茂、牛羊肥壮的富饶草原风光,充满着对草原的赞美和热爱之情。

　　诗的前四句描写了敕勒人生活的环境。一条大河流经广阔的草原,背靠着雄伟的阴山。二句为读者描绘了一幅苍茫开阔的草原图,气势磅礴,奠定了诗的基调。"天似"二句描写大草原一望无际,天空辽阔,如同毡帐一样从四面低垂下来,笼盖着草原。气象雄浑,情绪酣畅,充溢着草原牧民特有的生活气息。末三句写草原壮阔之景:苍茫的天地之间,风吹拂着辽阔的草原,遍地散布着牛羊群。天空、草原的肃静与风、牛、羊的动态相映成趣,粗犷豪迈,激越酣畅。虽无人物形象。但勇敢豪爽的敕勒人蕴含其中,"无我之境"有"我"的形象。全诗景物描写简洁、开阔,跌宕迂由,感情激越奔放,风格明快雄浑。

送杜少府之任蜀州[1]

王 勃

【解题】

　　王勃（650～670），字子安，绛州龙门（今山西河津）人。十四岁应举及第，授朝散郎，任沛王府修撰。因作《檄英王鸡》文，触怒高宗，被逐出王府。后任虢州参军，因私下杀了官奴曹达，按律当受死刑，遇赦获免。上元三年（676），赴交趾省亲，溺水惊悸而死。王勃擅长诗文，与杨炯、卢照邻、骆宾王齐名，人称"初唐四杰"。他在诗歌题材的开拓与五律的形成过程中，都有所贡献。其诗文今存《王子安集》。

　　这首五律是初唐诗人王勃的名作，是他在长安作朝散郎时，送一位朋友从长安出发到蜀地去为官上任，离别之际写的这首诗。

【正文】

　　　　　　城阙辅三秦，风烟望五津[2]。
　　　　　　与君离别意，同是宦游人[3]。
　　　　　　海内存知己，天涯若比邻[4]。
　　　　　　无为在歧路，儿女共沾巾[5]。

【注释】

[1] 杜少府：作者的朋友，其名字不详。少府，县尉。之：前往。蜀州：泛指蜀地。州，亦作"川"。

[2] 城阙：城门上面的楼观，这里借指长安。辅：夹辅，护持。三秦：泛指当时长安附近的关中之地，项羽灭秦后，将秦分为雍、塞、翟三国，称为三秦。辅三秦，一作"俯西秦"。五津：长江自湔堰至犍为有白华津、万里津、江首津、涉头津、江南津五个渡口，合称五津，这里指杜少府所要前往的蜀地。

[3] 君：指杜少府。宦游人：离家出游以求官职的人。

[4] 比邻：近邻，曹植《赠白马王彪》："丈夫志四海，万里犹比邻。"

[5] 歧路：岔道。

【鉴赏】

　　王勃一生虽短促，但生活经历比较丰富。他走过不少地方，"远游江汉，登降岷峨。"因此在他的诗里，写离别和怀乡之情的作品较有特色。

　　首联两句，写送别的地点和友人要去的地方，借描写两个地方的形势与风貌，点出秦蜀两地相隔千里，在展现雄浑开阔的境界中隐含依依惜别之情。颔联两句是劝勉友人不必哀伤，这也是自勉，既表现出他的深情厚意，又表现出他旷达爽朗的胸怀。颈联两句，写四海之内有了知心朋友，就是远在天边，也如近在咫尺。表现朋友间不拘形迹的真挚感情。尾联进一步劝慰友人别后不要悲伤，也是诗人自己的情怀的吐露，更显得情深意长。

　　全诗情景交融，其中"海内存知己，天涯若比邻"的和谐对仗，语言形象而凝练，饱含深情而富于哲理，一洗以往送别诗中黯然消魂的感伤情调，而代之以豁达乐观的感情，给人以安慰和鼓舞，更堪称送别千古绝唱。

长安古意[1]

卢照邻

【解题】

卢照邻(637?~680?),字升之,自号幽忧子,幽州范阳(今北京大兴)人。曾作邓王府典签,后迁新都尉,沉郁下僚,一生不得志。身患风疾,又服丹中毒,不堪疾病痛苦,自投颍水而死。卢照邻是初唐四杰之一。其诗题材广泛,体裁多样,尤以七言歌行见长,对初唐七言歌行的发展和提高,有所贡献。后人辑有《幽忧子集》。

早在汉魏六朝就有不少以长安洛阳一类名都为背景,描写上层社会骄奢豪贵生活的作品,有的诗篇还通过对比寓讽,如左思《咏史》。《长安古意》也是以传统题材写当时长安现实生活中的形形色色,托"古意"抒今情。

【正文】

长安大道连狭斜,青牛白马七香车[2]。
玉辇纵横过主第,金鞭络绎向侯家[3]。
龙衔宝盖承朝日,凤吐流苏带晚霞[4]。
百丈游丝争绕树,一群娇鸟共啼花[5]。
游蜂戏蝶千门侧,碧树银台万种色[6]。
复道交窗作合欢,双阙连甍垂凤翼[7]。
梁家画阁中天起,汉帝金茎云外直[8]。

楼前相望不相知,陌上相逢讵相识[9]?
借问吹箫向紫烟,曾经学舞度芳年[10]。
得成比目何辞死,愿作鸳鸯不羡仙[11]。
比目鸳鸯真可羡,双去双来君不见[12]?
生憎帐额绣孤鸾,好取门帘帖双燕[13]。
双燕双飞绕画梁,罗帷翠被郁金香[14]。
片片行云著蝉鬓,纤纤初月上鸦黄[15]。
鸦黄粉白车中出,含娇含态情非一[16]。
妖童宝马铁连钱,娼妇盘龙金屈膝[17]。
御史府中乌夜啼,廷尉门前雀欲栖[18]。
隐隐朱城临玉道,遥遥翠幰没金堤[19]。
挟弹飞鹰杜陵北,探丸借客渭桥西[20]。
俱邀侠客芙蓉剑,共宿娼家桃李蹊[21]。
娼家日暮紫罗裙,清歌一啭口氛氲[22]。
北堂夜夜人如月,南陌朝朝骑似云[23]。
南陌北堂连北里,五剧三条控三市[24]。
弱柳青槐拂地垂,佳气红尘暗天起[25]。
汉代金吾千骑来,翡翠屠苏鹦鹉杯[26]。
罗襦宝带为君解,燕歌赵舞为君开[27]。
别有豪华称将相,转日回天不相让[28]。
意气由来排灌夫,专权判不容萧相[29]。
专权意气本豪雄,青虬紫燕坐春风[30]。
自言歌舞长千载,自谓骄奢凌五公[31]。
节物风光不相待,桑田碧海须臾改[32]。
昔时金阶白玉堂,即今唯见青松在。
寂寂寥寥扬子居,年年岁岁一床书。
独有南山桂花发,飞来飞去袭人裾[33]。

【注释】

[1] 古意：拟古。

[2] "长安"二句：狭斜，狭，狭窄；斜，巷的别名。青牛，古代驾车，牛马并用。七香车，用多种香木制成的华美小车。

[3] "玉辇"二句：玉辇，皇帝所乘的车，这里泛指权贵的车。主第，公主的第宅。侯家，公侯之家。

[4] "龙衔"二句：宝盖，即华盖，指玉辇上所竖立的伞状车盖。盖的支柱雕成龙形，龙口好像衔着宝盖。

[5] "百丈"二句：游丝，春天虫类所吐之丝，飘扬于空中，故叫做游丝。娇鸟，美好可爱的鸟。

[6] 千门：指宫门。银台：银白色的台阁。

[7] 复道：即阁道，楼阁之间的空中之道。因地下、空中都有通道，故称复道。交窗：用木条纵横交错制成的窗。合欢：俗称夜合花，又名马樱花，这里指窗的格子连成合欢的图案。双阙：汉代未央宫有东阙、西阙。甍（méng）：屋脊。

[8] 梁家画阁：东汉顺帝时外戚梁冀在洛阳大造第宅，以豪奢著名。汉帝金茎：汉武帝刘彻好神仙，在建章宫立铜柱，高二十丈，上铸铜仙人以掌托铜盘，承接天露。

[9] 讵（jù）：岂。

[10] "借问"二句：传说春秋时秦穆公的女儿弄玉，嫁给善吹箫的箫史，后来夫妻双双乘凤凰飞去，成了神仙。

[11] 比目：比目鱼。

[12] 君：泛指。

[13] 生憎：最厌恶，当时口语。帐额：帐前所挂的横幅，人称帐檐。鸾：传说中凤一类的鸟，五色而多赤者曰凤，五色而多青者曰鸾。鸾鸟善鸣而能舞，据说孤鸾是不鸣不舞的。

[14] 罗帷：罗帐。翠被：用翡翠鸟羽毛作装饰的华美的被子。

[15] "片片"二句：蝉鬓，把鬓发梳成蝉翼般的式样，叫做蝉鬓。行云，

形容鬓发如同流动的云。鸦黄，嫩黄色。六朝和五代女子在额上涂黄为饰，叫做额黄，又叫鸦黄。这里是将额黄画作初月形，故曰初月上鸦黄。

[16] 含娇含态：娇媚的情态。

[17] "妖童"二句：妖童，泛指市井间的轻薄少年。铁连钱，马身上的毛构成一定的花纹，俗称旋，花纹如铜钱状一个个相连，即铁连钱。屈膝，亦作屈戌，即阖叶，这里指金钗，制成盘龙状，或金钗上以盘龙为装饰。

[18] "御史"二句：御史，专司弹劾的官。廷尉，执法之官。乌夜啼、雀欲栖都借用典故来形容冷落荒凉的景象。

[19] "隐隐"二句：朱城，指宫城。藓（xiǎn）：绘有花纹的车幕。金堤：坚固的石堤。

[20] "挟弹"二句：杜陵，地名，在长安东南，秦时为杜县，汉宣帝的陵墓在此，改称杜陵。探丸，据《汉书·尹赏传》载：长安少年有专门刺杀官吏、为人报仇的组织，每次行动之前，设赤、白、黑三种弹丸混在一起，让参加者暗中探取，探得赤丸的杀武官，探得黑丸的杀文吏，探得白丸的为在行动中死去的同伴办丧事。借客，替人报仇。渭桥，本名横桥，横跨渭水，故名。在长安西北，秦始皇时所造。

[21] "俱邀"二句：芙蓉剑，古纯钩剑。春秋时，越王允常聘请欧冶子铸了五把宝剑，其中一名纯钩。秦客薛烛善相剑，越王把纯钩给他看，他赞叹说："光乎如屈阳之华，沈沈如芙蓉始生于湘……此纯钩者也！"桃李蹊，本指桃李下的小路，这里借指娼家的住处。

[22] 口氛氲（fēn yūn）：口中散发出来的浓郁香气。

[23] 北堂：指娼家的内部。南陌：指娼家门外。

[24] 北里：长安娼妓聚居的地方，即平康里，在长安北门内。剧：交错的道路。三条，三面相通的路。

[25] 佳气红尘：车马杂沓的热闹气氛。

[26] 金吾：即执金吾，汉代禁卫将军之称。唐置左、右金吾卫，有金吾大将军。

[27] "罗襦"二句：襦（rú），短衣。燕歌赵舞，战国时燕赵两国歌舞最发达，并

且以"多佳人"著称。

[28] 转日回天：极言势力之大，可以回转天日。

[29] 灌夫：汉武帝时人，是一个勇猛任侠、好使酒骂座的将军，他和魏其侯窦婴相交结，与丞相武安侯田蚡不协，终被田蚡所陷害，族诛。判，同"拼"。萧相，指汉元帝时宰相萧望之，他在宣帝朝为御史大夫、太子太傅，元帝时为前将军，曾自谓"备位将相"，后被中书令宦者石显陷害，饮鸩自杀。

[30] 虬：本是有角的龙，这里指骏马名。紫燕：骏马名。坐春风：在春风中驰骋，极言其得意。

[31] 五公：指张汤、杜周、萧望之、冯奉世、史丹五个汉代著名的权贵。

[32] 节物：季节物候。桑田碧海：即沧海变桑田。

[33] "寂寂"四句：扬子，指汉代的扬雄，他在汉成帝、哀帝、平帝三朝做官都不得意，后来在天禄阁校书，闭门著《太玄》、《法言》。左思《咏史》："寂寥扬子宅，门无卿相舆。"床，古代称坐榻为床。一床书，指隐居生活。南山，指长安附近的终南山。袭，触及，落到。裾，衣服前襟。

【鉴赏】

《长安古意》是卢照邻的代表作。这首诗托古讽今，诗人用传统题材写自身的感受，以铺陈的笔法，描绘不归京都长安的现实生活场景，流露出对美好生活的热爱和向往之情；写权贵阶层骄奢淫逸的生活及内部倾轧的情形，深寓讽喻之旨。同时抒发了怀才不遇的寂寥之感和牢骚不平之气，也提示了世事无常、荣华难久的生活哲理。

全诗分四部分。第一部分"长安大道连狭邪"到"娼妇盘龙金屈膝"，共三十二句，铺陈描写长安车马、宫阙、豪宅的繁华富丽和权贵们竞逐豪奢的享乐生活。权贵们玉辇纵横，金鞭络绎，妖童娼妇，含妖作态，声色犬马，骄奢淫逸。第二部分从

"御史府中乌夜啼"到"燕歌赵舞为君开",共二十句,以市井娼家为中心,画出了一幅王孙公子、军官侠客等各种人物纵情声色的夜游图。第三部分从"别有豪华称将相"到"即今唯见青松在"共二十句,转写统治集团内部互相倾轧,权臣得意骄纵的情况。第四部分是最后四句,以穷居著书的扬雄为自况,寄寓怀才不遇的感慨,透言哲理,托物言志,结束全文。

  这首诗的题材、用语与萧纲的《乌栖曲》等齐梁宫体诗非常接近,但这首诗又完全突破了宫体诗的纤弱萎靡之风,描写都市生活显示出热烈与兴奋,描写爱情直率大胆。本诗采用比喻、象征、顶真、用典等多种修辞手法文笔纵横奔放,清丽精工,格局开阔,善于排比铺陈,共铺叙技巧吸取了汉赋大开大合的写法,并且略带"劝百讽一"之意。《唐诗镜》云:"端丽不乏风华,当在骆宾王《帝京篇》上"。《唐诗选脉会通评林》引周敬语:"通篇格局雄远,句法奇古,一结更绕神韵。……是诗一篇刺体,曲折尽情,转诵间令人起惩时痛世之想。"韵脚转换自如,上下蝉联,平仄相间,是初唐七言歌行的代表作之一。胡应麟极口称赞:"七言长体,极于此矣!"(《诗薮·内编》卷三)。

在狱咏蝉

骆宾王

【解题】

骆宾王（640？～684？），婺州义乌（今浙江义乌）人。七岁能诗，被誉为神童。初在道王（李元庆）府供职，高宗时任过武功、长安县主簿，入朝为侍御史，不久获罪入狱贬临海县丞，怏怏失志，弃官而去。睿宗光宅元年（684），从徐敬业起兵反，兵败后下落不明。骆宾王擅长七言歌行，有《骆临海集》十卷。

唐高宗仪凤三年（678），骆宾王由长安主簿入朝为御史，因次上书讽谏触忤武后，遭诬，以贪赃罪名下狱。这首诗即作于狱中。

【正文】

    西陆蝉声唱，南冠客思侵[1]。
    那堪玄鬓影，来对白头吟[2]。
    露重飞难进，风多响易沉[3]。
    无人信高洁，谁为表予心[4]？

【注释】

[1] 西陆：指秋天。南冠，《左传·成公九年》："晋侯观于军府，见钟仪，问之曰：'南冠而絷者谁也？'有司对曰：'郑人所献楚囚也。'"后世遂以南冠称囚犯。侵，一作"深"，侵扰。

[2] 吟：语意双关，意谓秋蝉正对着自己的白头哀吟。
[3] 露重（zhòng）、风多：皆比喻处境的险恶。
[4] 高洁：古人认为蝉只饮露而食，把它当作清高的象征；汉代甚至把蝉的形象作为贵官冠上的装饰，取其"居高食洁"。

【鉴赏】

　　这首诗通过咏蝉，抒发了诗人被诬下狱的忧愤和高洁的情怀，表达了昭雪沉冤的愿望。首联以蝉的鸣声起兴，引出诗人对家乡的思念之情。颔联以"那堪"与"来对"构成流水对，把蝉（玄鬓）与诗人联系在了一起，描绘出诗人见蝉影而自伤的情形，同时表达出诗人为国尽忠反被诬陷的怨愤情绪。白头吟，古乐府篇名。相传是汉代卓文君因丈夫司马相如将再娶妾而写，曲调哀怨。颈联二句既紧扣时令特点写出蝉所处的自然环境；又以"露重"、"风多"比喻世道的艰险，用蝉的"飞难进"、"响易沉"比喻诗人自己有志莫施、有冤难辩的困境。尾联仍以秋蝉自喻，对无人相知、代为昭雪发出慨叹。

　　作者情感充沛、用典自然、语意双关。全篇以蝉比兴，又以蝉自况，咏物抒怀，浑然一体。妙用比兴，寄托遥深，是咏物诗的名篇。

从军行[1]

杨 炯

【解题】

　　杨炯（650～692），华阴（今陕西华阴）人。幼时聪敏，岁时举神童，授校书郎。高宗永隆二年（681）为崇文馆学士，迁詹事司直。武后初，被贬为梓州（在今四川三台县境）司法参军，后选授盈川（在今四川筠连县境）令，卒于官。杨炯是初唐四杰之一。时人习称王、杨、卢、骆，炯自言："吾愧在卢前，耻居王后。"有《杨盈川集》十卷。

　　《从军行》诗成于681年，那年正月北方突厥入侵，唐将裴行俭率军征讨，于当年十月获胜班师。据称，杨炯的这首《从军行》就是那次唐军出征时送别壮行之作。

【正文】

　　　　烽火照西京，心中自不平[2]。
　　　　牙璋辞凤阙，铁骑绕龙城[3]。
　　　　雪暗凋旗画，风多杂鼓声[4]。
　　　　宁为百夫长，胜作一书生[5]。

【注释】

[1]《从军行》：乐府《相和歌辞·平调曲》旧题。
[2] 西京：指长安。

[3]"牙璋"二句：牙璋，古代兵符，由两块合成，分别为朝廷和主帅掌握，相合处为牙状。凤阙，指长安，汉武帝在长安造凤阙。龙城，汉时匈奴大会诸部祭天之所，故址在今蒙古鄂尔浑河东侧。这里借指敌方要地。
[4]凋：凋落。旗画：军旗上的彩画。
[5]百夫长：卒长，古代军队里的低级军官。

【鉴赏】

　　杨炯的诗以军旅见长，《从军行》是其代表作，也是初唐军旅诗的优秀之作。这首诗借乐府旧题写书生投笔从戎，赴边参战的情景，表达诗人慷慨从军、安边定国的豪壮激情。
　　诗的开头起得突兀，"烽火照西京"，边地紧急，强敌入侵，惊心动魄，诗人把军情与人物的心情和盘托出，为全诗奠定了一种紧张热烈，昂扬崇高的基调。紧接着，诗人以跳跃的笔法描写出征的全过程。从辞京出发到铁骑围营，节奏急促，气势壮阔，与上联边报紧急相呼应。颈联集中写一次激烈的战斗。诗人以视觉意象"雪暗凋旗"写战云密布，气氛激烈；以听觉意象"风多杂鼓声"写短兵相接，反映战争的残酷，写得有声有色，尾联则直接抒发从戎书生保边卫国的豪情壮志。
　　本诗对仗工整，音韵铿锵，节奏强烈，与诗征战主题和谐统一。同时，诗的画面明丽，又给读者留下想像余地，确为初唐诗坛较为成熟的五律之作。

登幽州台歌

陈子昂

【解题】

陈子昂（661～702），字伯玉，梓州射洪（今四川射洪）人，唐睿宗文明元年（684）进士，他在武后初当政时，上《大周受命颂》得武后重视，授以官职，屡次上书言事，直言进谏，切中时弊。圣历元年（698）辞官回乡。圣历三年被武三思指示射洪县令段简诬陷致死，年仅四十二岁。陈子昂的诗歌理论和创作在唐代都很有影响，他反对只重彩丽的齐梁诗风，标举风雅比兴、汉魏风骨的传统，开一代新风。存诗一百二十多首，著有《陈子昂集》。

陈子昂于武则天万岁通天元年（696）从武攸宜征讨契丹，任随军参谋，力图报国立功，一展抱负。第二年，先头部队大败，时武攸宜大军驻渔阳（今河北蓟县），闻讯震恐，不敢进军。他屡提建议，并请缨冲锋陷阵，但得到的却是降职处分。他满腔悲愤，出蓟门，观燕国旧都；登幽州台，有感于古代燕昭王重用贤才之事，作《蓟丘览古七首》。又"泫然涕下"，作《登幽州台歌》。

【正文】

前不见古人，后不见来者[1]。
念天地之悠悠，独怆然而涕下[2]。

【注释】

[1] "前不见"二句：是说像燕昭王那样能任用贤才的人，古代曾经有之，但自己不及见；以后也应当会有的，但自己也不能见到。
[2] 怆（chuàng）然：悲伤的样子。

【鉴赏】

　　诗人立足于幽州台这个时间与空间的交汇点。眼观天地，空间无边无际，而个人何其渺小！神游今古，时间无始无终，而一生何其短暂！如何德配天地、功垂今古，变渺小为伟大、化短暂为永恒，这正是诗人所感"念"、所思考的人生哲理。

　　"前不见古人"二句写诗人放眼历史长河：朝前看，包括燕昭王、乐毅在内的一切明君贤臣、英雄豪杰已一去不返，追之弗及，望而不见；向后看，像燕昭王、乐毅那样的一切明君贤臣、英雄豪杰尚未出现，盼望不及，等待不来。于是一种沉重的孤立无援、独行无友的孤独感袭上心头，不禁怆然而涕下！"独"字承上启下，"念"字统摄全篇。

　　诗人所"念"的人生课题带有普遍性与永恒性，兼之全诗直吐胸臆，气势磅礴，意境阔大，格调雄浑，具有震撼人心的艺术魅力，故千百年后，犹能引发读者的思考，激起读者的共鸣。《登幽州台歌》是体现陈子昂诗歌主张的代表作，标志着齐梁浮艳、纤弱诗风的影响已一扫而空，盛唐诗歌创作的新潮即将涌现。

春江花月夜

张若虚

【解题】

张若虚（660～720?），扬州（今江苏扬州）人，曾任兖州兵曹，与贺知章、张旭、包融并称为"吴中四士"。《全唐诗》中仅存其诗二首，一首是《代答闺梦还》，风格接近齐梁体，另一首即著名的《春江花月夜》。

《春江花月夜》是乐府《清商曲词·吴声歌曲》旧题。这一旧题，到了张若虚手里，突发异彩，获得了不朽的艺术生机。时至今日，人们甚至不再去考索旧题的原始创制者究竟是谁，就把《春江花月夜》这一诗题的真正创制权归之于张若虚了。

【正文】

春江潮水连海平，海上明月共潮生。
滟滟随波千万里，何处春江无月明[1]。
江流宛转绕芳甸，月照花林皆似霰。
空里流霜不觉飞，汀上白沙看不见[2]。
江天一色无纤尘，皎皎空中孤月轮[3]。
江畔何人初见月？江月何年初照人？
人生代代无穷已，江月年年只相似[4]。
不知江月待何人，但见长江送流水。
白云一片去悠悠，青枫浦上不胜愁。

谁家今夜扁舟子？何处相思明月楼[5]？
可怜楼上月徘徊，应照离人妆镜台。
玉户帘中卷不去，捣衣砧上拂还来[6]。
此时相望不相闻，愿逐月华流照君。
鸿雁长飞光不度，鱼龙潜跃水成文[7]。
昨夜闲潭梦落花，可怜春半不还家[8]。
江水流春去欲尽，江潭落月复西斜。
斜月沉沉藏海雾，碣石潇湘无限路。
不知乘月几人归，落月摇情满江树[9]。

【注释】

[1] "春江"四句：海，指长江下游宽阔的江面。滟滟（yàn yàn），水面闪光的样子。里，一作"顷"。

[2] "江流"四句：宛转，曲折。芳甸，长满花草的原野。霰（xiàn），雪珠。汀，水边平地。

[3] 纤尘：微小的灰尘。

[4] 只：一作"望"。

[5] "白云"四句：青枫浦，在今湖南浏阳县浏水中。泛指分别的地点。扁（piān）舟子，飘荡江湖的客子。明月楼，思妇的闺楼。

[6] "可怜"四句：月徘徊，曹植《七哀》："明月照高楼，流光正徘徊。上有愁思妇，悲叹有余哀。"玉户，指闺中。

[7] "此时"四句：逐，跟随。月华，月光。光不度，是说鸿雁善于远飞，仍然飞不出无边的月光去。鱼龙，这里是偏义词，指鱼。鸿雁与鱼，取鱼雁传书之意。

[8] 闲潭：幽静的潭水。

[9] "斜月"四句：碣石指北，潇湘指南。摇情，激荡情思。

【鉴赏】

全诗可分前后两大段落。"长江送流水"以前是前一段落，

春江花月夜

由春、江、花、月、夜的美景描绘引发关于宇宙、人生的哲理思考。开始两句，展现了"春江潮水连海平，海上明月共潮生"的辽阔视野。江流千万里，月光随波千万里；江流绕芳甸，月照花林皆似霰。月光、江波互相辉映，有春江处，皆有明月，何等多情！诗人立于江畔，仰望明月，不禁产生了"江畔何人初见月？江月何年初照人？"的疑问。转入"人生代代无穷已，江月年年只相似。不知江月待何人，但见长江送流水"的沉思。诗人对比明月的永恒，对人生的匆匆换代不无感慨，然而想到人类生生不已，自己也被明月照耀，又油然而生欣慰感。于是由江月"待人"产生联想，转入后一段落。诗人于是驰骋想象，代抒游子、思妇两地相思、相望之情。"可怜楼上月徘徊"以下数句，都是诗人想象中的"扁舟子"想象妻子如何思念自己之词：以"落月摇情满江树"结束全篇，情思摇曳，动人心魄。自"白云一片"至此，为游子、思妇的相思而以春、江、花、月、夜点染、烘托，实境中含梦境，心物交感，情景相生，时空叠合，虚实互补，从而获得了低回宛转、缠绵悱恻、言有尽而意无穷的艺术效果。

全诗词采清丽，韵律和谐婉转，清新自然，动宕流贯，一气呵成。四句一换韵，并且平仄韵交替使用，随音韵的转换而感情不断变化，层层深入。

咏 柳

贺知章

【解题】

贺知章（659～744）字季真，自号"四明狂客"，越州永兴（今浙江萧山）人。武则天证圣年间（695）进士。曾任礼部侍郎、集贤院学士、秘书监等。天宝三年（744），因病上疏请为道士，还隐镜湖。他性情豪放旷达，好饮酒，工书法，尤善草隶，与李白、张旭等八人友善，时称"饮中八仙"。他的诗富于感情，不拘一格。《全唐诗》录其诗共十九首。

【正文】

碧玉妆成一树高，万条垂下绿丝绦[1]。
不知细叶谁裁出，二月春风似剪刀。

【注释】

[1] 碧玉：碧绿色的玉。这里用以比喻春天的嫩绿的柳叶。妆：装饰，打扮。丝绦：丝线编的带子。这里形容随风飘拂的柳枝。

【鉴赏】

这是一首咏早春杨柳的诗。写杨柳，应怎样写呢？毫无疑问，它的形象美在于那柔软修长的枝条。嫩绿的新叶，丝丝垂下，在春风吹拂中，有着一种迷人的意境。这是谁都喜欢欣赏的。古典诗词中，借用这种形象美来形容，比拟美人苗条的身段、婀娜的腰肢，也是我们所经常看到的。

　　前两句采用拟人化的手法，将柳树描写成像是用翠绿色的玉石妆扮起来的美人，千万条柳枝倒垂，像是绿色丝线编织成的美人的裙带，轻柔飘摇，十分好看，以美人婷婷袅袅的风姿来形容柳树披拂的美丽姿态。尤其是上句"高"字和下句的"垂"字，衬托出美人婀娜的风姿。第三句作者没有直接歌颂柳叶之美，而是突发奇想提出一个问题：不知这细细的叶子是哪个能工巧匠裁出来的？传神地刻画出诗人看到新树嫩叶时赞美、惊叹的欣喜之情。第四句的回答更是出人意料：是二月的春风。以奇妙而贴切的比喻，赋予春风一个独特而新颖的形象。从"碧玉妆成"到"剪刀"，我们可以看出诗人独具匠心的构思，为之折服。

　　这首诗的写作手法：巧用修饰。前两句实写，柳树的颜色像碧玉，柳条像丝绦。第三句是设问，第四句用比喻答问。诗中描写的画面色彩明丽，静中有动。

望月怀远

张九龄

【解题】

张九龄（673～740），一名博物，字子寿，韶州曲江（今广东韶关）人。唐中宗景龙初年进士。玄宗时，官至同中书门下平章事、中书令。他是唐玄宗朝有声誉的贤相之一，在朝直言敢谏，曾预料安禄山的反叛。后被李林甫排挤出朝，罢政事，贬荆州长史。其诗和雅清淡，明胡震亨《唐音癸签》卷九说他："首创清淡之派，盛唐继起，孟浩然、王维、储光羲、常建、韦应物本曲江之淡，而益以风神者也。"有《张曲江集》。

【正文】

海上生明月，天涯共此时。
情人怨遥夜，竟夕起相思[1]。
灭烛怜光满，披衣觉露滋[2]。
不堪盈手赠，还寝梦佳期[3]。

【注释】

[1] 竟夕：整夜。
[2] 怜：爱惜。滋：滋长，指夜深露起，打湿了衣衫。
[3] 末二句写"不以掬满月光送给亲人，还是回到卧室里期望在梦中和亲人相会"。

望月怀远

【鉴赏】

　　诗题"望月怀远",首联即点题,紧扣题目的四个字倾诉感情。"海上生明月",富有画面之美,而且是动态的画面。浩瀚的大海上,一轮明月渐渐升起,人间共见,所以紧接对句是"天涯共此时",指明在远处的亲人也望见了这明月,随着月亮渐高,思念的情也愈重,张九龄把无感情色彩的"升"改为"生",加强了月亮的人性化成份,更能昭显远隔天涯两地人的深切思念。

　　颔联引出诗的主旨:亲人的相思。遥字有长的意思,也含有"远"意,"在相隔遥远的漫漫长夜"浓缩为"遥夜"二字。出神入化,浑然天成。丝毫没有人为造作,辞意晦涩的缺陷,可见张九龄在造词作句上也有很高的造诣。

　　颈联把思念与雅趣更推进了一层,用倒装句。诗人为了亲近月光,让月光更多地沐浴着他,更为了让亲人的目光通过月亮传达过来,便熄灭了蜡烛,久久坐在户外望月、赏月、与月亮对话交流。露水渐浓,丝丝凉意侵来,便披了衣服御寒,由明月海上初升到夜深露凉,强调了时间的进程。

　　尾联有更为奇特的想象。诗人想把月光捧起来,赠予远方的亲人,但无论他怎样努力,月光总是捧不满,它们总是从指间流走,最后仍然两手空空。以手捧月光是一种比喻,这个比喻生动至极。这首诗成为唐代怀人诗的代表作,为后世传诵不已,每一句都会引起爱怜,引动乡悲,感慨人生。最后一句"还寝梦佳期",以悠悠长思作结。诗人既无法给予亲人月光,只好希望在梦中与亲人相会。

过故人庄[1]

孟浩然

【解题】

　　孟浩然（689～740），湖北襄阳（今湖北襄阳）人。早年在家乡隐居读书，曾住在鹿门山，壮年时曾往吴越漫游，后来又到长安谋求官职，但失意而归。晚年，张九龄镇守荆州时，被辟为从事，后因疽病而卒。其诗作以描写山水为主要题材，也表现他的田园隐逸生活，开盛唐山水田园诗派风气之先，与王维并称"王孟"。有《孟浩然集》。

　　《过故人庄》是作者早年隐居鹿门山时，应故人邀请到农家做客时所写，描述了田园生活的乐趣。

【正文】

　　　　　　故人具鸡黍，邀我至田家[2]。
　　　　　　绿树村边合，青山郭外斜[3]。
　　　　　　开轩面场圃，把酒话桑麻[4]。
　　　　　　待到重阳日，还来就菊花[5]。

【注释】

[1] 过：拜访。故人：老朋友。
[2] 具：备办。鸡黍（shǔ）：泛指农家待客的丰盛饭菜。
[3] 合：环绕。郭：外城，此指村外。斜：此处读 xiá。

[4] 轩：窗。圃：菜园。

[5] 重阳日：即重阳节，农历九月初九日。古代风俗，重阳节这天，人们要赏菊，饮菊花酒。此处菊花即指菊花酒。

【鉴赏】

　　孟浩然有济世之志而不得实现，所以虽以隐逸自高，而其孤独抑郁乃至愤激不平的情绪时常在他写的诗章中表现出来。这一首，却是难得的例外。

　　且看这首诗表现了什么："故人"准备好"鸡黍"来邀"我"，何等亲切！这是"至田家"所见的近景；"青山郭外斜"，这是"至田家"所见的远景。近景、远景，都令人赏心悦目，感到这里清幽、淳朴，自成天地。接下去便是田家欢聚。"鸡黍"早已摆好，还有酒。推开窗子，出现在面前的，是晒谷场、菜园。总而言之，是一派田园风光。把酒共话，话题当然不限于"桑麻"，但不外是农业生产和田家生活，压根儿忘掉了名缰利锁。临别之时，不待主人邀请，自动宣告重阳再来，表明他在"故人庄"摆脱了烦恼，得到了欢乐，找到了心灵的归宿，因而留恋田家。

　　全诗任意挥洒，浑然天成，似乎未加炉锤，却把宁静优美的田园风光和纯真深厚的朋友情谊融为一体，诗意盎然，耐人寻味，从格律方面看，又是无懈可击的五律。可见出孟浩然的艺术功力已达到炉火纯青的境界。

临洞庭湖赠张丞相[1]

孟浩然

【解题】

《临洞庭湖赠张丞相》是一首干谒诗,即求人举荐自己的诗。但是写得并不庸俗,态度严肃真诚,不卑不亢;艺术表现上也不落俗套,颇具特色。诗题中的张丞相指张九龄。题目又作《临洞庭》。唐开元二十年(732)前后,张九龄正居相位,作者落第东游吴越后,返故里路经湖南游洞庭,面对烟波浩淼的湖水,触景生情,写这首诗给张九龄,目的是想得到张的赏识和录用,只是为了保持一点身份,才写得那样委婉,极力隐藏那干谒的痕迹。

【正文】

　　　　八月湖水平,涵虚混太清[2]。
　　　　气蒸云梦泽,波撼岳阳城[3]。
　　　　欲济无舟楫,端居耻圣明[4]。
　　　　坐观垂钓者,徒有羡鱼情[5]。

【注释】

[1] 张丞相:即张九龄。
[2] 虚:空。太清:天。
[3] "气蒸"二句:云梦泽,古代二泽名,在湖北省长江南北,长江之南为梦泽,长江之北为云泽,并称为"云梦泽"。岳阳城即今湖南省岳阳

临洞庭湖赠张丞相

市。
[4] 济：渡。楫（jí）：船桨。端居：隐居。耻圣明：有愧于圣明之世。
[5] 羡鱼情：《淮南子·说林训》："临河而羡鱼，不若归家织网。"徒，一作"空"。

【鉴赏】

　　这是一首干谒诗。首联先从整体上描写洞庭湖。秋水盛涨，八月的洞庭湖与岸几乎平接。远远望去，水天一色，洞庭湖和天空接合成了完完整整的一块。写出了得洞庭湖浩瀚无比，与天相接。

　　颔联实写湖。"气蒸"句写出湖的丰厚的蓄积，仿佛广大的沼泽地带，都受到湖的滋养哺育，才显得那样草木繁茂，郁郁苍苍。而"波撼"两字放在"岳阳城"上，衬托湖水汹涌澎湃，也极为有力。这两句被称为描写洞庭湖的名句。

　　下面四句，作者开始抒情。"欲济无舟楫"，是从眼前景物触发出来的，诗人面对浩浩的湖水，想到自己的处境，想出人头地却没有人引谒，正如想渡过湖去却没有船只一样。"端居耻圣明"，是说在这个"圣明"的太平盛世，自己不甘心平庸，要出来做一番事业。这两句是正式向张九龄表白心事。下面进一步向张丞相暗示。"垂钓者"暗指当朝执政的人物，其实是表明张九龄而言。这最后两句，诗人巧妙地运用了"临渊羡鱼不如退而结网"的古语，而另出新意。

　　作为干谒诗，最重要的是要写得得体，称颂对方是有分寸的，不要失去身份，措辞要不卑不亢，不乞求痕迹。这首诗委婉含蓄，不落俗套，艺术上自有特色。

从军行[1]

王昌龄

【解题】

　　王昌龄（698?～757?），字少伯，京兆长安（今陕西西安）人。一说太原（今山西太原）人。开元十五年（727）进士，授汜水尉，后为校书郎，谪岭南。又于开元末贬江宁丞，天宝七年再贬龙标尉，故世称王江宁或王龙标。安史乱起，还归乡里，被刺史闾丘晓所杀。其诗内容丰富，题材广泛，在艺术上以七言绝句成就最为显著，人称"七绝圣手"。明王世贞《艺苑卮言》云："七言绝句，王江陵（宁）与太白争胜毫厘，俱是神品。"

　　《从军行》组诗是王昌龄采用乐府旧题写的边塞诗，共有七首。这一首，刻画了边疆戍卒怀乡思亲的深挚感情。

【正文】

　　　　烽火城西百尺楼，黄昏独坐海风秋[2]。
　　　　更吹羌笛关山月，无那金闺万里愁[3]。

【注释】

[1]《从军行》：原作共七首，本篇原列第一首。
[2] 百尺楼：即设置烽火的戍楼。独坐：一作"独上"。海：指青海湖。
[3]《关山月》：乐府旧题。《乐府解题》曰："《关山月》，伤离别也。"无那：无奈。金闺：华美的闺阁，这里指征人的妻子。

从军行

【鉴赏】

这首诗写法独特，诗人巧妙地处理了叙事与抒情的关系，笔法简洁而富蕴意。

前三句叙事，第四句抒情。"烽火城西"，一下子就点明了这是在青海烽火城西的瞭望台上。荒寂的原野，只有这座百尺高楼，这种环境很容易引起人的寂寞之感。时令正值秋季，凉气侵人，正是游子思亲、思妇念远的季节。时间又逢黄昏，这样的时间更会触发人们思念在外作战的亲人。然而此时久戍不归的征人恰恰"独坐"在孤零零的戍楼上。思亲之情正随着青海湖方向吹来的阵阵秋风任意翻腾。上面所描写的，都是通过视觉所看到的环境，没有声音，还缺乏立体感。"更吹羌笛关山月"，在寂寥的环境中，传来了阵阵呜呜咽咽的笛声，就像亲人在呼唤，又像是游子的叹息。这缕缕笛声，恰似一根导火线，使边塞征人的思亲感情，再也控制不住，终于迸发出来，引出了诗的最后一句。作者所要表现的是征人思念亲人、怀恋乡土的感情，没有直接写，而是从深闺妻子的万里愁怀中反映出来。最后这一曲笔，把征人和思妇的感情完全交融在一起了。就全篇而言，这一句如画龙点睛，立刻使全诗神韵飞腾，更具动人的力量了。

出 塞

王昌龄

【解题】

《出塞》，乐府《横吹曲》旧题。原作二首，这是第一首，被明"后七子"首领李攀龙推为唐人七绝压卷之作。

【正文】

秦时明月汉时关，万里长征人未还[1]。
但使龙城飞将在，不教胡马度阴山[2]。

【注释】

[1] "秦时"句：秦、汉互文，字面上分说，意义上都是合指，即秦汉以来明月就照临着关塞。
[2] 龙城飞将：汉武帝时，李广为右北平（汉郡名，唐为北平郡，又名平州，治卢龙县，在今辽宁省朝阳县）太守，匈奴称为"飞将军"。阴山：西起于河套西北，绵亘于内蒙古自治区，东北连接大兴安岭，是古代中国北方的天然屏障。

【鉴赏】

这首绝句以痛与怨构章，以怀古的方式表达诗人对军旅生活的独特见解，更深刻揭示军旅生活背后的内容。

绝句以"月"与"关"起兴，它们同时也是叙述的主体。月亮还是那个月亮，关隘还是那座关隘，由秦至汉，再到当今大唐，明月不变，关隘不变。但是人呢？秦时有人出关，汉时有人出关，唐代百余年，也不断有人出关。"出关"的，是肩负使命、保家卫国的将士。他们都张望过王昌龄眼前所见的月亮，但是，出关者绵绵未绝，入关者有谁曾见？一句话："人未还"。他们不能还了，永远不能回归故乡，早就化作"无定河边骨"，尽管他们"犹是春闺梦里人"。比王昌龄稍早的王翰也说过这样的话："古来征战几人回？"没有多少人能从战场上从容回归，何况还是西北沙漠难测之地。这是痛，痛将士之艰苦。

之所以将士不断出关却不能回还，关键在人，是"国无人"。这使王昌龄想起了著名的"飞将军"李广。假如这西北边地有李将军镇守，敌人绝不能破关侵袭，将士和百姓可保平安，不致埋骨边塞。

这首诗，把个人的思念哀怨与国家的安定统一联系起来，使作品内容深广，具有时代气息。全诗语言精炼，意境雄浑，深沉含蓄，情调高昂。

芙蓉楼送辛渐[1]

王昌龄

【解题】

这首诗不同一般的送别诗那样,努力抒发对友人的深深眷恋之情,而是着重讲述自己的纯洁感情和高尚志向。当时,诗人的朋友辛渐即将取道扬州,北上洛阳。正在江宁(今江苏南京)任职的诗人,亲自送行到了润州,在西北城楼(即"芙蓉楼")为他饯行。芙蓉楼原名西北楼,遗址在润州(今江苏镇江)西北。登临可以俯瞰长江,遥望江北。这首诗大约作于开元二十九年以后。王昌龄当时为江宁(今南京市)丞,辛渐是他的朋友,这次拟由润州渡江,取道扬州,北上洛阳。王昌龄可能陪他从江宁到润州,然后在此分手。这诗原题共两首,第二首说到头天晚上诗人在芙蓉楼为辛渐饯别,这一首写的是第二天早晨在江边离别的情景。

【正文】

寒雨连江夜入吴,平明送客楚山孤[2]。
洛阳亲友如相问,一片冰心在玉壶[3]。

【注释】

[1] 芙蓉楼:唐时名胜,在今镇江。辛渐:作者的友人,生平不详。
[2] 吴:芙蓉楼所在地的泛指,与下文的楚相对。平明:天明的时候。

[3] 此句以冰、玉表达作者情志的高洁、纯美。

【鉴赏】

"寒雨连江夜入吴,平明送客楚山孤",迷蒙的烟雨笼罩着吴地江天,清晨,友人即将登微舟而去,诗人遥望江北的远山,想到行人不久便在楚山之外,孤寂之感油然而生。作者用凉意的寒雨,如泣如诉的江水,孤兀的楚山,以及破晓的时刻,营造出一种诗人分朋友惜别的凄楚氛围。尤其是作者用"连"字和"入"字更形象深刻地勾勒出作者此时沉重的心情。"洛阳亲友如相问,一片冰心在玉壶",嘱咐朋友,如果远方的亲友问起我,请代我以冰、玉的高洁和纯美,表示对他们情意。六朝刘宋时期诗人鲍照,就用"清洁玉壶冰"来比喻高洁清白的品格,作者此时巧妙化用这句。

本诗作者触景生情,情蕴景中,作者用那苍茫的江雨和孤峙的楚山,不仅烘托出诗人送别时的凄寒孤寂之情,更展现了诗人开朗的胸怀和坚强的性格。屹立在江天之中的孤山与冰心置于玉壶又形成一种有意无意的照应,令人自然联想到诗人孤独傲岸,冰清玉洁的形象,使精巧的构思和深婉的用意融化在一片清空明澈的意境之中,含蓄蕴藉,余韵无穷。

黄鹤楼

崔颢

【解题】

崔颢（？～754），字号不详，汴州（今河南开封）人。开元十一年（723）进士，曾为太仆寺丞。天宝中为司勋员外郎，他前期诗作多写闺情，流于浮艳轻佻；但边塞生活使他的诗风大改，忽变常体，风骨凛然，尤其是边塞诗慷慨豪迈，雄浑奔放，名著当时。有《崔颢集》。

黄鹤楼旧址在今湖北武昌蛇山黄鹄矶上。相传建于三国吴黄武二年（223），历代屡废屡建。传说三国时蜀国的费祎在此楼乘黄鹤登仙，一说仙人王子乔乘黄鹤经过此处。

【正文】

昔人已乘黄鹤去，此地空余黄鹤楼[1]。
黄鹤一去不复返，白云千载空悠悠。
晴川历历汉阳树，芳草萋萋鹦鹉洲[2]。
日暮乡关何处是？烟波江上使人愁。

【注释】

[1] 昔人：指骑黄鹤的仙人。黄鹤一作"白云"。
[2] "晴川"二句：历历，写"汉阳树"历历在目；萋萋，写芳草的茂盛。鹦鹉洲，唐代在汉阳西南长江中，后渐被江水冲没。东汉末年，作过

《鹦鹉赋》的祢衡被黄祖杀于此洲,或说因此得名。

【鉴赏】

　　这是一首吊古怀乡之作,是崔颢的代表作。它通过对黄鹤楼周围景色的描写,抒发了诗人登临胜景时引起的怀古思乡之情。

　　诗的前两联抒怀。诗人登览胜地,想到黄鹤楼的今昔变化,不禁生发出惆怅寂寞之感。这二联相接相承,浑然一体。"空悠悠"不但写白云,也写黄鹤楼,更写人生。第三联写登楼所见的景物。笔势陡转,境界与前两联迥异。诗人工笔绘景,色彩绚丽,景物如画。汉阳树历历可见,鹦鹉洲上芳草萋萋。尾联写景与抒情相结合,情因景生,表达出对家乡的思念之情。不仅点出登楼的具体时间,而且以苍茫的烟波象征了寂寞惆怅的情怀。

　　这首诗将优美的神话传说与壮丽的江天暮景交织在一起,构思新奇,音调铿锵,意境清幽,传诵不衰。相传李白游黄鹤楼时,见到此诗曾说:"眼前有景道不得,崔颢题诗在上头。"(《唐诗纪事》)于是搁笔而去。宋代评论家严羽则说:"唐人七言律诗,当以崔颢《黄鹤楼》为第一。"(《沧浪诗话》)可见前人对此诗的推崇。

观 猎

王 维

【解题】

王维（701~761）字摩诘，原籍太原祁（今山西祁县），寄籍蒲州（今山西永济）。二十一岁中进士，任太乐丞，出为济州司户参军。后被张九龄提拔为右拾遗，累迁至给事中。安史之乱后，因曾被迫接受过伪职，受到降官处分。肃宗乾元二年（759）又升为尚书右丞，故世称"王右丞"。王维的前期诗歌富有进取心，讥弹宦官贵戚，内容积极；后期经历变乱，思想消极，徘徊于仕隐之间，过着恬静优闲的生活，诗歌内容亦趋冷漠。他不仅工诗善画，而且在音乐和书法上也有独特的成就，能以绘画、音乐之理通之于诗，他在诗歌上的成就是多方面的，无论边塞诗、山水诗，还是律诗、绝句等都有脍炙人口的佳篇。有《王右丞集》。

这是一首描写将军打猎的诗，从诗风看，应是作者早期的作品。作者满怀激情地描绘了将军在渭城射猎的情景，表现了将军的英武，寄托了诗人胸中的理想。

【正文】

风劲角弓鸣，将军猎渭城[1]。
草枯鹰眼疾，雪尽马蹄轻。
忽过新丰市，还归细柳营[2]。

回看射雕处,千里暮云平^[3]。

【注释】

[1] 角弓鸣:指拉弓放箭声。
[2] 细柳营:西汉名将周亚夫的驻军处,在今咸阳市西南二十里。
[3] 射雕处:指射杀猎物之处。

【鉴赏】

  这是一首描写一次军事演习的五言律诗。

  这次演习在长安城周边的细柳营一带展开。初春时节,冰雪消融,衰草披离,红旗猎猎,演习开始了。战马奔驰在荒原上,如雷霆、如闪电,裹挟着狂风,掠过关中大地,场面令人振奋。诗人在这里蕴有潜台词:有如此的雄壮之师,可保大唐江山永固。但它毕竟是诗,所以,气势壮阔的军事演习诗一定要有诗的意境,尾联的意境辽远、雄浑,有言之不尽之妙,更有不言之妙。围猎(演习)结束,重新列队,返回大营,诗人回首演习场,莽莽苍苍,漫无边际,傍晚的云霞弥漫在天,天地相接,给人无限遐想。

  清人方乐树称赞《观猎》说:"起手贵突兀。王右丞'风劲角弓鸣'句,直如高山坠石,不知其来,令人惊绝。"王士禛也说:"回看射雕处,千里暮云平,何等气概。"综观全诗,如沈德潜所说:"章法、句法、字法俱至秦经巧,盛唐诗中亦不多见。起二句若倒转,便是凡笔,胜人处全在突兀也。结亦有回身射雕手段。"

使至塞上

王　维

【解题】

开元二十五年（737）河西节度副大使崔希逸战胜吐蕃，唐玄宗命王维以监察御史的身份出塞慰问，察访军情。这实际是将王维排挤出朝廷。这首诗作于赴边途中。

这首诗所描写的是一种最有普遍性的离别。它没有特殊的背景，而自有深挚的惜别之情，这就使它适合于绝大多数离筵别席演唱，后来编入乐府，成为最流行、传唱最久的歌曲。

【正文】

单车欲问边，属国过居延[1]。
征蓬出汉塞，归雁入胡天[2]。
大漠孤烟直，长河落日圆[3]。
萧关逢候骑，都护在燕然[4]。

【注释】

[1] 单车：一辆车，形容这次出使时随从不多。属国：附属国，这里指吐蕃（bō）的军队。居延：故址在现在内蒙古额济纳旗一带。
[2] 征蓬：飘飞的蓬草。这里指唐朝出征的军队。胡天：泛指胡人居住的地方。我国古代称北方边地及西域各族人为胡人。
[3] 孤烟：远处独起的炊烟。长河：黄河。

[4] 萧关：古关名，在现在宁夏固原县东南。候骑：骑马的侦察兵。都护：唐边缰高有都护府，其长官称都护，这里指前敌统帅。燕然：燕然山，现在蒙古国境内杭爱山，这里指边防前线。

【鉴赏】

　　这首诗叙述了诗人出使塞上的艰苦行程，描绘了边塞奇丽壮阔的景象，同时也表现了诗人抑郁、孤寂的思想感情。

　　诗的首联写诗人的出塞和行程。"单车"点出诗人仕途受挫的落寞心情；颔联以"征蓬""归雁"自喻更把诗人受到排挤而不得不漂游在外的孤寂引向愤懑；颈联承上写边塞风光而又转豪壮之情。"大漠孤烟直，长河落日圆"抓住沙漠中的典型景物进行刻画，细致逼真地描写了壮丽奇特的塞外风光，画面开阔，意境雄浑，将坚毅挺拔的人格和孤寂惆怅的感受融入雄奇苍茫的自然景色之中，被王国维称之为"千古壮观"的名句。尾联写到达边塞，在萧关遇到骑马的侦察员说，都护在前线，表现了塞北将士紧张的战斗生活和为国守边的战斗精神，紧扣边塞特色，有摇曳不尽之意。

　　本诗以叙事为主、事中含情，景中融情，既写出了边塞奇特的景色，又抒发了诗人的豪壮之情。

送元二使安西[1]

王 维

【解题】

这是一首送朋友去西北边疆的诗。安西,是唐中央政府为统辖西域地区而设的安西都护府的简称,治所在龟兹城(今新疆库车)。这位姓元的友人是奉朝廷的使命前往安西的。唐代从长安往西去的,多在渭城送别。渭城即秦都咸阳故城,在长安西北,渭水北岸。

【正文】

渭城朝雨浥轻尘,客舍青青柳色新[2]。
劝君更尽一杯酒,西出阳关无故人[3]。

【注释】

[1] 此诗是一首送人赴边地从军的诗,后因谱入乐府,取首句二字题为《渭城曲》,又名《阳关曲》或《阳关三叠》。元二:作者友人,生平不详。安西:即安西都护府的治所,在今新疆维吾尔自治区库车县境。
[2] 青青柳色新:一作"依依杨柳春"。
[3] 尽:一作"进"。阳关:汉置关名,在今甘肃省敦煌县西南,自古与玉门关同是出塞的必经之地,因在玉门关南,故称阳关。

【鉴赏】

前两句作者先写出送别的时间、地点和环境气氛。清晨,刚刚下过一场小雨，空气清新，纤尘不染，渭城客舍，四周杨柳依依，新发的枝叶显得格外青翠。这一切都是极平常的景物，但读来却感到清新自然，尤其是作者用了一个"新"字更构成了一幅色调清新明朗的图景，透出一种轻快而富于希望的情调。

三四句是一个整体。"劝君更尽一杯酒"，因为"西出阳关无故人"。作者不自觉地打破了这种沉默的方式，更表不定期了此刻丰富复杂的感情，诗人没说出的比已经说出的要丰富的多。尽管三四句诗人所剪取的只是一刹那的情景，却是把送别宴会的整个过程都包含了进去，蕴含了极其丰富的感情。

这首诗的突出特点是写景、抒情紧密结合。"柳色新"虽为写景，但也暗含折柳送别之意。这首诗作具有巨大的艺术感染力，流传十分广泛，名曲《阳关三叠》即取自此诗。

山居秋暝[1]

王 维

【解题】

《山居秋暝》是王维晚年在蓝田辋川别业时写的一首山水诗。王维晚年居住于辋川别业,亲近山水,写下了许多醉人心神的山水佳作。

【正文】

空山新雨后,天气晚来秋。
明月松间照,清泉石上流。
竹喧归浣女,莲动下渔舟[2]。
随意春芳歇,王孙自可留[3]。

【注释】

[1] 暝:夜,此指傍晚。
[2] "莲动"句:水面上莲花摇动,由此知是渔船沿水下行。
[3] 王孙:本指贵族公子,这里指作者自己。这里反用其意。

【鉴赏】

这首山水名篇,于诗情画意之中寄托着诗人高洁的情怀和对理想境界的追求。全诗紧扣三个字:秋、雨、晚。三字之后是总括、提升,表现诗人对山水的独特感受和情愫。

山居秋暝

秋。秋在空山。空既有实景之空，也有心灵空阔之空。终南山的深秋，经过一场秋雨，空气清新，万木扶疏，令人心旷神怡，整个世界和人的心情都清净、澄澈。

雨。雨后水聚成溪，成河。秋雨清亮透彻，潺潺汩汩，流淌在石板上，发出叮咚清脆的声响。天空一轮皎洁的明月，透过松林，照在地上。

晚。天气向晚，竹叶沙沙，洗衣女从竹林中出现了。莲叶拂动，荷花荷叶中荡出一叶小舟，渔翁撑篙，悠然自得。

尾联先抑后扬：春花确已消歇，但秋景依然美丽。诗人认为应该留于山中，享受这美丽的秋景，而且精神心情随春花秋月自然流转，身与心都是最自由的。

这首诗一个重要的艺术手法，是以自然美来表现诗人的人格美和一种理想中的社会之美。表面看来，这首诗只是用"赋"的方法模山范水，对景物作细致感人的刻画，实际上通篇都是比兴。诗人通过对山水的描绘寄慨言志，含蕴丰富，耐人寻味。

凉州词

王之涣

【解题】

王之涣（688～742），字季凌，原籍晋阳（今山西太原），后迁绛郡（今山西新绛县）。开元初，做过冀州衡水县主簿，因遭诬陷而去官，此后过了15年的漫游生活，踪迹遍布黄河南北。后出任文安县尉，颇有政绩。他是盛唐时期重要诗人之一，作品多已散佚，《全唐诗》仅录存六首。

《凉州词》，乐府诗题。本篇《乐府诗集》编入《横吹曲词》，题作《出塞》。关于这首诗，过去曾有一轶事流传。薛用弱《集异记》载：开元中，诗人王昌龄、高适、王之涣齐名，三人共诣旗亭饮酒。座中有伶人十数会燕。三人订约说："我辈各擅诗名，今观诸伶讴，若诗入歌辞多者为优。"一伶唱"寒雨连江夜入吴"，昌龄引手画壁曰："一绝句。"一伶唱"开箧泪沾臆"，高适引手画壁曰："一绝句。"又一伶唱"奉帚平明金殿开"，昌龄又画壁曰："二绝句。"之涣指诸妓中梳着双鬟的最美的一人说："此子所唱，如非我诗，终身不敢与争衡矣。"须臾，双鬟发声，果然是"黄河远上白云间"。三人大笑，饮醉竟日。说明这诗在唐代就已是脍炙人口的名篇。

【正文】

黄河远上白云间，一片孤城万仞山[1]。

凉州词

羌笛何须怨杨柳,春风不度玉门关[2]。

【注释】

[1] 黄河远上:一作"黄沙直上"。仞:古代一仞相当今八尺。
[2] 羌笛:羌族的一种管乐器。怨杨柳:北朝乐府《鼓角横吹曲》有《折杨柳》。怨扬柳,语意双关,是说曲调哀怨,兼指杨柳尚未发青。张敬忠《边词》:"五原春色旧来迟,二月垂杨未挂丝。"

【鉴赏】

这首七言绝句描写了我国古代西北边塞雄伟壮观而又荒凉萧条的景象。黄河在奔流着,远远地好像与白云相接,一座孤城耸立于高山峻岭之间。羌笛吹着悲伤的《折杨柳》曲,好像在怨恨这荒凉严寒的边地春光来得迟。怨杨柳,北朝乐府民歌有《折杨柳》曲;古代有折杨柳送别的习俗。这里语意双关,是说曲调哀怨,兼指杨柳还没有发青。不过,此处诗人宕开来说,其实又何必怨杨柳呢?因为春风是不到玉门关来的,借以抒发驻守玉门关将士的思乡之情。诗的构思十分精巧,用杨柳春风写出语意双关的佳句,流传千古。

王之涣的绝句成就很高,对唐代边塞诗的形成与发展有重大影响,高适、岑参、王昌龄、李益、卢纶等诗人的著名边塞诗章,都可以看到王之涣的影子。特别是王昌龄和李益的五言、七言绝句,与王之涣诗的立意和笔法都十分相似。李白更把"黄河远上白云间"的顺序颠倒,创作了千古名句,"黄河之水天上来",两句诗各铸绝妙。

望天门山[1]

李 白

【解题】

　　李白（701～762）字太白，号青莲居士。祖籍陇西成纪（今甘肃秦安）。他出生于安西都护府碎叶城（今吉尔吉斯斯坦境内），五岁时随父迁居绵州彰明县（今四川省江油县）之青莲乡。青年时代漫游全国各地。天宝元年（742）因诗人吴筠及贺知章推荐，被唐玄宗召到长安为翰林院供奉。不久遭谗谤去职。安史乱起，参加永王李璘幕府，李璘因争夺帝位失败，李白被流放夜郎，途中遇赦，六十一岁时李光弼征讨史朝义，他请求参加，途中因病折回，次年病逝于当涂县令李阳冰家中。李白是继屈原之后又一位伟大的抒情诗人。他的诗歌在思想上和表现手法上，对唐代和后代都产生过巨大影响。现存诗九百多首，有《李太白集》三十卷。

　　开元十二年秋，李白乘船离蜀，出三峡，南游洞庭，居安陆，游襄汉。第二年夏，东下金陵、扬州，途中沿着浩瀚长江，饱览了当涂天门山、牛渚矶、白壁山、望夫山的风光，写下著名七绝《望天门山》。

【正文】

　　天门中断楚江开，碧水东流至此回[2]。
　　两岸青山相对出，孤帆一片日边来[3]。

望天门山

【注释】

[1] 天门山：一名梁山，在今安徽当涂县及和县境内。

[2] "天门"句：天门山分东西二山，长江东流至此拐弯，从山中间穿流而过，两山隔江相对，望之如门，故称。楚江：安徽一带原属楚国，故这一段长江也称楚江。

[3] "两岸"二句：早晨日出东方，孤舟从水天相接处驶来，如同来自太阳的旁边。

【鉴赏】

　　此诗写天门山景象，诗题中的"望"字，说明诗中所描绘的是远望天门山所见的壮美景色。

　　诗的第一句"天门中断楚江开"，着重写浩荡东流的楚江冲破天门奔腾而去的壮阔气势。它给人以丰富的联想：天门两山本来是一个整体，阻挡着汹涌的江流，由于楚江怒涛的冲击，才撞开了"天门"，使它中断而成为东西两山。第二句"碧水东流至此回"，又反过来着重写夹江对峙的天门山对汹涌奔腾的楚江的约束力和反作用。由于两山夹峙，浩瀚辽阔的长江流经两山间的狭窄通道时，激起回旋，形成波涛汹涌的奇观。

　　诗的前两句将山水联在一起，通过"断"、"开"、"回"等字，将它们相互作用的内在关系揭示出来。这两句一是借山势写出水的汹涌，二是借水势衬出山的奇险，水中有山，以水写山，交错写来，十分自如。

　　诗的三四两句是一个整体，第三句是望中所见天门山的雄姿，只有把它放在千里长江这个广阔的背景中才能更加觉出它的雄伟险峻。第四句恰似拉远了镜头，眼前顿时变得开阔无限。那水天相连之处一片白帆，沐浴着灿烂的阳光从天边飘来。

古诗名篇

　　这首诗动静结合,以动衬静,显示出了天门山夹据洪流、傲然屹立的雄伟气势。同时由于末句在叙事中饱含诗人的激情,突出了诗人自我形象。

蜀道难

李白

【解题】

　　《蜀道难》是李白的代表作之一。《唐书·李白传》中说：天宝初，李白因吴筠被召，亦至长安，时往见贺知章，知章览《蜀道难》一篇，曰："子谪仙人也。"

　　这首诗的主旨，袭用乐府古题着力描绘蜀道之艰险以及秦蜀山川之奇险壮丽，因为它的主题不明显，引得人们作许多猜测，其实李白见景抒情骋才，不一定有什么政治含义。

【正文】

　　　　噫吁戏！危乎高哉[1]！
　　　　蜀道之难难于上青天！
　　　　蚕丛及鱼凫，开国何茫然[2]。
　　　　尔来四万八千岁，不与秦塞通人烟[3]。
　　　　西当太白有鸟道，可以横绝峨眉巅[4]。
　　　　地崩山摧壮士死，然后天梯石栈相钩连[5]。
　　　　上有六龙回日之高标，下有冲波逆折之回川[6]。
　　　　黄鹤之飞尚不得过，猿猱欲度愁攀援[7]。
　　　　青泥何盘盘，百步九折萦岩峦[8]。
　　　　扪参历井仰胁息，以手抚膺坐长叹[9]，
　　　　问君西游何时还？畏途巉岩不可攀[10]。

但见悲鸟号古木,雄飞雌从绕林间[11]。
又闻子规啼夜月,愁空山[12]。
蜀道之难难于上青天,使人听此凋朱颜[13]。
连峰去天不盈尺,枯松倒挂倚绝壁[14]。
飞湍瀑流争喧豗,砯崖转石万壑雷[15]。
其险也若此,嗟尔远道之人胡为乎来哉[16]!
剑阁峥嵘而崔嵬,一夫当关,万夫莫开[17]。
所守或匪亲,化为狼与豺[18]。
朝避猛虎,夕避长蛇,磨牙吮血,杀人如麻[19]。
锦城虽云乐,不如早还家[20]。
蜀道之难难于上青天,侧身西望长咨嗟[21]!

【注释】

[1] 噫吁戏(yī xū hū):三字都是惊叹词,蜀地方言。危:高。
[2] 蚕丛、鱼凫:传说中古蜀国开国的两个国王。
[3] "尔来"二句:尔来,自从蚕丛、鱼凫开国以来。四万八千岁,极言年代久远。不与,一作"乃与"。秦塞,即秦地,塞是山川险阻之处,秦中自古称为四塞之国。通人烟,互相往来。
[4] "西当"二句:太白:太白山,在今陕西省咸阳县西南。鸟道:高入云霄的险窄山道。横绝:横度。峨眉:山名,在今四川省峨眉县,入蜀不经峨眉山,在这里以它代指蜀地之山。
[5] "地崩"二句:据《华阳国志》记载:秦惠王知道蜀王好美色,许嫁五位美女给他。蜀王派五丁力士去迎接,回到梓潼,见一大蛇钻入山穴中。五力士共掣蛇尾,把山拉倒,力士和美女都被压死,山也分为五岭。天梯,高峻的山路。石栈,在山崖上凿石架木而筑成的栈道。
[6] 六龙:古代神话传说:羲和驾着六条龙所拉的车,载着太阳在空中运行。回日:回转日车。高标:立木为表记,它的最高部分叫标,这里指山的最高峰。

[7] "黄鹤"二句：黄鹤：即黄鹄，善飞的大鸟。猱（náo）：猿猴类动物，动作敏捷，善于攀登。
[8] "青泥"二句：青泥：青泥岭，在今陕西省略阳县西北，为入蜀要道。盘盘：盘旋曲折的样子。
[9] 扪（mén）：摸。参（shēn）：星宿名，是秦的分野。井：星宿名，是蜀的分野。
[10] 巉岩：陡峭的岩壁。
[11] 雄飞雌从：一作"雄飞从雌"。
[12] 子规：即杜鹃，又名杜宇。相传是蜀古望帝魂魄所化，春末出现，啼声哀愁动人，听去好像在说"不如归去"。
[13] 凋朱颜：红润的容颜变得憔悴。
[14] 去天：离天。
[15] "飞湍"二句：湍（tuān），急流；喧豗（huī），喧闹声。砯（pīng），水冲击岩石的声音，这里作动词，有冲击的意思。转石，水冲击石头，使之翻滚。万壑雷，千山万壑中发出雷鸣般的响声。
[16] 嗟：感叹词。尔：你。
[17] 剑阁：在今四川省剑阁县北，即大剑山和小剑山之间的一条栈道，又名剑门关。峥嵘：山势高峻的样子。崔嵬（wéi），高险崎岖的样子。
[18] 匪：同"非"。
[19] "朝避"三句：猛虎、长蛇：比喻据险叛乱的封建割据势力。吮（shǔn）：吸。
[20] 锦城：即锦官城，成都的别名。
[21] 长咨嗟：长叹息。

【鉴赏】

　　诗开篇嗟叹："噫吁戏！"以叠加的叹词劈头抓住读者的心思，欲知诗人何以嗟叹，于是回应："蜀道之难"。蜀道难，本无可惊怪，世人皆知蜀道不易，李白就在这"世人皆知"中横空而出名词："难于上青天！"蜀道难于上青天，便是本诗的立意。以上为开篇。按照诗人的思路和所写的情景。全诗可分三段。

自"蚕丛及鱼凫"至"愁空山"为第一段。写蜀地、蜀道的历史，蜀道的形势以及人们对蜀道的恐惧，构成完整的"蜀道难"的主题，诗人引用神话传说，写得奇峰突起，云诡波谲，奇不胜览，美不胜收。

在描写完蜀道之难以后，诗就结束了。为了呼应，诗人重复"蜀道之难，难于上青天"，以此作结。但诗人忽然觉得意犹未尽，诗犹未完，主要是他觉得还不够难与险，于是作第二段。人们听到了蜀道之难，立刻就变老了，听了一段话就使人变老，这种神话式的夸张似乎只有李白才作得出。

第三段仍是附加，诗人觉得只写山水，没有涉及到蜀地之人，有些不妥，便把处蜀地之险与难申说一回，"嗟尔远道之人胡为乎来哉？"其实在第一段中有"人"存在，只是李白自己不觉得，加上这一段，主旨似乎在讽刺蜀地难居，外地人不该来此，锦城虽然富足，实非远道之人所宜居，便归结到"不如早还家"。但这不是李白诗的本意，这首诗极写蜀道之雄奇险难不可测，并没有什么寄托。

本诗笔法变幻莫测，充满浪漫主义色彩。诗人把想象、夸张和神话传说融为一体，创造出博大浩渺的艺术境界。

行路难

李白

【解题】

天宝元年（742），李白被召入京，供奉翰林，但玄宗只是赏识他文学上的才华，李白济苍生、安社稷的政治思想根本没有实现的可能。一生傲岸不逊的清高使他无法忍受这种处境，而他戏万乘若僚友，视俦列如草芥的高傲也不为官廷权贵们所容，随被赐金放还。

离开长安，意味着被迫放弃自己的理想。这就使怀抱着济世之心的李白感到极度苦闷。同时，三年的长安生活使他对统治集团的本质和社会现实也有了比较清醒的认识。初到长安时的那个飘逸超脱的谪仙人李白，此时此刻深深感到世路的艰难，于是借乐府旧题《行路难》酣畅淋漓地抒发自己的茫然、悲愤以及仍然执着于理想的强烈自信。《行路难》是乐府《杂曲歌辞》旧题。

【正文】

金樽清酒斗十千，玉盘珍羞直万钱[1]。
停杯投箸不能食，拔剑四顾心茫然。
欲渡黄河冰塞川，将登太行雪满山[2]。
闲来垂钓碧溪上，忽复乘舟梦日边[3]。
行路难，行路难！多歧路，今安在？
长风破浪会有时，直挂云帆济沧海[4]。

【注释】

[1] "金樽"二句：樽（zūn），古代盛酒器具。斗：有柄的盛酒器。斗十千：一斗酒价值十千钱。珍羞：羞，同"馐"，珍贵的菜肴。直：同"值"。

[2] 太行：山名，连绵于现在山西、河南、河北三省交界处。

[3] 垂钓碧溪：《史记·齐太公世家》载：姜尚年老垂钓于渭水边，后遇到周文王而得到重用。梦日边：传说伊尹在受成汤征聘之前，梦见自己乘船经过日月之边。

[4] 长风破浪：比喻远大的抱负得以施展。《宋书·宗悫（què）传》载：宗悫的叔父问宗悫的志向是什么？他回答说："愿乘长风破万里浪。"

【鉴赏】

　　这首诗是李白三首《行路难》中的第一首。诗的开头，"金樽清酒"、"玉盘珍羞"，让人感觉似乎是一个欢乐的宴会，但紧接着"停杯投箸"、"拔剑四顾"两个细节，就显示了感情波涛的强烈冲击。中间四句，刚刚慨叹"冰塞川"、"雪满山"，又恍然神游千载之上，仿佛看到吕尚、伊尹由隐而显的故事。诗人心理上的失望与希望、抑郁与追求，急遽变化交替。"行路难，行路难，多歧路，今安在？"这四句节奏短促、跳跃，生动地传达了进退两难而又要继续追求的复杂心理。结尾两句，经过前面的反复回旋以后，境界顿开，唱出了豪迈乐观的调子，相信自己的理想抱负总有实现的一天。通过这样层层叠叠的感情起伏，充分显示了诗人有志不得施展的强烈苦闷，同时又突出表现了诗人狂放不羁、傲岸不屈的精神。

　　此诗在艺术上的突出特点是在广阔的时空里，自由驰骋丰富的想象，从而表达诗人强烈跌宕起伏的思想感情。其次，诗中用典浅显而贴切。

梦游天姥吟留别[1]

李 白

【解题】

　　这首诗的题目一作《别东鲁诸公》，作于出翰林之后。天宝三载，李白被唐玄宗赐金放还，离长安后，曾与杜甫、高适等人游梁、宋、齐、鲁，又在东鲁家中居住过一个时期。这时东鲁的家已颇具规模，尽可在家中怡情养性，以度时光。可是李白没有这么作，他有一个不安定的灵魂，他有更高更远的追求，于是离别东鲁家园，又一次踏上漫游的旅途。这首诗就是他告别东鲁诸公时所作。

【正文】

　　海客谈瀛洲，烟涛微茫信难求[2]；越人语天姥，云霓明灭或可睹[3]。天姥连天向天横，势拔五岳掩赤城[4]。天台一万八千丈，对此欲倒东南倾[5]。我欲因之梦吴越，一夜飞度镜湖月[6]。湖月照我影，送我至剡溪[7]。谢公宿处今尚在，渌水荡漾清猿啼[8]。脚著谢公屐，身登青云梯[9]。半壁见海日，空中闻天鸡[10]。千岩万转路不定，迷花倚石忽已暝。熊咆龙吟殷岩泉，栗深林兮惊层巅[11]。云青青兮欲雨，水澹澹兮生烟。列缺霹雳，丘峦崩摧[12]。洞天石扉，訇然中开[13]。青冥浩荡不见底，日月照耀金银台[14]。霓为衣兮风为马，云之君兮纷纷而来下[15]。虎鼓瑟兮鸾回车，仙之人兮列如麻[16]。忽魂悸以魄动，恍惊起而长嗟[17]。惟觉时之枕席,失向来之烟霞。世间行乐亦如此,古来万事东流水。别君去兮何时还?且放白鹿青崖间,须行即骑访名山[18]。安能摧眉折腰事权贵,使我不得开心颜[19]!

【注释】

[1] 天姥:山名,在今浙江新昌县东。

[2] "海客"二句:意谓海外来客所谈的三神山,依稀于浩渺烟波之中,实难寻求。瀛洲:三神山之一。史载:齐威王、宣王和燕昭王,皆曾入海寻找蓬莱、方丈、瀛洲三座神山,终无结果。此举瀛洲以概之。微茫:依稀仿佛的样子。

[3] "云霓"句:天姥山在绚丽烟霞中时明时灭,有时还可一睹它的万千气象。

[4] 赤城:山名,在今浙江天台县境内。

[5] "天台"二句:意谓一万八千丈的天台山,面对它西北方的天姥山,相形之下也显得低了,仿佛要向东南倾倒。天台山:在今浙江天台县北。

[6] 因之:因越人的谈话。吴越:偏义复词,实指越(今浙江)。镜湖:在今浙江绍兴市,因波平如镜,故名镜湖。一名鉴湖。

[7] 剡溪:即曹娥江的上游,在今浙江嵊县。

[8] "谢公"句:谢灵运游天姥,曾在剡溪投宿。

[9] 谢公屐:谢灵运特制的登山木鞋,鞋底装有可活动的锯齿,上山去前齿,下山则去后齿,以保持足面平衡。青云梯:高峻入云的山路。

[10] 天鸡:《述异记》:"东南有桃都山,上有大树名曰桃都,枝相去三千里,上有天鸡。日初出照此木,天鸡则鸣,天下之鸡皆随之鸣。"

[11] "熊咆"二句:意谓岩泉发出巨大的声响,有如熊咆龙吼,使深林层巅中的游人为之战栗惊恐。殷(yīn),声音宏大。

[12] 列缺:闪电。

[13] 洞天:道家称神仙所居之处曰洞天。石扉:石门。訇(hōng)然:大声。

[14] 青冥:天空。自上俯视,青天如海,故曰"浩荡不见底"。金银:神

仙所住的宫阙。

[15] 云之君：云神。此处泛指自云中下降的群仙。

[16] 回车：拉车。列如麻：极言众多。

[17] 悸（jì）：心惊。恍：心神不定貌。

[18] "且放"二句：意谓自己将归隐名山，求仙学道。白鹿：传说中仙人的坐骑。

[19] 摧眉折腰：低眉弯腰，意为委屈自己，小心翼翼地侍候别人。

【鉴赏】

　　这首诗通过对雄奇壮观梦境的描写，表现了诗人仕途失意的落魄之情和对自由美好生活的热切向望，也透露他鄙弃生活蔑视权贵的刚直不阿的性格。

　　全诗可分为三个部分。第一部分（从开头到"对此欲倒东南倾"）：点明梦的缘由，渲染天姥山令人神往的雄伟瑰丽气势。第二部分（从"我欲因之梦吴越"到"失向来之烟霞"）：作者虚构了一个充满幻想，五彩缤纷的神仙世界，并与丑恶的现实对比，从而表现诗人对美好生活的向往，对丑恶现实的鞭挞。第二部分（"世间行乐亦如此"至诗的结尾）：作者从梦境回到现实，点出本诗主旨：批判现实，追求自由。

　　本诗构思奇特，大胆地运用比喻、对比和夸张等手法，极富浪漫主义色彩。诗人融合平生漫游、古代传说和屈骚意境为一体，创造出一个神奇境界，把天姥山的雄伟瑰丽之姿和幻想中的事物写得神气活现，惟妙惟肖，令人眼花缭乱，为之震撼。

　　另外，本诗语言精练清新，长短句式参差多变，富有很强的表现力。句法韵律奔腾跳跃，感情跌宕不平，格调昂扬振奋。

将进酒[1]

李 白

【解题】

　　这首诗约作于天宝十一年（752），其时他与友人岑勋（岑夫子）在嵩山另一好友元丹丘（丹丘生）的颍（yǐng）阳山居作客，三人登高饮宴而有此作。"将（qiāng）进酒"原是汉乐府短箫铙歌的曲调，李白此诗以饮酒为名，抒发自己志向难伸的郁闷不平。

【正文】

　　　　君不见黄河之水天上来，奔流到海不复回[2]！
　　　　君不见高堂明镜悲白发，朝如青丝暮成雪[3]！
　　　　人生得意须尽欢，莫使金樽空对月[4]。
　　　　天生我材必有用，千金散尽还复来。
　　　　烹羊宰牛且为乐，会须一饮三百杯[5]。
　　　　岑夫子，丹邱生，将进酒，杯莫停。
　　　　与君歌一曲，请君为我侧耳听[6]：
　　　　钟鼓馔玉不足贵，但愿长醉不复醒[7]。
　　　　古来圣贤皆寂寞，惟有饮者留其名。
　　　　陈王昔时宴平乐，斗酒十千恣欢谑[8]。
　　　　主人何为言少钱，径须沽取对君酌[9]。
　　　　五花马，千金裘，呼儿将出换美酒，与尔同销万古愁[10]。

将进酒

【注释】

[1] 将进酒：乐府《鼓吹曲辞·汉铙歌》旧题。内容多写饮酒放纵时的感情。

[2] "君不见黄河之水"二句：既兴且比，比喻下文岁月易逝、人生易老之意。

[3] "君不见高堂明镜"二句：早晨尚是黑发，到傍晚，于高堂明镜之中，即照见银丝满头，不禁惊叹而悲，极言时光飞逝之快。

[4] 得意：有兴致的时候。

[5] 且为乐：姑且作乐，即暂时把苦恼之事丢开不想。会须：应该。

[6] 与君：为你。

[7] 钟鼓馔（zhuàn）玉：钟鼓，指权贵人家的音乐；馔玉，形容精美如玉的食物。此以钟鼓馔玉代指富贵利禄。

[8] "陈王"二句：曹植曾封陈王，其诗《名都篇》云："归来宴平乐，美酒斗十千。"平乐：宫观名。恣欢谑：尽情地欢娱戏谑。

[9] 主人：指元丹邱。当时宴饮是在元丹邱的颖阳山居。径须：只管。

[10] 五花马：指名贵的马。将出：拿出。

【鉴赏】

　　这首诗最能体现李白豪爽雄迈、激荡不羁的个性和感情倾泻、驰骋纵横的浪漫主义风格。一开始诗人就用两个排比、比喻句写出了时光的倏忽、人生的短暂。以"黄河之水天上来，奔流到海不复回"气魄之大前无古人后无来者。"朝如青丝暮成雪"也是极度夸张的手法形容人生之易老：年华之老大就在朝暮之间，从而更突出抓紧时间生活的紧迫感。"人生得意须尽欢"以下六句皆为直抒胸臆之语。"岑夫子，丹丘生"以下，诗人进一步采用了对话的语气，表露自己的心曲，既亲切感人，也能感到诗中人物感情的交流。其中"钟鼓馔玉不足贵"以下四句倾吐出诗人心中的"块垒"：李白对权贵是藐视的，那穷奢极欲中的锦衣玉食岂能放在他的眼里；李白对圣贤是崇敬的，但圣贤的经典被当权者歪曲篡改，因而"圣贤"是寂寞的。接着李白又引用"陈王昔时宴平乐"的故实倾吐自己的不平之气：陈王曹植于曹丕、曹睿两朝备受猜忌、有志难展，诗人同情他。诗歌最后以"五花马，千金裘，呼儿将出换美酒……"作结，十分鲜明地显现出李白"千金散尽还复来"的豪爽之气，而"与尔同销万古愁"却给千百年来的读者留下了沉甸甸的思忖。李白的"万古愁"是什么呢？仅仅是他个人的悲欢吗？正直的、有才华、有抱负的知识分子不会为独裁专制的统治者所重用，甚至要受到打击、清除、置之死地而后快，这该是李白的"万古愁"吧！

　　全诗感情强烈，气势磅礴，语言豪壮，笔酣墨畅，大开大合，极尽淋漓曲折、起伏跌宕之妙，体现了诗人豪爽雄迈、驰骋纵横的浪漫主义风格。

赠 汪 伦[1]

李 白

【解题】

天宝十四载（755），李白从秋浦（今安徽贵池）前往泾县（今属安徽）游桃花潭，当地人汪伦常酿美酒款待他。临走时，汪伦又来送行，李白作了这首诗留别。

【正文】

李白乘舟将欲行，忽闻岸上踏歌声[2]。
桃花潭水深千尺，不及汪伦送我情[3]！

【注释】

[1] 汪伦：桃花潭附近居民。
[2] 踏歌：边唱歌边用脚踏地作节拍。
[3] 桃花潭：在今安徽泾县。

【鉴赏】

诗的前半是叙事：先写要离去者，继写送行者，展示一幅离别的画面。起句"乘舟"表明是循水道；"将欲行"表明是在轻舟待发之时。这句使我们仿佛见到李白在正要离岸的小船上向人们告别的情景。

送行者是谁呢？次句不像首句那样直叙，只说听见歌声。一群村人踏地为节拍,边走边唱前来送行了。这似出乎李白的意料,所以说"忽闻"而不用"遥闻"。这句诗虽说得比较含蓄,只闻其声,不见其人,但人已呼之欲出。

　　诗的后半是抒情。第三句遥接起句,进一步说明放船地点在桃花潭。"深千尺"既描绘了潭的特点,又为结句预伏一笔。

　　桃花潭水是那样的深湛,更触动了离人的情怀,难忘汪伦的深情厚意,水深情深自然地联系起来。结句迸出"不及汪伦送我情",以比物手法形象性地表达了真挚纯洁的深情。潭水已"深千尺",那么汪伦送李白的情谊更有多深呢?"不及"二字,不用比喻而采用比物手法,变无形的情谊为生动的形象,空灵而有余味,自然而又情真。

望庐山瀑布[1]

李白

【解题】

这是诗人李白五十岁左右隐居庐山时写的一首风景诗。这首诗形象地描绘了庐山瀑布雄奇壮丽的景色,反映了诗人对祖国大好河山的无限热爱。

【正文】

日照香炉生紫烟,遥看瀑布挂前川[2]。
飞流直下三千尺,疑是银河落九天[3]。

【注释】

[1] 庐山:在江西省九江市南,是我国著名的风景区。
[2] 挂前川:挂在前面的水面上。
[3] 九天:古代传说天有九重,九天是天的最高层。

【鉴赏】

首句中的"香炉"是指庐山的香炉峰。此峰在庐山西北,形状而尖圆,像座香炉。由于瀑布飞泻,水气蒸腾,在丽日照耀下,仿佛有座顶天立地的香炉冉冉升起了团团紫烟。一个"生"字把烟云冉冉上升的景象写活了。此句为瀑布设置了雄奇的背景,也为下文直接描写瀑布渲染了气氛。

次句"遥看瀑布"四字照应了题目《望庐山瀑布》。"挂前川"是说瀑布像一条巨大的白练从悬崖直挂到前面的河流上。"挂"字化动为静,惟妙惟肖地写出了遥望中的瀑布。

诗的前两句从大处着笔,概写望中全景:山顶紫烟缭绕,山间白练悬挂,山下激流奔腾,构成一幅绚丽壮美的图景。

第三句是从近处细致地描写瀑布。"飞流"表现瀑布凌空而出,喷涌飞泻。"直下"既写出岩壁的陡峭,又写出水流之急。"三千尺"极力夸张,写山的高峻。

这样写诗人觉得还没把瀑布的雄奇气势表现得淋漓尽致,于是接着又写上一句:"疑是银河落九天"。说这"飞流直下"的瀑布,使人怀疑是银河从九天倾泻下来。一个"疑",用得空灵活泼,若真若幻,引人遐想,增添了瀑布的神奇色彩。

这首诗极其成功地运用了比喻、夸张和想象,构思奇特,语言生动形象、洗炼明快。苏东坡十分赞赏这首诗,说"帝遣银河一脉垂,古来唯有谪仙词"。

月下独酌

李 白

【解题】

　　李白有济世之雄才，想干一番惊天动地的事业，可是既得不到朝廷的重用，也得不到同僚的赏识。他感到孤独、苦闷，内心的郁积往往发而为诗，这首《月下独酌》就表现了他这种心情。

【正文】

　　　　　　　花间一壶酒，独酌无相亲。
　　　　　　　举杯邀明月，对影成三人[1]。
　　　　　　　月既不解饮，影徒随我身。
　　　　　　　暂伴月将影，行乐须及春[2]。
　　　　　　　我歌月徘徊，我舞影零乱。
　　　　　　　醒时同交欢，醉后各分散。
　　　　　　　永结无情游，相期邈云汉[3]。

【注释】

[1] 三人：指作者自己、明月、身影。

[2] 将：偕，和。

[3] 无情：忘情，尽情。相期：指相约。邈：遥远。云汉：天河，此处指天上。

【鉴赏】

全诗分为三层。前四句为第一层；五至八句为第二层；第九句至最后为第三层，一层一个转折。

第一层开始点明环境是在花间，伴随着诗人的只是一壶酒而已。当此芳春时节，有明月、美酒、鲜花，对酒当歌，看花赏月，这是文人雅士所追求的赏心乐事。然而诗人并不感到愉悦，因为"独酌无相亲"，这里突出了一个"独"字，是贯串全诗的感情线索。李白写此诗时，唐玄宗纵情声色，不理朝政，朝中群小当道，排斥贤能，环顾四周，找不到志同道合的人，满腔心事，向谁诉说？于是"举杯邀明月，对影成三人"，在百无聊赖中，他把明月作为知己，举杯相邀。

第二层是由离奇的幻想回到清醒的现实。月虽美好，毕竟不会饮酒；影虽亲密，毕竟只能随身存在。既然如此，那就暂且将他们拉过来临时作为友人，趁此良辰美景，及时行乐吧。

第三层，"我歌月徘徊，我舞影零乱"，又转进一层，仍然将月与影作为知心朋友，认为月与影都是有知的，"行乐"的表现方式就是歌与舞。歌舞也好，行乐也好，都不能说明李白内心的轻松愉快，恰恰相反，只是表现了他对社会现实的不满，对他自己一生怀才不遇的感慨。

可惜的是"醒时同交欢，醉后各分散"，所以只是"暂伴"为友，李白不能满意，于是，"永结无情游，相期邈云汉"。"无情"，意为忘情，忘却世俗之情。他要和明月结为摆脱庸俗世情的朋友，脱离现实社会，一同到理想的太空仙境去遨游。

总的说来，这首诗反映了李白没有知己的苦闷、孤寂心情和对现实社会的不满。这是他傲岸不群的性格的写照。而这一切都寄情于月，诗人愿与之永远同游于太空。

宣州谢朓楼饯别校书叔云[1]

李 白

【解题】

这是天宝末年李白在宣城期间饯别秘书省校书郎李云之作。谢朓楼,系南齐著名诗人谢朓任宣城太守时所创建,又称北楼、谢公楼。诗题一作《陪侍御叔华登楼歌》。

【正文】

弃我去者昨日之日不可留,
乱我心者今日之日多烦忧。
长风万里送秋雁,对此可以酣高楼。
蓬莱文章建安骨,中间小谢又清发[2]。
俱怀逸兴壮思飞,欲上青天揽明月。
抽刀断水水更流,举杯销愁愁更愁[3]。
人生在世不称意,明朝散发弄扁舟。

【注释】

[1] 饯别:饯行送别。校书叔云:李云曾为秘书省校书郎,唐人同姓者常相互攀连亲戚,李云当较李白长一辈,但不一定是近亲。

[2] 蓬莱:汉时称中央政府的著述藏书处东观为道家蓬莱山,唐人用以代指秘书省。建安骨:汉献帝建安时代的诗文慷慨多气,史称建安风骨。小谢:即谢朓,与其先辈谢灵运分称大、小谢。清发:清新秀发。

[3] 散发：束发并以簪贯连于冠，散发就是发不整束，解冠归隐。扁舟：小船。越亡吴后，范蠡"乘扁舟浮于江湖"，后世就以弄扁舟喻避世隐遁。

【鉴赏】

　　这首诗抒发了诗人仕途失意、报国无门的愤慨之情。诗一开始即直抒胸臆："弃我去者昨日之日不可留，乱我心者今日之日多烦忧"，两句突兀而起，具有极其丰富的情感内涵，这是他长期以来政治遭遇和政治感受的一个艺术概括，反映出天宝以来朝政愈趋腐败和李白个人遭遇愈趋困窘的情状势态，这是他生命体验的结晶，是他所处的时代面貌的反映。紧接着即完全撇开"烦忧"，放眼万里秋空，从"酣高楼"的豪兴到"揽明月"的壮举，以爽朗壮阔的境界展示出诗人豪迈阔大的胸襟。"抽刀"两句，将"愁"赋予"水"的具体形象，抒发了诗人强烈的苦闷。最后，诗人只有散发伴狂，纵扁舟之一叶，凌万顷之空茫了，哀愁之中也透出诗人的豪放。

　　整首诗感情的波澜起伏与艺术结构的跌宕顿挫有机地结合。诗篇以"昨日"开头，以"明朝"结尾，中间写"今日"的愁苦。在写今日的中间，又插写了主客二人才、志的非凡。这不仅给结构增加了波澜，在内容上又起了衬托作用。诗中用比喻抒情写志，这既增加了形象性，又能唤起人的联想，丰富诗的内容。

白雪歌送武判官归京[1]

岑参

【解题】

　　岑参（715？～770）原籍南阳（今属河南），后居江陵（今属湖北）。天宝三年（744）进士。历官安西及北庭节度使判官、右补阙，又改授起居舍人、虢州（河南灵宝）长史等职，后任嘉州（四川乐山）刺史。他是唐代著名的边塞诗人，与高适齐名，人称"高岑"。今存诗三百五十多首，有《岑嘉州集》。

　　《白雪歌送武判官归京》是一首咏雪送人之作。天宝十三载（754），岑参再度出塞，充任安西北庭节度使封常清的判官。武某或即其前任。为送他归京，写下此诗。

【正文】

　　北风卷地白草折，胡天八月即飞雪[2]。
　　忽如一夜春风来，千树万树梨花开。
　　散入珠帘湿罗幕，狐裘不暖锦衾薄[3]。
　　将军角弓不得控，都护铁衣冷难著[4]。
　　瀚海阑干百丈冰，愁云惨淡万里凝[5]。
　　中军置酒饮归客，胡琴琵琶与羌笛[6]。
　　纷纷暮雪下辕门，风掣红旗冻不翻[7]。
　　轮台东门送君去，去时雪满天山路。
　　山回路转不见君，雪上空留马行处。

【注释】

[1] 武判官：生平不详。
[2] 白草：我国西北地区生长的一种草，似莠而细，秋冬变白，牛马所嗜。
[3] 罗幕：用罗制作的帘幕。锦衾：用锦做的被子。
[4] 角弓：用兽角装饰的硬弓。控：引、拉。
[5] 阑干：纵横的样子。
[6] 中军：古代分左、中、右三军，中军是主帅亲自统率的军队，这里指主帅的营帐。
[7] "纷纷"二句：辕门：军营门，古代军营前，将两车辕木相向，交叉为门。掣（chè）：拉，牵。翻：翻卷，飘扬。

【鉴赏】

 岑参的《走马川行》的背景是风，以及因风而致的寒冷，本诗的背景是雪，以及因雪而致的寒冷。风、雪、冷三者，便是西北边地的"主旋律"，岑参完美地掌握了这个主旋律，奏出了最美的乐章。

 开头四句集中写"雪"字，先赋体，后比兴体。胡地酷寒，八月就已经大雪满天。比兴体的两句极为精妙，把极冷的边地冰雪描绘得春意融融，把萧索的冬景转移为江南三月。第二节立即转为直接写寒冷，用赋比二体，狐裘不暖，锦被觉寒，把唐时的寒气凝结在诗中，传递到千载以后，今人读此诗，仍觉得透骨生寒。将军难开弓，都护怕着甲，继续申述寒冷。第三节外景与内景合写：户外是一望无际的"冰大坂"，阴云凄惨，似乎凝结成有质感的整体。室内正开宴会，因为有酒，便生出些许暖意，外冷内暖，以呼应"千树万树梨花开"。傍晚时分，大雪再次飘落，天气愈加寒冷，红旗在风雪中也抵挡不住严寒，尽管风在吹，它却无法迎风招展，它冻僵了。红旗"冻不翻"，又是岑参诗的神来之笔,相比较"散入"四句只能算是它的铺垫,四句的作用可能只是引出这"冻不翻"三字。第四节才点到"送",诗人主旨是为武判官送行,宴饮既罢,判官走出辕门,主客在轮台城东门相别。天地不辨,天山麓旧路不可寻,武判官一行只得摸索着东归。本节的最后两句终结全诗,其精妙堪比"忽如"二句:山路弯弯,转入山后,武判官沿着不见路的路,也转入山后,武判官人虽已不可见,但刚才他骑马走过的雪地上,清晰的一行马蹄痕,大雪还没有将它们覆平。这两句用了素描手法,不写人,只写马蹄印迹,言已尽而意无穷,离情不断直随远行人,情与景在两行诗中得到了完美的结合。

　　全诗语言明丽优美,气势不凡,换韵与场景画面交替配合。或以人声配之风狂雪猛的画面,或以"雪花"巧妙过渡至奇寒之中,并用夸张的手法渲染广阔沙漠天寒地冻的环境,或追循所见徐缓地展示渐行渐没的马蹄印迹,都融入了诗人悠悠不尽的情思。

望　岳

杜甫

【解题】

杜甫（712～770）字子美，祖籍襄阳（今湖北襄樊），寄居巩县（今属河南）。早年南游吴越，北游齐赵，天宝中困顿长安近十年，才得到右卫率府胄曹参军的小官。安史乱起，被肃宗授为左拾遗，不久又贬为华州司功参军，后在西川节度使严武幕中任职，官参谋、检校工部员外郎。后世称为"杜工部"。晚年离蜀，病死于由长沙到岳阳途中。杜甫是我国文学史上用诗歌反映社会问题，将思想性与艺术性高度统一，影响极为深远的伟大的现实主义诗人。他的诗被称为"诗史"，他本人也被尊为"诗圣"。现存诗一千四百多首，有《杜工部集》。

开元二十四年（736），二十四岁的诗人开始过着一种"裘马清狂"的漫游生活。此诗即写于北游齐、赵（今河南、河北、山东等地）时，是现存杜诗中年代最早的一首，字里行间洋溢着青年杜甫那种蓬勃的朝气。

【正文】

岱宗夫如何？齐鲁青未了[1]。
造化钟神秀，阴阳割昏晓[2]。
荡胸生曾云，决眦入归鸟[3]。
会当凌绝顶，一览众山小[4]。

【注释】

[1] 岱宗：泰山，因其为五岳之宗，故称。齐鲁：周代所封的两个国家，泰山以北为齐国，以南为鲁国。
[2] 造化：大自然。钟：聚集。阴阳：山南为阳，山北为阴。
[3] 曾：同"层"。决眦（zì）：眼眶裂开。
[4] 会当：终将，必将。凌：登上。众山小：语本《孟子·尽心上》："登泰山而小天下。"

【鉴赏】

  这首诗描写了泰山雄伟秀美的万千景象，抒发了作者一览众山的壮阔情怀，表现了积极进取的时代精神，洋溢着青春朝气和旷代才华。

  首联自问自答，传遥望之神。泰山拔地接天，跨齐越鲁，青色无边无际。这不仅写出了泰山越境连绵，苍峰不断的雄伟气势，连让人惊讶、激动、赞叹之情也表现无遗。颔联承"青未了"写遥望情景：大自然将一切"神秀"凝聚起来，赋予泰山，泰山峻极于天，阴面阳面分割昏晓。对句构想新颖，用一"割"字，堪称奇险惊人。颈联写岳麓仰望，见泰山生云，自山腰至山顶，层叠弥漫，给人以心胸摇荡的感觉；而张目注视，又见倦鸟归山，投入树林。二句点明时间已至黄昏，登山览胜，只好等到明天。造语挺拔，既切"望岳"，又有普遍意义，表现了青年杜甫勇攀绝顶、俯视一切的雄心和气概。

  这首诗写得气魄雄浑，语言峭拔，笔调高昂，语句凝练，生动地表现了杜甫的博大胸怀及雄伟的抱负，在古代众多的山水诗中闪耀着奇丽的光彩。

春望

杜甫

【解题】

这首五律诗作于唐肃宗至德二年（757）三月，安史叛军在一年前攻破长安，长安城沦为废墟，杜甫在战乱中陷贼中，被押赴长安，此诗即杜甫被囚禁在长安时所作。感时伤怀，愁家忧国，而且时局不明，国运难测，所以落笔沉重，诗情抑郁。

【正文】

国破山河在，城春草木深[1]。
感时花溅泪，恨别鸟惊心[2]。
烽火连三月，家书抵万金。
白头搔更短，浑欲不胜簪[3]。

【注释】

[1]"国破"二句：国破，京城陷落。司马光《续诗话》："山河在，明无余物矣；草木深，明无人矣。"

[2]"感时"二句：感时：感伤时事。恨别：怅恨离别。这两句诗意为由于感时恨别，面对花而溅泪，听鸟鸣而惊心。一说：因感时，花亦溅泪；因恨别，鸟亦惊心。

[3]"白头"二句：短：少。浑欲：简直要。不胜簪（zān）：插不住簪。

春 望

【鉴赏】

　　首联写国都残破，国家败落，山河依旧，世事全非；长安的春天草木繁荣，但难掩战火的摧残。颔联"感时花溅泪，恨别鸟惊心"，是杜甫最著名的句子之一。此诗四联都是名句，颔联尤其著名，因为它感人至深，还因为它有两种又很贴切杜甫原意，又都与全诗和谐完整，且都用意深远的解说。第一解：感慨时局的不稳，国运难支，观花花不语，我流泪；因分别日久，音信难通，见鸟鸟无言，我痛心。这个解说把花鸟看作自己的参照物，以花鸟起兴抒情，感情深沉、意兴浓厚。第二解：时局不堪收拾，花也为之滴泪，别期无限，音信难托，鸟也为之伤心。这种解法把人与花鸟密合为一体，用花鸟的感情作为代指人的感情行为。颈联把国事家事统为一体，战火三月不息，局势仍然危急。一封家书如天书般难得。尾联不说国，不说家，只说自己，说自己也不说心，只说身，说身不说穷愁困苦，衣食难觅，形销骨立，奄奄待毙，只说自己的头发。这是高度集中，以高度具象表达高度抽象。作诗手法，以少总多，以偏概全，由表及里，举重若轻。杜甫说，他的头发变白了，稀疏而且短了，发簪都无处扦入了。

　　此诗因身而家而国，又归结到家，叙述自然，结构密合为一、不可分解，情与辞契合无间，感人肺腑。

茅屋为秋风所破歌

杜 甫

【解题】

759年,"安史之乱"未定,关内又大饥,杜甫乃弃官带领全家辗转西行,历尽险阻,备尝艰辛,最后抵成都,由亲友帮助,在西郊浣花溪,用两年时间盖上一间茅屋,总算得到一个安身之处。哪知次年的秋天,一阵狂风卷走了屋上的茅草,一夜暴雨,湿透了室内衣被,茫茫黑夜,百感交集。诗人由自己的遭遇,想到千千万万广大人民的疾苦,不禁产生了"安得广厦千万间,大庇天下寒士俱欢颜"的善良宏愿,于是写下流传久远脍炙人口的诗篇《茅屋为秋风所破歌》。

【正文】

八月秋高风怒号,卷我屋上三重茅[1]。茅飞渡江洒江郊,高者挂罥长林梢[2],下者飘转沈塘坳。南村群童欺我老无力,忍能对面为盗贼[3]。公然抱茅入竹去,唇焦口燥呼不得,归来倚仗自叹息。俄顷风定云墨色,秋天漠漠向昏黑[4]。布衾多年冷似铁,娇儿恶卧踏里裂[5]。床头屋漏无干处,雨脚如麻未断绝。自经丧乱少睡眠,长夜沾湿何由彻[6]。安得广厦千万间,大庇天下寒士俱欢颜,风雨不动安如山[7]!呜呼!何时眼前突兀见此屋,吾庐独破受冻死亦足[8]!

茅屋为秋风所破歌

【注释】

[1] 秋高：秋深。

[2] 罥（juàn）：挂。

[3] "忍能"句：竟然忍心这样当面作贼。

[4] 俄顷：一会儿。漠漠：灰暗的样子。向：将近。

[5] 布衾：布做的被子。衾：被子。"娇儿"句：孩子睡觉不老实，两脚乱蹬，把被里踢破。

[6] "自经"句：自从经历了兵乱，常常失眠。彻：彻夜，一夜到天亮。

[7] 安得：怎能得到。广厦：宽大的房屋。

[8] 突兀：形容高耸的房屋。见：同"现"。

【鉴赏】

　　这首诗通过描写个人生活的不幸遭遇和思想上的苦痛，并由己及人，表现诗人关心民众疾苦的宽广胸襟和忧国忧民的崇高思想境界。

　　诗的结构是前面叙事，后面抒情，中间夹杂着细小的议论。整个事件围绕着"茅屋为秋风所破"这一线索展开的，先写风来，后写雨来，风来时，着眼点又放在茅草上，这样写是为了表现诗人与茅草相依为命，下面的风吹屋漏，雨湿夜长，苦难一个个接踵而来，作者深入细致地表现了只有身历各种苦难的人，才能体会到的情味。最后由叙事转为抒情，表现了诗人关心国事同情人民的思想，和愿以个人冻死换取天下寒士温饱的善良愿望。

　　诗的语言准确生动，写景叙事都很形象具体，鲜明地再现了当时的真实情景。诗的抒情部分饱含高昂激越的感情，哀伤而不消极，困苦而又豁达，表现了杜诗特有的风格。诗中还大量使用了比喻的手法，既通俗平易，又灵活多变，并兼用了长短句，打破了"七言"的束缚，使诗人的感情自然而然地倾泻出来。

江畔独步寻花

杜 甫

【解题】

上元元年（760），杜甫卜居成都西郊草堂，在饱经离乱之后，开始有了安身的处所，诗人为此感到欣慰。春暖花开的时节，他独自沿江畔散步，情随景生，一连成诗七首。此为组诗之六。

【正文】

黄四娘家花满蹊[1]，千朵万朵压枝低。
留连戏蝶时时舞[2]，自在娇莺恰恰啼[3]。

【注释】

[1] 黄四娘：杜甫在四川成都草堂时的邻居。蹊：小路。
[2] 留连：舍不得离开。戏蝶：游戏的蝴蝶。
[3] 恰恰：象声词，指黄莺的叫声。

【鉴赏】

首句点明寻花的地点，是在"黄四娘家"的小路上。此句以人名入诗，生活情趣较浓，颇有民歌风味。次句"千朵万朵"，是上句"满"字的具体化。"压枝低"，描绘繁花沉甸甸地把枝条都压弯了，所写景色如在眼前。"压"、"低"二字用得十分准确、生动。第三句写花枝上彩蝶蹁跹,因恋花而"留连"不去,暗示出花的芬芳鲜妍。花可爱,蝶的舞姿亦可爱,不免使漫步的人也"留连"起来。但他也许并未停步,而是继续前行,因为风光无限,美景尚多。"时时",则不是偶尔一见,有这二字,就把春意闹的情趣渲染出来。正在赏心悦目之际,

恰巧传来一串黄莺动听的歌声,将沉醉花丛的诗人唤醒。这就是末句的意境。"娇"字写出莺声轻软的特点。"自在"不仅是娇莺姿态的客观写照,也传出它给人心理上的愉快轻松的感觉。诗在莺歌"恰恰"声中结束,饶有余韵。

　　读这首绝句,仿佛自己也走在千年前成都郊外那条通往"黄四娘家"的路上,和诗人一同享受那春光给予视听的无穷美感。

兵车行[1]

杜甫

【解题】

天宝以后，唐王朝对西北、西南少数民族的战争越来越频繁。这连年不断的大规模战争，不仅给边疆少数民族带来沉重灾难，也给广大中原地区人民带来同样的不幸。

据《资治通鉴》卷二百一十六载："天宝十载四月，剑南节度使鲜于仲通讨南诏蛮，大败于泸南。时仲通将兵八万，……军大败，士卒死者六万人，仲通仅以身免。杨国忠掩其败状，仍叙其战功。……制大募两京及河南北兵以击南诏。人闻云南多瘴疠，未战，士卒死者十之八九，莫肯应募。杨国忠遣御史分道捕人，连枷送诣军所。……于是行者愁怨，父母妻子送之，所以哭声振野。"这段历史记载，可当作这首诗的说明来读。而这首诗则艺术地再现了这一社会现实。

【正文】

车辚辚，马萧萧，行人弓箭各在腰[2]。耶娘妻子走相送，尘埃不见咸阳桥[3]。牵衣顿足拦道哭，哭声直上干云霄[4]。

道旁过者问行人，行人但云点行频[5]。或从十五北防河，便至四十西营田[6]。去时里正与裹头，归来头白还戍边[7]。边庭流血成海水，武皇开边意未已[8]。君不闻汉家山东二百州，千村万落生荆杞[9]。纵有健妇把锄犁，禾生陇亩无东西[10]。况复秦兵耐苦战，被驱不异犬与鸡[11]。

长者虽有问，役夫敢申恨[12]？且如今年冬，未休关西卒[13]。县官急索租，租税从何出？信知生男恶，反是生女好[14]；生女犹得嫁比邻，生男埋没随百草。君不见青海头，古来白骨无人收[15]。新鬼烦冤旧鬼哭，天阴雨湿声啾啾[16]！

【注释】

[1] 这首诗是杜甫自拟新题创作的新乐府诗名篇之一。行，传统乐府歌曲的一种体裁。

[2] 辚辚：象声词，车行走时发出的声音。萧萧：象声词，马嘶鸣的声音。行人：指被征调出征的士兵。

[3] 耶：同"爷"，父亲。妻子，妻子和子女。走，跑。咸阳桥，即中渭桥，故址在今陕西省咸阳市西南十里的渭河上。

[4] 干：冲上。

[5] 点行（xíng）：按户籍顺序点名征召壮丁。

[6] 北防河：黄河以北驻防，泛指西北边防。唐朝为防吐蕃入侵，开元十五年（724）曾召兵在黄河以西屯田，这一带边防在长安西北方向。西营田：西部驻军屯田，泛指西北边防。营田，又称"屯田"，屯垦军田，将士驻边地，平时垦殖荒地种田，战时行军作战。

[7] 去时里正与裹头：当年出发时（年龄还小），还是里长替他扎头巾。里正，即里长，唐制百户为一里，设里正，管户口、赋役等事。里，古代行政区划单位，五家为邻，五邻为里，唐制以一百户为里。裹头，古以二尺长的黑色罗巾包头。

[8] 武皇，汉武帝，在历史上以开疆拓土著称，此处借指唐玄宗，唐诗中评论本朝事情时常用汉朝名称来替代，下文"汉家"同此。开边，开拓边疆，以武力扩展疆土。意，意图，欲望。已，停止。

[9] 山东：指华山以东，唐代全国大部分地区在华山以东。二百州：唐代潼关以东设七道，共二百十一州，此处举其整数。荆杞：荆棘和杞柳，泛指野草灌木。

[10] 陇亩：田亩。陇，通"垄"，田埂，田地分界高起的埂。无东西：（庄稼长得杂乱，）不成行列；一说指（庄稼杂芜，阡陌）难辨东西。
[11] 秦兵：被征调的陕西一带古秦地的兵丁，即关中兵，关中为古秦地。
[12] 长者：老先生，指杜甫。役夫：服役的人，出征士兵的自称。敢：怎敢。申恨：申诉怨恨。
[13] 关西：函谷关以西，即秦地。
[14] 信，确实，诚然。
[15] 青海头：青海湖边，在今青海省东部，是唐和吐蕃经常交战的地方。
[16] 烦冤：即烦怨，愁苦怨恨。冤，通"怨"。啾啾（jiū）：象声词。

【鉴赏】

　　这首诗再现了当时社会的黑暗与统治者的腐败，并揭示了人民遭受苦难的根源。

　　全诗分三大部分。第一部分（"车辚辚"到"哭声直上干云霄"）：写咸阳桥畔士兵征发时，亲人拦路痛别的凄惨景象。第二部分（"道旁过者问行人"到"被驱不异犬与鸡"）：写行人同过路者的对话，记叙了征夫的惨痛申诉。第三部分（"长者虽有问"到"天阴雨湿声啾啾"）：续写对话，表达了人民的怨恨和控诉。

　　本诗寓情于事，开阖有序。首先，寓情于叙事之中。其次，在叙述次序上参差错落，前后呼应，变化开阖，井然有序。第一段人哭马嘶、尘烟滚滚的喧嚣气氛，给第二段场面倾诉苦衷作了渲染铺垫；而第二段的长篇述言，则进一步深化了第一段场面描写的思想内容，前后辉映，互相补充；同时，情节的发展与句型、音韵的变换紧密相结合，随着叙述，句型、韵脚不断变化，三、五、七言，错杂运用，加强了诗歌的表现力，如开头几句，急促短迫，扣人心弦。后来在大段的七字句中，忽然穿插上八个五字句，表现"行人"那种压抑不住的悲愤哀怨的激情，格外传神。再次，诗的语言朴素、生动、句式自由，富有民歌风味。

秋　　兴（其一）[1]

杜　甫

【解题】

　　持续八年的安史之乱，至广德元年（763）始告结束，而吐蕃、回纥乘虚而入，藩镇拥兵割据，战乱频起，唐王朝难以复兴。此时，严武去世，杜甫在成都生活失去凭依，遂沿江东下，滞留夔州。诗人晚年多病，知交零落，壮志难酬，心境是非常寂寞、抑郁的。

　　《秋兴八首》是杜甫晚年为避战乱寄居夔州时的作品。作于大历元年（766），诗人时年五十六岁。全诗八首一气蝉联，前后贯通，是一组完美的组诗，此处所选为第一首。

【正文】

　　　　玉露凋伤枫树林，巫山巫峡气萧森[2]。
　　　　江间波浪兼天涌，塞上风云接地阴[3]。
　　　　丛菊两开他日泪，孤舟一系故园心[4]。
　　　　寒衣处处催刀尺，白帝城高急暮砧[5]。

【注释】

[1] 兴（xìng）："感兴"、"遣兴"之兴。八首诗皆因秋遣兴，故云。诗虽八首，实则是组诗，各首之间，脉络相承，首尾相应。
[2] 萧森：气象萧瑟阴森。

[3] 塞：关隘险要之处。
[4] 丛菊两开：杜甫自765年夏离开成都，拟循水路出峡东去，却淹留于云安与夔州一带，至此已两度秋光，故云。故园心：思归故乡之心。
[5] 催刀尺：催人裁制衣服。急暮砧：傍晚的捣衣声显得格外急促。

【鉴赏】

　　组诗的第一首是其他诗的总起。总写巫山巫峡的秋声秋色。以描绘萧瑟阴森、动荡不安的景物，衬托自己焦虑急躁、伤时忧国的心态，诗的第一、二联描述了深秋时节、巫峡两岸，秋水瑟瑟、寒气逼人。秋霜把枫树都"凋伤"了。江面上波涛汹涌、浊浪接天，想必那边关之上也更是寒冷无比吧？这两联既写出了诗人滞留江上、凄苦难耐，却又化出了对祖国安危的挂念。

　　后两联是说，我滞留此地已经两年多了，贫病交加，只有一叶孤舟相伴，可还是惦念着故乡。思想的情怀更被傍晚捣衣声搅得心焦欲碎。这两联中，诗人以"孤舟一系故园心"点明全诗的主题。如明王嗣奭所云："'故园心'三字为八诗之纲。"其中的"江间波浪兼天涌，塞上风云接地阴"，是咏巫山巫峡的名句。

　　全诗写景凋伤萧瑟，抒情抑郁深沉，写夔州为所见，系长安为所思，虚实相生，一气贯通，回环往复，首尾呼应，读来令人荡气回肠。它是杜甫七律的名篇，历来为诗家所称道。

闻官军收河南河北

杜 甫

【解题】

这首诗作于唐代宗广德元年(763)春,作者五十二岁。宝应元年(762)冬,唐军在洛阳附近的横水打了个大胜仗,收复了洛阳和郑汴等州,叛军头领薛嵩、张忠志等纷纷投降。第二年,即广德元年正月,史思明的儿子史朝义兵败自缢,其部将田承嗣、李怀仙等相继投降,安史之乱结束。正流寓梓州(治所在今四川三台),过飘泊生活的杜甫听到这个消息,以饱含激情的笔墨,写下了这篇脍炙人口的名作。

【正文】

剑外忽传收蓟北,初闻涕泪满衣裳[1]。
却看妻子愁何在?漫卷诗书喜欲狂[2]。
白日放歌须纵酒,青春作伴好还乡[3]。
即从巴峡穿巫峡,便下襄阳向洛阳[4]。

【注释】

[1] 剑外:此指梓州,因在剑门以南,故称剑外。蓟北:泛指蓟州、幽州一带,即今河北省北部,这里是以蓟北代河南河北。
[2] 漫卷:胡乱卷起。
[3] 青春:春天。作伴:是说一路春光,可助行色。

[4] 巴峡：泛指在四川省境内的一段峡谷。巫峡：长江三峡中最长的峡。襄阳：今湖北省襄阳县。

【鉴赏】

　　本诗抒发了忽闻叛乱已平捷报、急于奔回老家的喜悦。

　　"剑外"句，起势迅猛，表现了收到信息的突然。诗人多年飘泊"剑外"，备尝艰辛，有乡不能回，就由于"蓟北"未收，安史之乱未平。如今"忽传收蓟北"，又怎么能不"初闻涕泪满衣裳"呢？

　　颔联以转作承，落脚于"喜欲狂"，把惊喜的情感推向又一个高峰。"却看妻子"、"漫卷诗书"，这是两个连续性的动作，带有一定的因果关系。当自己悲喜交集，"涕泪满衣裳"，自然会引得合家欢乐，而亲人的喜更增加了自己的喜，再也无心伏案了，随手卷起诗书，大家同享胜利的欢乐。

　　颈联就"喜欲狂"作进一步抒写。作此诗时，诗人已是五十二岁的老人了。老年人难得"放歌"，也不宜"纵酒"；如今既要"放歌"，还须"纵酒"，正是"喜欲狂"的具体表现。本句写"狂"态，下句则写"狂"想。"青春"指春季，春天已经来临，在鸟语花香中与妻子儿女们"作伴"，正好"还乡"。想到这里，又怎能不"喜欲狂"！

　　尾联是"青春作伴好还乡"的联想。身在梓州，而弹指之间，心已回到故乡。全诗也至此结束。诗人幻想着"即从巴峡穿巫峡，便下襄阳向洛阳"疾速飞驰的画面，一个接一个地从眼前一闪而过。读者不难体会诗人那种归心似箭的急迫心情。

　　这首诗，除第一句叙事点题外，其余各句，都是抒发忽闻胜利消息之后的惊喜之情。万斛泉源，出自胸臆，奔涌直泻。后代诗论家都极为推崇此诗，赞其为老杜"生平第一首快诗"。

旅夜书怀

杜 甫

【解题】

这首诗写于唐朝代宗永泰年间,这时候的杜甫刚刚辞官,在他离开四川南下的途中所作。这首诗前半段写景,后半段抒情,抒情的语意复杂,所以投射在景物上,就呈现多种的意味来。因此,这首诗要先了解后半部的心境,才能体会出作者在观察景物时的复杂心情。

【正文】

细草微风岸,危樯独夜舟[1]。
星垂平野阔,月涌大江流[2]。
名岂文章著,官应老病休[3]。
飘飘何所似?天地一沙鸥[4]。

【注释】

[1] 危樯:船上高耸的桅杆。危:高。樯:帆船上挂风帆的桅杆。

[2] 大江:指长江。

[3] 岂:岂是,难道是,怎么是。著:著名,著称。休:止,此处指退休、辞职。

[4] 沙鸥:栖息于岸边沙地的鸥一类的水鸟。

古诗名篇

【鉴赏】

　　这首诗描写作者旅夜所见景色,抒发诗人晚年漂泊不定、不为统治者所用的悲愤。作者自我解嘲,却没有任何颓唐,表现了作者旷达自适的胸怀。

　　诗的首联和颔联写途中景色。江岸细草青青,微风吹拂;高耸的桅杆,一叶舟船行进在夜色笼罩的江流之中,景色雄浑阔大。因"平野阔",所以见星点遥挂如垂。一个"垂"字,更加衬托出平野的广阔。因"大江流",所以江中月影流动如涌。一个"涌"字,愈加烘托出大江奔流的气势。颈联二句,上句抒写自豪,下句聊以自解。由于胸怀经世大志,所以说名岂以文章而著;官实因论事而罢,偏用老病自解。尾联以景自况,抒写诗人飘泊奔波的情怀。最后,则以沙鸥自况,表达出孤苦无依的辛酸。一个"一"字与"独"字照应,使全篇成为一个气象雄浑、阔大的艺术整体。

　　全诗顺笔写来,似不着气力,而起承转合自在其中。对仗工整,风格深沉浑厚,诗人壮阔的胸襟和兼容万物的气度使诗气势磅礴,语言精练,写景格外形象,"星垂平野阔,月涌大江流"成为千古写景名句。

登 高[1]

杜 甫

【解题】

　　这首诗歌写于大历二年（767）秋天，是杜甫寄寓夔州时所作。诗人从唐玄宗天宝十四年（755）开始挈妇将雏，流浪漂泊，备尝生活的艰辛，直到唐肃宗广德元年（763）。767年的时候，虽然安史之乱已经结束四年了，但是地方军阀为了争夺地盘，扩大自己的势力范围又乘机而起，社会仍然是一片混乱。这时，杜甫已经是一位漂泊受难、饱经沧桑的五十六岁的老人了。他目睹了安史之乱给唐朝带来的重重创伤，感受到了时代的苦难，家道的衰败，也感受到了仕途的坎坷，晚年的孤独和生活的艰辛，心中百感交集，写下了这首慷慨激越、动人心弦，被称为"杜集七言律诗之冠"的《登高》一诗。

【正文】

　　风急天高猿啸哀，渚清沙白鸟飞回[2]。
　　无边落木萧萧下，不尽长江滚滚来。
　　万里悲秋常作客，百年多病独登台。
　　艰难苦恨繁霜鬓，潦倒新停浊酒杯[3]。

【注释】

[1] 此诗是杜甫大历二年（767）秋天在夔州时重阳节登高所作。

[2] 渚：水上沙洲。回：鸟飞时受风力而打旋的情态。
[3] 苦恨：极恨。潦倒：失意颓丧。新停：刚刚放下，即刚刚饮罢之意。一说，指新近因病戒酒。

【鉴赏】

　　这首诗勾勒了一幅壮阔的长江秋景图，引起诗人对艰难时世、暮年多病、沦落不振的感慨，表现了诗人的忧国忧民之思。

　　诗前四句抓住夔州自然景物的特点和季节的特点由近及远，将画面拓展，描绘了一幅风急天高、渚清沙白、猿啸鸟飞、落木萧萧下、长江滚滚来的深秋景色图，壮阔宏大、凄清萧瑟。接着，后四句抒写登高览景的感慨之情，多年的漂泊生涯使其身体多病、白发日多，艰难时世使作者不得不戒酒，穷困潦倒。情因景生，情景交融。

　　本诗行文富于变化、意境开阔。在写法上注意前后的变化。首联着重渲染整个秋天的气氛，次联虽也着重渲染整个秋天的气氛，然而仅传神会意，留给读者去想象；三联表现感情，四联又从白发渐多，抱病断饮，归结到时世艰难是潦倒不堪的根源。这样，杜甫忧国伤时之情便彰显分明，使主题更为鲜明，意境更为开阔。另外，诗风沉郁顿挫，含蓄深沉。语言雄健有力，前后相对，句中自对，更显得节奏铿锵，富有音乐美感。

登岳阳楼

杜 甫

【解题】

　　大历三年（768 年）正月，杜甫自夔州出峡流寓湖北江陵、公安等地，后至岳阳，登上了想往已久的岳阳楼，方有《登岳阳楼》之作。

【正文】

　　　　　　昔闻洞庭水，今上岳阳楼。
　　　　　　吴楚东南坼，乾坤日夜浮[1]。
　　　　　　亲朋无一字，老病有孤舟[2]。
　　　　　　戎马关山北，凭轩涕泗流[3]。

【注释】

[1] 吴楚东南坼（chè）意思是，吴、楚两地以此划分疆域：南为楚。坼，分裂，这里引申为划分。乾坤日夜浮：日月星辰和大地昼夜都飘浮在洞庭湖上。

[2] 无一字：音讯全无。字，特指书信。老病有孤舟：年老多病，只有孤零零的一只船（伴随自己）。杜甫生平的最后三年里大部分时间是在船上度过的，所以这样说。

[3] 戎马关山北：北方边关战事又起。这年八月，吐蕃以十万军队进攻灵武（今宁夏中卫以北），以二万军队进攻州（今陕西旬邑西）。戎马，

借指战争。

【鉴赏】

  这首五言律诗气魄宏大，感情沉郁，状写出诗人在岳阳楼头面对浩淼洞庭湖水，所引发的叹志嗟病、忧世伤时的感慨。

  起首两句看似平常，但仔细推敲，联系后文，却有丰富的含义：一则以"昔"、"今"二字蕴含了沧桑之感；二则流露出对此江山胜迹的向往之久；三则写出了诗人正立在岳阳楼头下瞰洞庭湖的形象；四则为颔联两句对洞庭湖的描写打好了底子。由此可见，这首诗真不愧大家手笔。

  第三、四句是描写洞庭的千古名句。诗人形容辽阔无边的洞庭湖分割了吴楚，成为东南之间疆界，使整个天地都像在她的湖水中漂浮一般。

  第五、六句是全诗的一大转折。这不仅是由"景"入"情"之转，而且是情的突转（因"景"中已融入了情感）。"亲朋无一字，老病有孤舟"：现实生活的风霜雨雪已使诗人浑身是病而且垂垂老矣，这是怎样的愤疾与悲哀！然而"心未老，鬓先衰"的诗人仍然不甘心为自身的衰病所压倒，他仍然忧国忧民、关注国事，于是第七、八句又一转——"戎马关山北，凭轩涕泗流"：眼望万里关山天下到处还动荡在兵荒马乱之中，诗人不禁涕泪滂沱，声泪俱下了！这才是诗圣杜甫，这才是毕生关注着"世上疮痍，民间疾苦"的杜甫，他永远不哀叹一己的悲欢，即使写到"一己"也会从中折射出时代的风雨。

滁州西涧

韦应物

【解题】

韦应物（737～789?），长安（今陕西西安）人。唐玄宗时，曾在官庭中任三卫郎，后历任滁州、江州、苏州等地刺史。其诗对民生疾苦有所反映，以田园山水诗最为著名。风格"高雅闲淡，自成一家之体"（白居易《与元九书》）。有《韦苏州集》（一称《韦江州集》）十卷。

此诗是作者在滁州刺史任上遇到一个梁州的老朋友，欣喜而作诗。

【正文】

独怜幽草涧边生，上有黄鹂深树鸣[1]。
春潮带雨晚来急，野渡无人舟自横。

【注释】

[1] 黄鹂：黄莺。

【鉴赏】

这首山水诗只写物，不见人，在唐山水诗中很少见，诗即景，景即诗，春草茂盛，春树绽花，春鸟鸣唱，春水漾舟，一幅沁人心脾的春之画，一首温暖人心的春之歌，二十八字完成一部中国式的春的赞礼。

　　幽草，即春草，春草细而密，遍生涧边，给人以一片生命蓬勃的印象。诗人由景生情，因情生怜（爱），对大自然的热爱浓而密，浸透了诗人的身与心。幽草与树木伴生，树上有黄鹂声传来，但因树叶已盛，只闻声而不见鸟。正是春潮桃汛时节，涧水盛，涧水蓝，涧水蜿蜒，青凉葱翠，满世界生机盎然。傍晚时分，春雨飘落，春雨伴春潮，春潮带春雨。诗人满目皆春，跃动着对春的喜悦。在一座很简易的渡口上，船夫可能因晚而归家，或许躲雨而离船，无人求渡，无人摆渡，小船在水中摇晃，横在岸边。

　　韦应物的这首绝句，两联全不对仗，但表现春景，自由流畅，不会因辞害意。杜甫的《绝句》有一个取景框以巧胜，所以两联都对仗，创造了小巧玲珑的秀美。韦应物的这首绝句没有取景框，它是开放式的结构，不作边界界定，自由阔大，在秀美之上还创造了壮美。

游子吟

孟 郊

【解题】

　　孟郊（751～814），字东野，湖州武康（今浙江德清）人。四十六岁才考中进士，曾任溧阳尉、协律郎等职。一生穷愁潦倒，但性格孤直，不苟同世俗。其诗不用典故，不加藻饰，苦心经营，刻意苦吟，诗风独特。有《孟东野集》。

　　孟郊直到五十岁时才得到了一个溧阳县尉的卑微之职。诗人自然不把这样的小官放在心上，仍然放情於山水吟咏，公务则有所废弛，县令就只给他半俸。本篇题下作者自注："迎母溧上作"，当是他居官溧阳时的作品。诗中亲切而真淳地吟颂了一种普通而伟大的人性美——母爱，因而引起了无数读者的共鸣，千百年来脍炙人口。

【正文】

　　　　慈母手中线，游子身上衣。
　　　　临行密密缝，意恐迟迟归。
　　　　谁言寸草心，报得三春晖[1]。

【注释】

[1]"谁言"二句：寸草，小草，比喻游子。三春晖，春天的阳光，古人称农历正月为孟春，二月为仲春，三月为季春，合称三春。

【鉴赏】

　　这六句诗描写了慈母缝衣的普通场景，却表现出诗人深沉的内心情感。

　　开头两句"慈母手中线，游子身上衣"。突出了两件最普通的东西，写出了母子相依为命的骨肉之情。紧接两句写出人的动作和意态，把笔墨集中在慈母上。行前的此时此刻，老母一针一线，针针线线都是这样的细密，是怕儿子迟迟不归，故而要把衣衫缝制得结实一点儿吧！其实，老人的内心何尝不是盼儿子早些平安归来呢！慈母的殷殷之情，正是在日常生活中最细微的地方流露出来。最后两句，以当事者的直觉，翻出进一层的深意："谁言寸草心，报得三春晖。"诗人以反问语句表达，意味尤为深长。这两句是前四句的升华，通俗形象的比兴，加以悬绝的对比，寄托了赤子炽烈的情意，感情又是那样淳厚真挚。

　　这首诗抓住日常生活中的典型细节加以描写，最能拨动读者的心弦。语言朴素平易，比喻形象贴切，结尾故作设问，意味更加深远。

早春呈水部张十八员外（其一）

韩　愈

【解题】

韩愈（768～824）字退之，河南河阳（今河南孟县）人。祖籍昌黎，世称"韩昌黎"。贞元八年（792）进士。曾任国子博士、刑部侍郎等职，因谏阻宪宗迎佛骨，贬为潮州刺史，后官至吏部侍郎。卒谥文，后世又称为"韩文公"。他倡导古文运动，其散文被列为"唐宋八大家"之首，与柳宗元并称"韩柳"。其诗力求新奇，有时流于险怪，对宋诗影响颇大。有《昌黎先生集》十卷。

这首诗是写给水部员外郎张籍的。张籍在兄弟中排行十八，故称"张十八"。

【正文】

天街小雨润如酥，草色遥看近却无[1]。
最是一年春好处，绝胜烟柳满皇都[2]。

【注释】

[1] 天街：指都城的街道。酥：酥油，这里用来形容小雨的细润。
[2] 绝胜：远远超过。皇都：指都城。

【鉴赏】

　　诗的前两句传神地勾画世界早春时节细雨绵绵的优美景色。首句抓住小雨的特点，比较生动贴切。全篇中绝妙佳句便是那"草色遥看近却无"了。试想：早春二月，在北方，当树梢上、屋檐下都还挂着冰凌儿的时候，春在何处？雨脚儿轻轻地走过大地，留下了春的印迹，春草芽儿冒出来了，远远望去，朦朦胧胧，仿佛有一片极淡极淡的青青之色，这是早春的草色。可是当你带着限喜悦之情走近去看个仔细，地上是稀稀朗朗的极为纤细的芽，却反而看不清什么颜色了。诗人像一位高明的水墨画家，挥洒着他饱蘸春情的妙笔，隐隐泛出了那一抹青青痕。这句"草色遥看近却无"，直可谓兼摄远近，空处传神。

　　"如画家设色，在有意无意之间"（黄叔灿《唐诗笺注》），体现了诗人对景物观察的细致和高超的语言技巧。后两句是诗人对早春美景的评论，所以，诗人就在第三句转折时提醒说："最是一年春好处。"，一年之计在于春，而春天的最好处却又在早春。最后作者还来了个对比："绝胜烟柳满皇都"。作者通过对比，更突出了早春之美。

　　这首诗咏早春，能摄早春之魂，给读者以无穷的美感趣味，甚至是绘画所不能及的。诗人没有彩笔，但他用诗的语言描绘出极难描摹的色彩——一种淡素的、似有却无的色彩。如果没有锐利深细的观察力和高超的诗笔，便不可能把早春的自然美提炼为艺术美。

西塞山怀古

刘禹锡

【解题】

刘禹锡(772~842),字梦得,洛阳(今河南洛阳)人。一说彭城(今江苏徐州)人。自称中山(治所在今河北定县)人。贞元七年(791)进士,又中博学鸿词科,官监察御史。曾参与王叔文政治革新,失败后,贬朗州(今湖南常德)司马,后又任连州、夔州、和州等州刺史,官至检校礼部尚书兼太子宾客。刘禹锡是中唐进步的思想家,也是中唐杰出的文学家。其诗不同于韩孟、元白,自成一家。他向民歌学习,写出《竹枝词》等乐府小诗,创造了一种新体裁。有《刘宾客文集》。

唐穆宗长庆四年(824),刘禹锡从夔州刺史调任和州刺史,路过西塞山,写下了这首怀古诗。西塞山在今湖北黄石东,是长江中游要塞之一。

【正文】

王濬楼船下益州,金陵王气黯然收[1]。
千寻铁锁沉江底,一片降幡出石头[2]。
人世几回伤往事,山形依旧枕寒流[3]。
今逢四海为家日,故垒萧萧芦荻秋[4]。

【注释】

[1] 王濬（jùn）：晋益州刺史，益州治所在今四川省成都市。楼船：高大的船，王濬所造，相当坚固。下：顺长江东下。金陵王气：金陵：当时吴国国都建业，今南京。王气：帝王元气。

[2] "千寻"二句：吴国为了抵御王濬的楼船铸铁链横锁长江；王濬用木筏载火炬，焚毁铁链沉落江底，吴主孙皓被迫投降。降幡（fān），表示投降的旗帜。石头，城名，在今南京市清凉山。

[3] 几回伤往事：建都金陵，雄据江东而亡国的，不仅东吴一个王朝。隋文帝开皇九年（589）平陈，陈叔宝也是一片降幡出石头。寒：一作"江"。

[4] 今逢：一作"而今"。四海为家：全国统一。故垒：旧时的营垒。萧萧：萧瑟。

【鉴赏】

　　这首诗通过对晋灭吴以及六朝兴亡的历史事实的回顾，阐述了山川之险不足恃、兴亡全由人事的思想，并针对当时藩镇割据的严峻现实，向人们发出了以史为戒的警告。

　　前两联四句以洗练的语言，紧凑地描叙了太康元年（280）晋武帝命王濬灭东吴的历史。第一句写西晋水军出发，势如破竹的浩大声势，后三句全写东吴苦心经营的工事被摧，直到举旗投降，步步紧逼，一气直下，胜败相形，巧于安排。王濬（jùn），字士治，西晋武帝时任益州（今四川成都）刺史。咸宁五年（279），王濬奉晋武帝命建造大型战船（"楼船"），准备伐吴。晋武帝太康元年（280），王濬率战船从益州沿江东下，用火炬烧融拦江铁索，大军直抵吴国国都金陵（又称"石头城"）。同年三月，吴王孙皓出降，吴国灭亡。后四句总结历史经验，借古讽今。第五句以"几回"二字写孙皓之后，宋、齐、梁、陈的相继灭亡；第六句才写

西塞山怀古

到西塞山,说明地形不足恃,"王气"不足凭。正如前人所云:"前四句止就一事言,五句以'几回'二字括过六代,繁简得宜"(清屈复《唐诗成法》)。"第六句一笔折到西塞山是为圆熟"(纪昀语)。第七句直写"今逢"之世;八句说往日的军事堡垒,如今已荒废在一片秋风芦荻之中。表面看作者只是在客观地叙述历史、描绘古迹,其实是寓深刻的思想于纵横开阔、酣畅流利的语调之中,警告当世拥兵自重、凭险割据的藩镇。

语言干净明快,不炫博矜奇;结构节制,不铺张放纵;风格沉郁顿挫,悲怆雄浑。为历来金陵怀古诗佳作,在中唐七律中亦属杰作。正如清人薛雪所评:"似议非议,有论无论,笔着纸上,神来天际,气魄法神,无不精到,洵是此老一生杰作。"

酬乐天扬州初逢席上见赠[1]

刘禹锡

【解题】

永贞元年（805），顺宗任用王叔文改革弊政，刘禹锡时任屯田员外郎（唐置屯田郎中、员外郎各一人，属工部，掌屯田政令），为革新之核心人物。不久革新失败，刘禹锡被贬朗州司马。宪宗元和十年（815）曾被召回长安，因游玄都观看桃花作《戏赠看花诸君子》诗讥刺权贵，又被贬为连州（在今广东西北部）刺史，后又转任夔州、和州。后一直在远离京城的荒僻之地为官。

这是刘禹锡写给白居易的回赠之作。两位诗友阔别多年后在扬州初次相逢，白于筵席上赋诗相赠，刘乃作此酬答。诗中曲折地表达了诗人遭受政敌打击，长期远贬异地的愤慨不平的心情。

【正文】

巴山楚水凄凉地，二十三年弃置身[2]。
怀旧空吟闻笛赋，到乡翻似烂柯人[3]。
沉舟侧畔千帆过，病树前头万木春[4]。
今日听君歌一曲，暂凭杯酒长精神[5]。

【注释】

[1] 扬州（今江苏省扬州市）。

[2] 巴山楚水：泛指诗人被贬谪过的地方。二十三年：刘禹锡从永贞元年（805）被贬朗州司马至宝历二年（826）奉召回京，共二十二年，但因贬地离京遥远，要到次年才能返回京城。故称二十三年。弃置身：指自己被贬斥在外的"迁客"身份。
[3] 闻笛赋：晋人向秀经过亡友嵇康、吕安的旧居，听见邻人吹笛，笛声悲伤凄凉，他因而写下了《思旧赋》。这里作者借此以抒发对死去的旧友的怀念。烂柯人：据《述异记》载：晋人王质入山砍柴，见深山中二童子对奕，他站在旁边观看，看到终局，发觉自己手中的斧柄已经朽烂了。回到家里，才知已过百年，同辈人都死尽了。作者引用这个典故，意谓自己被贬过二十多年，人事沧桑，已有隔世之感。
[4] 沉舟、病树：都是作者自喻。
[5] 长（zhǎng）：增长，振作。

【鉴赏】

　　这首诗抒写诗人长期被贬的愤懑之情和对旧友凋亡的伤感，他并不因此而颓废，而是要振作精神，重新生活，表现了诗人旷达的人生态度。

　　诗首联描写自己身遭贬谪之苦。在白诗有"亦知合被才名折，二十三年折太多"句，刘诗接此句唱出"巴山楚水凄凉地，二十三年弃置身"，两位大诗人、好朋友"二十三年"后久别重逢，均以"二十三年"为话题，如叙家常，表达了诗人对遭贬的长期疾愤和伤感之情。

　　颔联借用向秀和王质的典故，表达对世事蹉跎的感慨和怀念故友的深情。颈联运用比喻表达自己的坚定信念。"沉舟""病树"是诗人因屡遭贬谪而自喻，现在人老了，就像"沉舟""病树"一样，但当看到"沉舟"旁边有千帆竞发，"病树"前头万木争荣时，又由衷地感到欣慰。表达了诗人重振精神，迎上春光的豪情壮志和豁达胸襟。尾联点明了题意，揭示了主旨，表达了诗人对白居易赠诗的感激之情。

诗的内容格调高昂激越，写人是奋发向上的，写物是欣欣向荣的，因此，诗所表现的事物都是发展变化中的事物。另外，诗中"沉舟侧畔千帆过，病树前头万木春"语辞新颖，意境清新，为千古传唱的名句。作为酬答诗，本诗紧扣原诗，句句呼应，十分得体。

江 雪

柳宗元

【解题】

柳宗元（773～819），字子厚，河东（今山西永济县）人。贞元九年（793）进士，曾为监察御史。唐顺宗时为礼部员外郎，参加了以王叔文为首的政治改革集团。宪宗李纯继位后，斥逐改革派，王叔文被杀，柳宗元等人被贬到边远的地区。柳宗元先被贬为永州（今湖南零陵县）司马，十年后，改为柳州（今属广西）刺史，最后病死在柳州，年仅四十六岁，人称柳河东，有《柳河东集》。

这首诗是柳宗元贬永州司马时写的一首吟咏江野雪景的五言绝句，是古今传诵的名作。

【正文】

千山鸟飞绝，万径人踪灭。
孤舟蓑笠翁，独钓寒江雪[1]。

【注释】

[1] 蓑（suō）：蓑衣。笠：竹斗笠。

【鉴赏】

头二句写雪封山野的情景。千山万壑，树木茂密，可是山中却不见一只飞鸟；原野辽阔，路径万条多，却不见一个行人的足印。极目四望，唯见四野白茫茫，一片银色世界，这两句没有明点"雪"字，但"鸟飞绝"、"人踪灭"的幽寂境界，却生动地表现出了漫山遍野的雪封景象，使人感到寒意凛冽。

　　后两句别开生面，勾画了一个渔翁独钓寒江的奇异景象。风雪满江，在那严寒的江上看不见任何东西，只有一叶渔舟，渔舟上坐着一个身披蓑衣、头戴斗笠的渔翁，正迎风抗雪，在寒江上垂钓。最后一句点出"雪"字，包笼全篇。

　　四句诗，有山有水，有孤舟，有渔翁垂钓，人物与景色浑然一体，诗情画意极佳，是一幅绝妙的寒江独钓图。称得上诗中有画，画中有诗。难怪后世画家，多喜用本诗的意境入画。

　　这首诗看似乎写景，其实是借江野雪景的描写来塑造诗人自己的形象的。"孤舟蓑笠翁，独钓寒江雪"，这一句，实际上是诗人的自画像，他在政治革新失败后仍持坚贞不屈的精神。所以说诗中所刻画的老渔翁形象，正是诗人同恶劣环境对抗的内心世界的形象表现。但是诗中以辽阔空旷的背景映衬寒江独钓的孤舟，也透露出诗人寂寞孤独的情怀。

　　这首诗语言简约，意境高洁。"绝"、"灭"、"雪"都是以入声字作韵脚。入声字短促，很适合表达愤慨不平的心声和幽寂凄冷的情调。

登柳州城楼寄漳汀封连四州刺史

柳宗元

【解题】

唐宪宗元和十年（815）年初，因参与"二王"集团遭贬谪的柳宗元、韩泰、韩晔、陈谏、刘禹锡等五人奉诏进京。但中途朝廷又改变主意，把他们分别贬到更荒远的柳州、漳州、汀州、封州和连州为刺史。这首七律，就是柳宗元初到柳州之时写的。

【正文】

城上高楼接大荒，海天愁思正茫茫[1]。
惊风乱飐芙蓉水，密雨斜侵薜荔墙[2]。
岭树重遮千里目，江流曲似九回肠[3]。
共来百越文身地，犹自音书滞一乡[4]。

【注释】

[1] 接：连接。一说，目接，看到。大荒：泛指荒僻的边远地区。一说指海外。

[2] "惊风"二句：惊风，突然刮起的狂风。飐（zhǎn），吹动。薜荔（bì lì），一种蔓生植物，常缘壁而生。

[3] 江：指柳江，柳州处于柳江与龙江的会合处。九回肠：愁思缠结。

[4] 百越：即百粤，泛指南方少数民族。文身：身上刺花纹，古时南方少数民族的一种习俗。柳州治所在今广西柳州市，漳州治所在今福建龙

溪县，汀洲治所在今福建省长汀县，封州治所在今广东封开县，连州治所在今广东连县，都是古代百越之地。

【鉴赏】

　　这首诗写登楼远望之景，抒怀念挚友以及心中愤郁不平之情。

　　首联以深广的情景、辽阔的意境统摄诗题，为以下的逐层抒写展开了宏大的画面。第二联写近景。见得真切，故写得细致。第三联写远景。上下句同写遥望，却一仰一俯，视野各异。仰观则重岭密林，遮断千里之目，俯察则江流曲折，有似九回之肠，景中寓情，"愁思"无限。第三联写望而不见，兼含山岭重叠、江流纡曲，互访不易，音信难通的意思。第四联自然归结到"音书滞一乡"。而"共来"一句，既与首句"大荒"照应，又统摄题中的"漳、汀、封、连四州"及作者所在的柳州。

　　此诗写作上的特点主要有三个方面。第一，象征手法的巧妙使用。诗中的"惊风"、"密雨"象征敌对势力。第二，浓重的抒情色彩。诗中的"大荒"、"惊风"、"密雨"，岭树遮目，江流九曲，都带有强烈的抒情色彩，这一切构成了一幅凄凉的画图，令人伤感。第三，语言凝炼，风格清峻。

渔翁

柳宗元

【解题】

柳宗元被贬到永州,对政治悲观失望,优游山水,寄情山林,作著名的以永州风景为题材的《永州八记》,开创了中国山水小品的先河。《渔翁》作于这一时期,它的意旨和文学特点与《永州八记》相同。

【正文】

渔翁夜傍西岩宿,晓汲清湘燃楚竹[1]。
烟销日出不见人,欸乃一声山水绿[2]。
回看天际下中流,岩上无心云相逐[3]。

【注释】

[1] 西岩:湖南永州城外的西山。汲(jí):打水。清湘:清澈的湘江水。湘,湘江,湖南省最大的河。楚竹,楚地产的竹子。楚,此处指湖南一带,古时属于楚国。

[2] 销:同"消",消散。欸(ǎi)乃,象声词,划船时摇橹的声音。下中流,渔船已经划到湘江中流了。绿:(lǜ):变绿。

[3] 无心:自由自在,随意。

【鉴赏】

诗共六句,每句都是一个逼真的、令人玩味的画面,而这画面之间又有着有机的联系,如同一组动画似的构成一个具有意境的完美的艺术整体。

  第一句写夜景,渔翁傍岩而宿,起句看似平常,却以"离群索居"为后面的"孤高"埋下伏笔。第二句写晨景,"晓汲清湘燃楚竹",如果只说汲水燃柴,那便一般化了。而这里强调的是汲清湘之水,燃楚地之竹,这就赋予描写对象以超凡绝俗的意蕴,象征着诗中人物孤高清奇的品格。

  第三四句写日出时的情景,"烟销"二字与第二句意紧密扣接。"日出"而"不见人",画面的空白给人留下充分想象的余地和出其不意的悬念:渔翁哪里去了?远远传来的"欸乃"之声似乎又透露了他的踪迹,但这只闻其声不见其人的朦胧影象使我们对他产生更有兴味的追踪。"欸乃一声山水绿"是全诗最精彩的妙笔,在青山绿水中闻橹桨欸乃之声尤为悦耳怡情,因而觉得山水也似乎绿得更加可爱了——听觉对视觉产生了锦上添花的效果。结尾两句是全诗一段绕梁不绝的余音,这里诗人仍不让我们见渔翁的真面目,只让我们看到他乘着扁舟自"中流而下"时回眸"天际"的侧影,而正面给我们的是回眸中的景色:"岩上无心云相逐。"此处诗人用了陶渊明《归去来兮辞》中"云无心以出岫"的典故:无心于世的渔翁为"无心"的白云相逐相从,相互为伴,渔翁即诗人的自我与白云一样自由自在,超脱尘俗……正可谓言已尽而意无穷。

赋得古原草送别

白居易

【解题】

白居易（772～846）字乐天，号香山居士。太原（今属山西）人，一说下邽（今陕西渭南）人。贞元十六年（800）进士。历任秘书省校书郎、左拾遗等，后因得罪权贵，贬为江州司马。长庆初，任杭州刺史，又任苏州刺史，官至刑部尚书。在文学上主张"文章合为时而著，歌诗合为事而作"，是新乐府运动的倡导者。其诗语言通俗，韵律和谐，传诵甚广。今存诗近三千首，有《白氏长庆集》。

此诗作于贞元三年（787），作者年仅十六岁，是应考的习作。据载，作者这年始自江南入京，谒名士顾况时投献的诗文中即有此作。起初，顾况看着这年轻士子说："米价方贵，居亦弗易。"及读至"野火烧不尽"二句，不禁大为赞赏，道："道得个语，居亦易矣。"并广为延誉。可见此诗在当时就为人称道。

【正文】

　　离离原上草，一岁一枯荣[1]。
　　野火烧不尽，春风吹又生。
　　远芳侵古道，晴翠接荒城[2]。
　　又送王孙去，萋萋满别情[3]。

【注释】

[1] 离离：繁茂的样子。
[2] 远芳：远处的芳草。晴翠：雨后嫩绿的草色。
[3] "又送"二句：王孙，原指贵族子弟，此处借称被送的人。萋萋，草盛的样子。这两句语本《楚辞·招隐士》："王孙游兮不归，春草生兮萋萋。"

【鉴赏】

首句即破题面"古原草"三字。以"离离"形容原上草旺盛的生命力，为后文做好了铺垫。

"野火烧不尽，春风吹又生。"这是"枯荣"二字的生发，出句写枯对写荣便道出了野草生命力的顽强，作者抓住这一特点，另出新意，写出"野火烧不尽"，便造就一种壮烈的意境。因为

烈火再猛，也无奈那深藏地底的根须，一旦春风化雨，野草的生命便会复苏，又会现出旺盛的生命力。"春风吹又生"，语言朴实有力。五、六句则将重点落到"古原"，以引出"送别"题意。"远芳"、"晴翠"都写草，而比"原上草"意象更具体、生动。"侵"、"接"二字继"又生"，更写出一种蔓延扩展之势，再一次突出那生存竞争之强者野草的形象。"古道"、"荒城"则扣题面"古原"极切。

　　作者并非为写"古原"而写古原，同时又安排一个送别的典型环境：大地春回，芳草芊芊的古原景象如此迷人，而送别在这样的背景上发生，该是多么令人惆怅，同时又是多么富于诗意呵。"王孙"二字借自楚辞成句，变其意而用之，写的是看见萋萋芳草而增送别的愁情，似乎每一片草叶都饱含别情。诗到此点明"送别"，结清题意，纵观全篇，意境浑成。

　　全诗措语自然流畅而又工整，虽是命题作诗，却能融入深切的生活感受，故字字含真情，语语有余味，不但得体，而且别具一格。

卖 炭 翁

白居易

【解题】

　　这是作者《新乐府》的第三十二首,作者标明写这首诗的旨意是"苦宫市也"。宫市,就是皇宫派人在市上采购货物。初始由官吏办理。德宗时派宦官("黄衣使者")采购,任意压低价格。德宗末年,派出数百人在东、西市热闹处观望,遇有可买的东西,便说皇帝要买,人们只好拱手送给,实际是公开掠夺。人们称这种人叫"白望"。诗人对宫市早已不满,写这首诗进行谴责。

【正文】

　　卖炭翁,伐薪烧炭南山中[1]。
　　满面尘灰烟火色,两鬓苍苍十指黑。
　　卖炭得钱何所营?身上衣裳口中食。
　　可怜身上衣正单,心忧炭贱愿天寒。
　　夜来城外一尺雪,晓驾炭车辗冰辙。
　　牛困人饥日已高,市南门外泥中歇。
　　翩翩两骑来是谁?黄衣使者白衫儿[2]。
　　手把文书口称敕,回车叱牛牵向北[3]。
　　一车炭,千余斤,宫使驱将惜不得[4],
　　半匹红纱一丈绫,系向牛头充炭直[5]!

【注释】

[1] 南山：终南山。
[2] 黄衣使者：指太监。白衫儿：指太监手下的爪牙。
[3] 敕（chì）：皇帝的命令。牵向北：长安东西两市在城南，皇宫在城北。
[4] "一车"二句：一本作"一车炭重千余斤"。宫使：指太监。驱将：驱使。
[5] 直：值，价钱。

【鉴赏】

　　这首诗深刻而真实地揭露了统治阶级公开掠夺人民财物的罪行，表达了作者对统治者的愤怒和对劳动人民的同情。

　　开头四句交代卖炭翁的身份及"伐薪烧炭"的艰辛生活。紧接着一句设问道出了这位劳动者别无生活来源，全指望他千辛万苦烧成的千余斤木炭的窘困处境。"可怜身上衣正单，心忧炭贱愿天寒"，"衣正单"与"愿天寒"看似矛盾却深刻地揭示了卖炭翁艰难的生活以及他复杂的内心活动，历来脍炙人口。接下来四句按时间顺序写卖炭翁起早贪黑，泥雪中满怀希望艰难驱车进城卖炭的情景。然而，"翩翩两骑"的到来，却打碎了老翁的所有希望，剥夺了他仅有的生活来源。此处诗人用"一车炭，千余斤"与"半匹红纱一丈绫"来揭露了官吏掠夺劳动者的残酷，字里行间饱含着诗人对劳动者的同情以及对统治者的批判。

　　此诗在写法上的突出特点是刻划了生动而鲜明的形象。卖炭翁的外貌、心理、行动都写得惟妙惟肖，就连太监们的狰狞可恶也点染得活灵活现。其次，全诗不着一字议论，全凭叙述描写来表达主题，有很强的感染力，确为《新乐府》中的上乘之作。

长恨歌

白居易

【解题】

　　这首诗写于元和元年（806），作者在盩厔（在今陕西省）任县尉的时期。与《琵琶行》同为脍炙人口的长篇歌行的姊妹名篇，同被誉为"古今长歌第一"。作者本人也自负是他生平压卷之作。作者生前，此诗已广为流传，其本人被誉为"长恨歌主"。

【正文】

　　汉皇重色思倾国，御宇多年求不得[1]。杨家有女初长成，养在深闺人未识。天生丽质难自弃，一朝选在君王侧[2]。回眸一笑百媚生，六宫粉黛无颜色[3]。春寒赐浴华清池，温泉水滑洗凝脂[4]。侍儿扶起娇无力，始是新承恩泽时[5]。云鬓花颜金步摇，芙蓉帐暖度春宵[6]。春宵苦短日高起，从此君王不早朝。承欢侍宴无闲暇，春从春游夜专夜。后宫佳丽三千人，三千宠爱在一身。金屋妆成娇侍夜，玉楼宴罢醉和春[7]。姊妹弟兄皆列土，可怜光彩生门户[8]。遂令天下父母心，不重生男重生女。骊宫高处入青云，仙乐风飘处处闻[9]。缓歌慢舞凝丝竹，尽日君王看不足[10]。

　　渔阳鼙鼓动地来，惊破《霓裳羽衣曲》[11]。九重城阙烟尘生，千乘万骑西南行[12]。翠华摇摇行复止，西出都门百余里[13]。六军不发无奈何，宛转蛾眉马前死[14]。花钿委地无人收，翠翘金雀玉搔头[15]。君王掩面救不得，回看血泪相和流。

　　黄埃散漫风萧索，云栈萦纡登剑阁[16]。峨嵋山下少人行，旌旗无光日色薄[17]。蜀江水碧蜀山青，圣主朝朝暮暮情。行宫见月伤心色，夜雨闻铃肠断声[18]。天旋日转回龙驭，到此踌躇不能去[19]。马嵬坡下泥土中，不见玉颜空死处[20]。君臣相顾尽沾衣，东望都门信马归[21]。归来池苑皆依旧，太液芙蓉未央柳[22]。芙蓉如面柳如眉，对此如何不泪垂？春风桃李花开日，秋雨梧桐叶落时[23]。西宫南苑多秋草，宫叶满阶红不扫[24]。梨园弟子白发新，椒房阿监青娥老[25]。夕殿萤飞思悄然，孤灯挑尽未成眠[26]。迟迟钟鼓初长夜，耿耿星河欲曙天[27]。鸳鸯瓦冷霜华重，翡翠衾寒谁与共[28]？悠悠生死别经年，魂魄不曾来入梦。

　　临邛道士鸿都客，能以精诚致魂魄[29]。为感君王展转思，遂教方士殷勤觅。排空驭气奔如电，升天入地求之遍。上穷碧落下黄泉，两处茫茫皆不见[30]。忽闻海上有仙山，山在虚无缥缈间。楼阁玲珑五云起，其中绰约多仙子[31]。中有一人字太真，雪肤花貌参差是[32]。金阙西厢叩玉扃，转教小玉报双成[33]。闻道汉家天子使，九华帐里梦魂惊[34]。揽衣推枕起徘徊，珠箔银屏迤逦开[35]。云鬓半偏新睡觉，花冠不整下堂来。风吹仙袂飘飘举，犹似《霓裳羽衣》舞。玉容寂寞泪阑干，梨花一枝春带雨[36]。含情凝睇谢君王，一别音容两渺茫[37]。昭阳殿里恩爱绝，蓬莱宫中日月长[38]。回头下望人寰处，不见长安见尘雾。惟将旧物表深情，钿合金钗寄将去[39]。钗留一股合一扇，钗擘黄金合分钿[40]。但令心似金钿坚，天上人间会相见。临别殷勤重寄词，词中有誓两心知。七月七日长生殿，夜半无人私语时[41]。在天愿作比翼鸟，在地愿为连理枝。天长地久有时尽，此恨绵绵无绝期！

【注释】

[1] 汉皇：汉武帝，这里指唐玄宗。思倾国：汉武帝宠幸李夫人，李夫人出身倡家，未入宫前，其兄延年在武帝面前唱的歌词中有："北方有佳人，绝世而独立，一顾倾人城，再顾倾人国"之句，引起武帝注意，李夫人因而入宫。御宇：登基治国。

[2] "杨家"四句：《新唐书·杨贵妃传》载杨氏（玉环）："幼孤，养叔父家。始为寿王妃。开元二十四年（当作二十五年）武惠妃薨，后庭无当帝意者。或言妃资质天挺，宜充掖庭。遂召内（纳）禁中，异之，即为自出妃意者，丐籍女官，号太真。更为寿王聘韦昭训女，而太真得幸。"

[3] 六宫粉黛：指宫内所有妃嫔。无颜色：相形之下，失去了光彩。

[4] 华清池：在昭应县（今陕西临潼县）东南骊山上。其地有温泉，唐开元年间，建温泉宫，天宝年间，改名华清宫。玄宗常去避寒，建浴池十几处。凝脂：形容皮肤细白滑润。

[5] 侍儿：婢女。

[6] 金步摇：一种头饰，钗的一种，行则摇。

[7] 金屋：汉武帝刘彻少时曾欲筑金屋以娶表妹阿娇，事见《汉武故事》。

[8] 姊妹弟兄：指杨氏一家。杨玉环册封贵妃后，她的大姐封韩国夫人，三姐封虢国夫人，八姐封秦国夫人。伯叔兄弟杨铦官鸿胪御，杨锜官侍御史，杨钊（赐名国忠）天宝十一年（752）为右丞相，故云"皆列土"（分封土地）。列：同裂。

[9] 骊宫：即华清宫。

[10] 足：厌。

[11] 渔阳鼙鼓：指安史之乱发生。渔阳，天宝元年河北道的蓟州改称渔阳，其地约当今之北京市东面的地区，包括今蓟县、平谷等县境在内。鼙：古代军队中用的小鼓，骑鼓。《霓裳羽衣曲》：著名舞曲名，这个舞曲是唐玄宗根据西京节度使杨敬述所献十二遍之曲润色而成。

[12] 九重城阙：指京城，皇宫门有九重。

长恨歌

[13] 翠华：指皇帝仪仗队中用翠鸟羽毛装饰的旗子。"西出"句：指马嵬驿，故址在今陕西省兴平县，距长安约为百余里。

[14] "六军"二句：六军：泛指皇帝的羽林军。蛾眉：美貌女子的代称。这里指杨贵妃。《长恨歌传》："潼关不守，翠华南幸，出咸阳，道次马嵬亭。六军徘徊，持戟不进。从官郎吏伏上马前，请诛晁错（借指杨国忠），以谢天下。国忠奉氂缨盘水死于道周。左右之意未快。上问之，当时敢言者请以贵妃塞天下怨。上知不免，而不忍见其死，反袂掩面，使牵之而去。仓皇展转，竟死于尺组之下。"

[15] "花钿"二句：花钿、翠翘、金雀、玉搔头，均为头饰及钗类。

[16] 剑阁：即剑门关，在今四川剑阁县北。

[17] 峨嵋山：由长安到成都，并不经过峨嵋山，这里泛指蜀中的山。日色薄：日光黯淡。

[18] 伤心色：心中感伤，月色也令人伤心。夜雨闻铃：郑处诲《明皇杂录》补遗："明皇既幸蜀，西南行，初入斜谷，霖雨涉旬，于栈道雨中闻铃音，与山相应。上既悼念贵妃，采其声为《雨淋铃曲》以寄恨焉。"这里暗写此事。

[19] 天旋日转：比喻唐王朝收复长安，玄宗还京，大局转变。

[20] 空死处：空见死处。

[21] 信马归：无心控马，任其自行。

[22] 太液：池名，在汉建章宫北。未央：汉宫名，在长安县西北。这里借指唐朝的池苑和宫廷。

[23] 日：原作"夜"，据别本改。

[24] 西宫：太极宫。南苑：兴庆宫，苑，一作"内"，兴庆宫在东内之南，故称南内。

[25] 梨园弟子：宋程大昌《雍录》卷九："开元二年，置教坊于蓬莱宫，上自教法曲，谓之'梨园弟子'。至天宝中，即东宫置宜春北苑，命宫女数百人为梨园弟子。"椒房：用椒和泥涂墙，取其香暖兼有多子之意。阿监：宫中女官。阿，发语词。青娥：指年轻美貌的宫女。

[26] 孤灯挑尽：古时用灯草点油灯，过一会儿就要把灯草往前挑一挑。挑尽，是说夜已深，灯草也将燃尽。

[27] 耿耿：明亮。星河：银河。
[28] 鸳鸯瓦：屋瓦一俯一仰扣合在一起叫做"鸳鸯瓦"。翡翠衾：即翡翠被，上面饰有翡翠的羽毛。
[29] 临邛（qióng）：县名，唐属剑南道，今四川省邛崃县。鸿都：洛阳北门名。这句是说临邛道士来京都作客。
[30] 碧落：道家称天界为碧落。
[31] 五云：五色的彩云。绰约：美好轻盈的样子。
[32] 太真：杨贵妃原名玉环，度为女道士时叫太真。参差：仿佛。扃（jiōng）：本指门闩或门环，这里借指为门。
[33] 小玉：原诗注："小玉，吴王夫差女名。"双成：即董双成，西王母的侍女。
[34] 九华帐：张华《博物志》卷三："汉武帝好仙道，祭祀名山大泽，以求神仙之道。时西王母遣使乘白鹿告帝当来，乃供帐九华殿以待之。"
[35] 珠箔：珠帘。屏：屏风。
[36] 阑干：形容流泪的样子。
[37] 凝睇（dì）：凝视。
[38] 昭阳殿：汉宫名，赵飞燕居住过的地方，这里指唐宫。蓬莱宫：传说中海上仙山的宫殿，这里指杨贵妃住的仙境。
[39] 旧物：生前和玄宗定情的信物。
[40] 擘（bò）：用手分开。
[41] 长生殿：《唐会要》卷三十"华清宫"条："天宝元年十月，造长生殿，名为集灵台，以祀神。"

【鉴赏】

长恨，意为永远的遗憾。遗憾，既有唐玄宗为与杨贵妃生离死别而遗憾，也有诗人白居易以及天下人为李杨的爱情悲剧而遗憾。安史之乱起，玄宗带着贵妃仓惶奔蜀，扈从军队至马嵬，杀杨国忠，迫使玄宗缢杀杨妃，此诗在这件悲惨的事实上展开。

全诗为四段。第一段，"汉皇重色思倾国"至"尽日君王看不足",写玄宗对杨妃的宠爱。玄宗爱美色,在全国寻找,多年不得所爱。杨家女儿天生丽质,入选皇宫,从此开始了甜蜜的爱情生活。后宫佳丽三千被冷落,天子废除了早朝。这一段写得柔情蜜意,春风无限,把君王的爱情描写得钟情而专一。而杨妃因自己的美貌,既赢得了爱情,又使家族荣耀,弟兄姊妹都得升迁,一荣俱荣,以至民风为之一变,重女轻男。这一段多处用了曲笔,把批判隐于赞美之中,似褒似讽,意义朦胧。"汉皇重色思倾国"表面上歌咏玄宗对真爱的执着,一定要得到"倾城倾国"的美人。但"重色"与"倾国"两词,无疑可以作另外的解说:重色必荒政,倾城与倾国,佳人难再得。果然,国家将被"倾"了,诗歌转入第二段。

自"渔阳鼙鼓动地来"至"回看血泪相和流"为第二段。渔阳叛军南下,急报传来,骊山的仙乐与霓裳舞被打断,都城烟尘顿起,天子车驾仓猝,巡狩西南,贵妃随同车驾,情景犹疑彷徨,十分可怜。更可怜的还在后面,车驾西行百里许,六军哗变。蛾眉佳丽在阵前灰飞烟灭了,贵妃的贵重饰品散落地上,也在哭泣它们的主人。天子不忍看贵妃被杀,更无力挽救,只能听任军士的处置。从这一段开始,诗人的感情发生了转变,此前对李杨的爱情有微词,现在只有同情了。这是因为贵妃已死,对死者应当宽厚,而且唐代文士普遍认为贵妃无罪,至少罪不致死,"花钿委地"两句是标志,同情、惋惜如墨泼纸,不加抑止。

自"黄埃散漫风萧索"至"魂魄不曾来入梦"为第三段。写玄宗对贵妃的刻骨相思,是全诗的核心部分。玄宗独自到蜀,峨眉山下没有人,旌旗无光,太阳灰暗,因为贵妃不在了,玄宗便有"国无人"的感觉,眼前所见,无非哀怨之色。本来指望返京时与贵妃再见一面,可是泥土中的贵妃不知去向,最后一点安慰也失去了。玄宗失魂落魄,任由坐骑把他带回长安。长安城池苑依旧,看见芙蓉,想起贵妃的面目,看见柳叶,想起贵妃的美眉。面对一盏孤灯,玄宗无法入眠,听着钟鼓,数着星辰,日复一日,年复一年。"悠悠一死别经年,魂魄不曾来入梦",写尽了离别人的沉痛,沉痛得无以言谈,因魂魂不来入梦,引出第四段。

  以下为第四段,转梦幻世界。一位在长安流浪的江湖道士,自称能召唤亡灵,与生者相会。他被玄宗对贵妃的真情感动了,决定为天子效劳。道士上天入地,也没有找到贵妃,那只有一种可能:她已登仙箓,身在蓬莱。道士到蓬莱见到杨妃,是本诗另一精彩之处。贵妃听到玄宗的使者来到,"九华帐里梦魂惊",急忙跑出来。从诗的描写看,应该是扑出来,以至层层珠帘,纷纷闪开,摇曳不止,来不及梳妆的贵妃花冠不整,与使者相见。她花容忧郁,泪珠点点,仿佛雨后梨花,美得令人感动,美得令人伤心。贵妃告诉使者,长安还有尘雾,天子也将不久于世,两人将会在仙界相会。杨妃还把玄宗非常熟悉的一只金钿盒委托道士寄与天子,并重述了她与玄宗的誓约:在天愿为比翼鸟,在地愿为连理枝。最后二句是诗人的叹息:天长地久。但李杨爱情并非如此。他们的爱情誓言才是真正的"天长地久"。

  这首长诗缠绵悱恻,哀惋动人,两个要点把李杨的爱情升华了。第一点,玄宗在人世间对贵妃的思念,已超出了一般的爱情范围。它把爱化为自身,自身便是爱,爱与自己不能分离。第二点,贵妃在仙界对玄宗的思念。诗中没有直接描写,但间接表明了这一点,从杨妃的"花冠不整下堂来","梨花一枝春带雨"的描述,从杨妃寄钿盒、寄词的陈述,看出贵妃对玄宗的思念同样深厚,不直接描写,是为了与对玄宗的描写一明一暗,错落有致。

琵琶行(并序)

白居易

【解题】

　　这首长诗作于唐宪宗元和十一年(816)。白居易在朝廷中任左赞善大夫,因直言上书,被朝廷以"越职言事"的罪名贬到江州任司马。《琵琶行》是写实之作,他在浔阳江上偶遇一位弹琵琶的歌女(已从良嫁与商人),听她自诉身世,白居易觉得自己当前处境与这位琵琶女很相似,于是作诗以记。

【正文】

　　元和十年,予左迁九江郡司马[1]。明年秋,送客湓浦口[2],闻舟中夜弹琵琶者,听其音,铮铮然有京都声。问其人,本长安娼女,尝学琵琶于穆、曹二善才[3],年长色衰,委身为贾人妇。遂命酒,使快弹数曲,曲罢悯然[4]。自叙少小时欢乐事,今漂沦憔悴,转徙于江湖间。予出官二年,恬然自安[5],感斯人言,是夕始觉有迁谪意。因为长句,歌以赠之,凡六百一十二言[6],命曰《琵琶行》。

　　浔阳江头夜送客,枫叶荻花秋瑟瑟[7]。主人下马客在船,举酒欲饮无管弦。醉不成欢惨将别,别时茫茫江浸月。忽闻水上琵琶声,主人忘归客不发。寻声暗问弹者谁?琵琶声停欲语迟。移船相近邀相见,添酒回灯重开宴[8]。千呼万唤始出来,犹抱琵琶半遮面。转轴拨弦三两声,未成曲调先有情[9]。弦弦掩抑声声思,似诉平生不得志[10]。低眉信手续续弹,说尽心中无限事。

轻拢慢捻抹复挑,初为《霓裳》后《六幺》[11]。大弦嘈嘈如急雨,小弦切切如私语。嘈嘈切切错杂弹,大珠小珠落玉盘[12]。间关莺语花底滑,幽咽泉流水下滩[13]。水泉冷涩弦凝绝,凝绝不通声暂歇[14]。别有幽情暗恨生,此时无声胜有声。银瓶乍破水浆迸,铁骑突出刀枪鸣[15]。曲终收拨当心画,四弦一声如裂帛[16]。东船西舫悄无言,唯见江心秋月白[17]。

沉吟放拨插弦中,整顿衣裳起敛容[18]。自言本是京城女,家在虾蟆陵下住[19]。十三学得琵琶成,名属教坊第一部[20]。曲罢曾教善才伏,妆成每被秋娘妒[21]。五陵年少争缠头,一曲红绡不知数[22]。钿头银篦击节碎,血色罗裙翻酒污[23]。今年欢笑复明年,秋月春风等闲度[24]。弟走从军阿姨死,暮去朝来颜色故[25]。门前冷落车马稀,老大嫁作商人妇。商人重利轻别离,前月浮梁买茶去[26]。去来江口守空船,绕船月明江水寒[27]。夜深忽梦少年事,梦啼妆泪红阑干[28]。

我闻琵琶已叹息,又闻此语重唧唧[29]。同是天涯沦落人,相逢何必曾相识。我从去年辞帝京,谪居卧病浔阳城。浔阳地僻无音乐,终岁不闻丝竹声。住近湓江地低湿,黄芦苦竹绕宅生。其间旦暮闻何物?杜鹃啼血猿哀鸣。春江花朝秋月夜,往往取酒还独倾。岂无山歌与村笛,呕哑嘲哳难为听[30]。今夜闻君琵琶语,如听仙乐耳暂明[31]。莫辞更坐弹一曲,为君翻作琵琶行[32]。感我此言良久立,却坐促弦弦转急[33]。凄凄不似向前声,满座重闻皆掩泣[34]。座中泣下谁最多?江州司马青衫湿[35]。

【注释】

[1] 左迁:贬官降职。古人论等次以右为尊。九江郡:隋郡名,唐天宝元年(742)改为浔阳郡,乾元元年(758)复改江州,州治在今江西省九江市。司马:官职名,州刺史的副职。古制,佐刺史掌管一州军事,

琵琶行（并序）

在唐代实际上已成闲职。
[2] 湓浦口：即湓口，在今九江市湓水入江处。
[3] 穆、曹二善才：善才是唐代对弹琵琶艺人或曲师的通称。穆、曹是当时著名的琵琶师。
[4] 悯然：脸色显出忧伤的样子。
[5] 恬然：心情平静而安适的样子。
[6] 六百一十二言：全诗共八十八句，当为六百一十六言，"二"当为传写之误。
[7] 浔阳江：流经浔阳境内的一段长江。瑟瑟：风吹草木声。
[8] 回灯：重新张灯。
[9] 转轴拨弦：弹奏前的校音动作。三两声：试弹几声的意思。
[10] 掩抑：掩蔽、遏抑，声调不奔放。掩抑即指幽咽的声调。思：读去声 sì。
[11] 拢：左手手指按弦向里推，后世称为推。捻：揉弦。拢、捻均为左手手法。抹：向左拨弦，后世称为弹。挑：向右拨弦，后世称为挑。抹和挑为右手手法。《霓裳》：即《霓裳羽衣曲》。《六玄》：亦作《绿腰》、《乐世》，大曲名，为歌舞曲。
[12] "大弦"四句：大弦，最粗的弦。小弦，最细的弦。嘈嘈，声音沉重舒长。切切，细促轻幽。
[13] "间关"二句：间关，鸟声。幽咽，冷涩。
[14] 凝绝：滞涩。
[15] "银瓶"二句：迸，溅射。铁骑，带甲的骑兵。
[16] "曲终"二句：拨，拨子，用象牙、牛角或其他材料制成。当心画，用拨子在弹奏处划过四弦，相当于后世的"扫"。四弦一声，和弦。如裂帛，比喻声音清脆悦耳。
[17] 舫：画船。
[18] 敛容：脸色变得庄重起来。
[19] 虾蟆陵：在长安城东南曲江附近，是当时歌姬舞妓聚居的地方。
[20] 教坊：唐代官办管领音乐杂技、教练歌舞的机关。
[21] 伏：钦服。秋娘：当时长安城中著名的歌舞妓，后来成为歌舞妓常用

的名字。

[22] 五陵：在长安城外，汉代五个皇帝的陵墓，后来皇帝迁贵族于此。有钱有势人家的子弟，称为"五陵少年"。缠头：用锦帛之类的财物送给歌舞妓叫"缠头彩"。绡（xiāo）：一种精细轻薄的丝织品。

[23] 钿头银篦：镶嵌有珠宝和金属的发篦。击节：打拍子。血色：红色。

[24] 等闲度：随随便便地消磨过去。

[25] 颜色故：年老容貌衰老。

[26] 浮梁：古县名，唐属饶州，今江西省景德镇市。

[27] 去来：走后。

[28] 阑干：形容眼泪纵横的样子。

[29] 重：更加。唧唧：叹息声。

[30] 呕哑嘲哳（ōu yā zhāo zhā）：形容声音嘈杂。

[31] 琵琶语：琵琶曲。

[32] 翻作：依曲调写作歌词。

[33] 却：退回。促弦：把弦拧得更紧。

[34] 向前声：刚才弹奏过的曲调。

[35] 青衫：唐朝八品、九品文官的服色。这时白居易是司马，而官衔则是将仕郎，从九品，所以著青衫。

【鉴赏】

　　这首诗通过记叙商人妇弹奏琵琶及其不幸遭遇，抒发了作者对受谗遭贬的感慨。诗前的小序交代了写作的时间、地点、缘由，为全诗定下凄切伤怀的感情基调。诗由三段构成。

　　"浔阳江头夜送客"至"唯见江心秋月白"为第一段，写事情的缘由，主要描写琵琶演奏的情景。这是中国文学描写奏乐最精彩的一章。一面琵琶，演奏出大型交响乐团的气势。弹奏的引子是几下无意的抚弦，未成曲调先有情，演奏者不是简单的弹与拨，而是把自己的"一生不平事"融入曲子中。大弦小弦，急雨私语，如大珠小珠在玉盘中跳跃，莺语花底滑，幽泉水下滩，对乐曲的比喻非常精彩。"无声胜有声"的描写造成绕梁余音。银瓶乍裂、铁骑突出则比喻乐曲的高亢激越。

"沉吟放拨插弦中"至"梦啼妆泪红阑干"为第二段，写这位现为商人妇的前"琵琶女"的身世。她也是京城长安人，自小琵琶娴熟，在教坊中位列头牌，曾经有过万人簇拥，风光无限的经历。但随着年龄渐大，人老色衰，无人逢迎，只得嫁人，嫁给不知情趣，只求财利的商人。别时多，聚时少，忆念从前，悲情难抑，啼泪阑干。

以下为第三段。白居易把自己与琵琶女的身世作比较，觉得很相似，都是沦落在天涯的孤苦人，心自相通，于是为她作一曲，请她演奏。这支曲子融进了两个人的共同悲苦，凄怆悲凉，人不能堪。白居易流泪最多，因为那曲是写他和她的。

这首长诗兼叙事、抒情、描写于一体，都达到极高的艺术境界，使它成为中国诗歌史上的珍品。它与另一首长诗《长恨歌》适为白居易诗歌的双璧，熠耀生辉，彪炳于诗的历史画廊之中。特别是描写音乐的一节，形象而生动，比喻精彩切近，修辞上言义兼顾，情韵互谐。同时它又是一首惊心动魄的诗。说它惊心动魄，有两层含义：一是它描写的音乐本身、乐曲的进程出人意料，人的情绪完全被音乐控制了；二是这段描写本身极为精彩，审美的价值极高。

《琵琶行》还为我们创造了许多优美的诗句，传诵于古今中外，如"千呼万唤始出来，犹抱琵琶半遮面。""同是天涯沦落人，相逢何必曾相识"等等。

钱塘湖春行

白居易

【解题】

这是一首记游诗,作于长庆三年(823)或四年春,诗人任杭州刺史时。钱塘湖,即今杭州西湖。西湖因位于钱塘县城西,唐朝时称为西湖或钱塘湖,诗题中"行"是行走的意思,即踏春。

【正文】

孤山寺北贾亭西,水面初平云脚低[1]。
几处早莺争暖树,谁家新燕啄春泥[2]。
乱花渐欲迷人眼,浅草才能没马蹄。
最爱湖东行不足,绿杨阴里白沙堤[3]。

【注释】

[1] 孤山:在西湖中里湖和外湖之间,和其他山不相连接,故名。山上有孤山寺。贾亭:一名贾公亭,唐贞元间(785～804)杭州刺史贾全所建。云脚:雨前或雨后接近地面的云气。

[2] 暖树:向阳的枝木。

[3] 白沙堤:又名十锦塘,在杭州西城外,沿堤向西南行直通孤山,简称白堤,曾被人误传为白居易所筑。

钱塘湖春行

【鉴赏】

　　这首诗通过对湖水、云莺、新燕、乱花、浅草、柳荫的描述,展现了一幅西湖早春图。这幅图画景色明丽,春意盎然,充满勃勃生机,抒发了诗人无比喜悦的心情和对大自然的赞美。

　　全诗布局有序,结构谨严。先写湖,后写堤,中间写湖堤及其周围的四种景物,而且处处着眼于"春行"二字,线索清楚。如果说"春"是横线,那么"行"就是贯穿全诗的纵线。这两条线索纵横交织,构成了这幅生趣盎然的西湖"春行"图。

　　在语言表达上,用词准确、传神,修辞更具匠心,如早莺的"早"字,新燕的"新"字,既点出了莺燕,又强调这是第一批报春鸟。而"渐欲""才能"两词,在诗中都有特定的含义,都是围绕着一个"行"字来着墨的,它体现了"行"中观景的切身感受,足见诗人在锤炼字句上的功力。

题李凝幽居[1]

贾 岛

【解题】

贾岛（779～843），字阆仙，范阳（今北京市附近）人。曾栖身佛门，法号无本。后还俗应进士举，屡试不第。年近花甲，任遂州长江（今四川蓬溪）县主簿，后人称为贾长江。后迁普州（今四川安岳）司仓参军，卒于官舍。贾岛是一位苦吟诗人，诗风清淡朴素，对后世失意文人颇有影响。有《长江集》。

这是一首短小的叙事诗，写的是作者走访友人李凝未遇的一件寻常小事。

【正文】

闲居少邻并，草径入荒园[2]。
鸟宿池边树，僧敲月下门。
过桥分野色，移石动云根[3]。
暂去还来此，幽期不负言[4]。

【注释】

[1] 李凝：隐士，生平不详。幽居：幽静荒僻的住处。
[2] 邻并：邻居。
[3] 云根：古人认为云"触石而出"，故称石为云根。
[4] 幽期：幽会。

题李凝幽居

【鉴赏】

　　首联诗人开篇描写了朋友幽居的周围环境：一条杂草遮掩的小路通向荒芜不治的小园；近旁，亦无人家居住。简短的两笔就把"幽"字给写得惟妙惟肖暗示出李凝的隐士身份。

　　"鸟宿池边树，僧敲月下门"，是历来传诵的名句。"推敲"两字还有这样的故事：一天，贾岛骑在驴上，忽然得句"鸟宿池边树，僧敲月下门"，初拟用"推"字，又思改为"敲"字，在驴背上引手作推敲之势，不觉一头撞到京兆尹韩愈的仪仗队，韩愈立马思之良久，对贾岛说："作'敲'字佳矣。"这两句诗，粗看有些费解。诗人怎么能在夜晚看见池边树上的鸟呢？其实，这正显出诗人构思之巧，用心之苦。正由于月光皎洁，万籁俱寂，因此老僧一阵轻微的敲门声，就惊动了宿鸟，作者抓住了这一瞬即逝的现象，来刻画环境之幽静，动中有静，出人意料。倘用"推"字，当然没有这样的艺术效果了。

　　颈联"过桥分野色，移石动云根"，是写回归路上所见。过桥是色彩斑斓的原野；晚风轻拂，云脚飘移，仿佛山石在移动。

　　尾联是说，我暂时离去，不久还会来，不负共同归隐的约期。前三联都是叙事与写景，最后一联点出诗人心中幽情，托出诗的主旨。正是这种幽雅的处所，悠闲自得的情趣，引起作者对隐逸生活的向往。

雁门太守行

李贺

【解题】

李贺(790~816),字长吉,祖籍陇西成纪(今甘肃秦安)人,出生于福昌(今河南宜阳县)的昌谷。因父亲名晋肃,"晋"与"进"同音,不能举进士,仅作过奉礼郎的小官。李贺正处于诗坛上韩、柳、元、白竞起争鸣的时代,他别开生面,自成一家。其诗想像丰富,立意新奇,构思精巧,用辞瑰丽,无论在当时,还是对后世,都颇有影响。

"雁门太守行"系乐府旧题。李贺生活的时代藩镇叛乱此伏彼起,发生过重大的战争。从有关传说和材料记载推测,可能是写平定藩镇叛乱的战争。雁门:秦汉时郡名,治所在今山西省右玉县南。

【正文】

　　黑云压城城欲摧,甲光向日金鳞开[1]。
　　角声满天秋色里,塞上燕脂凝夜紫[2]。
　　半卷红旗临易水,霜重鼓寒声不起[3]。
　　报君黄金台上意,提携玉龙为君死[4]。

【注释】

[1] 黑云:指进军时的滚滚烟尘。向日金鳞开:太阳透过云隙照在铠甲上,

雁门太守行

像鱼鳞一样,金光闪闪。
[2] 塞上:长城一带,此泛指北方边地。燕脂:即胭脂,此处指暮色霞光。凝夜紫:暮色渐深,云山被霞光照射,变成紫色。
[3] 易水:在今河北省易县。
[4] 黄金台:战国时燕昭王所筑,故址在今河北省易县东南。燕昭王曾置千金于台上,用来招聘天下的贤士。玉龙:剑的代称。

【鉴赏】

　　诗共八句,前四句写日落前的情景。首句既是写景,也是写事,成功地渲染了敌军兵临城下的紧张气氛和危急形势。一个"压"字,把敌军人马众多,来势凶猛,淋漓尽致地揭示出来。次句写城内的守军,忽然,风云变幻,一缕日光从云缝里透射下来,映照在守城将士的甲衣上,只见金光闪闪,耀人眼目。三、四句分别从听觉和视觉两方面铺写阴寒惨切的战地气氛。时值深秋,万木摇落,在一片死寂之中,那角声呜呜咽咽地鸣响起来。"角声满地",勾画出战争的规模。

　　后四句写驰援部队的活动。"半卷"二字含义极为丰富。黑夜行军,偃旗息鼓,为的是"出其不意,攻其不备";"临易水"既表明交战的地点,又暗示将士们具有视死如归的豪情。接着描写苦战的场面:驰援部队一迫近敌军,便擂动战鼓,投入战斗。无奈夜寒霜重,连战鼓也擂不响。面对重重困难,将士们毫不气馁。末联诗人引用典故,写出将士们报效朝廷的决心。

　　这首诗,用秾艳斑驳的色彩描绘悲壮惨烈的战斗场面;准确地表现了特定时间、特定地点的边塞风光和瞬息变幻的战争风云,又显得很妥帖、自然,从而构成浑融蕴藉富有情思的意境。

山 行[1]

杜 牧

【解题】

　　杜牧（803~852），字牧之，京兆万年（今陕西西安市）人。文宗太和二年（828）进士。历任黄州、池州、睦州、湖州刺史。官终中书舍人。诗风豪健清丽，独具一格，尤长于七律和绝句。与李商隐齐名，人称"小李杜"。有《樊川文集》。

　　这首绝句似乎是诗人经过长途旅行有些劳累，看到秋景后有感而发。

【正文】

　　　　远上寒山石径斜，白云生处有人家[2]。
　　　　停车坐爱枫林晚，霜叶红于二月花[3]。

【注释】

[1] 山行：在山里走。写山行时所见景色。
[2] 斜：读 xiá。白云生处：指山林深处。
[3] 坐：因为。

【鉴赏】

　　这首诗所描绘的是深秋时节山间的美好风光。
　　"远上寒山石径斜"，写山，写山路。一条弯弯曲曲的小路婉蜒伸向山头。"远"字写出了山路的绵长,"斜"字与"上"字呼声应,写出了高而缓的山势。

"白云生处有人家",写云,写人家。诗人的目光顺着这条山路一直向上望去,在白云飘浮的地方,有几处山石砌成的石屋石墙。诗人用横云断岭的手法,让这片白云遮住读者的视线,却给人留下了想象的余地:在那白云之上,云外有山,定会有另一种景色吧?

"停车坐爱枫林晚"写诗人为了要停下来领略这山林风光,竟然顾不得驱车赶路。前两句所写的景物已经很美,但诗人爱的却是枫林。通过前后映衬,已经为描写枫林铺平垫稳,蓄势已足。

"霜叶红于二月花",把第三句补足,点明喜爱枫林的原因。一片深秋枫林美景具体展现在我们面前了。诗人惊喜地发现在夕阳晚照下,枫叶流丹,层林如染,它比江南二月的春花还要火红,还要艳丽。诗人通过这一片红色,看到了秋天象春天一样的生命力,使秋天的山林呈现现一种热烈的、生机勃勃的景象。

第四句是全诗的中心,是诗人浓墨重彩、凝聚笔力写出来的。不仅前两句疏淡的景致成了这艳丽的秋色的衬托,即使"停车坐爱枫林晚"一句,看似抒情叙事,实际上也起着写景衬托的作用:那停车而而望、陶然而醉的诗人,也成了景色的一部分,有了这种景象才更显出秋色的迷人。而一笔重写之后,戛然而止,又显得情韵悠扬,余味无穷。全诗语言清新洗练,色彩鲜明。

泊秦淮[1]

杜 牧

【解题】

这是一首具有讽刺告诫意味的诗。诗人在其生活前期非常关心政治,对当时日益颓倾的唐王朝政治极为担忧。他看到朝廷的腐败,看到藩镇割据的威胁,边患的频仍,深感社会危机四伏,唐王朝的前景不妙。当他来到当时还是一片繁华的秦淮河上,听到歌女演唱《后庭花》时,感慨万千,遂写下此诗。

【正文】

烟笼寒水月笼沙,夜泊秦淮近酒家。
商女不知亡国恨,隔江犹唱后庭花[2]。

【注释】

[1] 秦淮:河名,即秦淮河,发源于江苏省溧水县东北,横穿金陵(今江苏省南京市)入长江。相传为秦时所开,凿钟山以疏淮水,故名秦淮。
[2] "商女"二句:商女,指以唱歌为生的乐妓。《后庭花》,《玉树后庭花》的简称,陈后主所作舞曲,人称"亡国之音"。

【鉴赏】

这是一首怀古诗,但全诗并不说古,甚至不提古事,不见古人,只取眼前景借今说古。一般的咏史诗,作法为"借古讽今",

此诗却反其道而行,新颖别致。

诗首句写景。烟树云花,连绵千里,笼罩江南、笼罩江水,朦胧的月光,铺在沙滩上,景色凄迷,使人陶醉。诗人在如此美景中泛舟江上,停泊于江南胜地秦淮河。杜牧在游船上,欣赏美景,耳边却传来《玉树后庭花》的柔靡旋律。

金陵曾是吴晋宋齐梁陈六朝都城。几次翻天覆地,改朝换代,每次都是浩劫。最后一次鼎革,唐人记忆犹新。北周大将韩擒虎兵临金陵城下,南朝陈后主弃百官嫔妃出降,金陵作为都城的历史就此结束。陈后主之败,在于他荒废国政,沉迷于柔靡的音乐歌舞,其中最著名的就是《玉树后庭花》。对歌中的隐喻之意"花开不复久"浑然不觉。于是这首歌就是典型的"亡国之音"。现在杜牧在秦淮河畔又听到了这首亡国之歌。不祥之感侵袭身心,使他不寒而栗。他责怪那些歌女:国家破败,你们不悲伤,居然还在唱这些不祥的歌曲。杜牧当然知道此歌女非彼歌女。他用时空交错法把历史凝为一个"点",他自己就处在这个点上。这使他观察思考得更为深刻。

此诗的宗旨与刘禹锡《西塞山怀古》一致,语气有轻重之异,杜牧的忧愁更深,因为杜牧所处的晚唐,国家危亡更甚于刘禹锡的中唐时期。怀古伤今,借古讽今。全诗语言凝炼、含蓄,感情痛切。

赤　壁[1]

杜　牧

【解题】

发生于汉献帝建安十三年（208）十月的赤壁之战，对三国鼎立的历史形势起着决定性的作用。杜牧临赤壁长江，遥想古人，抛开史实提出假设：如吴军战败又当如何？此诗创了怀古诗的又一变调。

【正文】

　　折戟沉沙铁未销，自将磨洗认前朝[2]。
　　东风不与周郎便，铜雀春深锁二乔[3]。

【注释】

[1] 赤壁：三国时孙刘联军大破曹操处，在现在湖北蒲圻西北。
[2] 折戟：折断的戟。戟，古代的兵器。未销：没有完全锈蚀。将：拿起。磨洗：磨光洗净。认前朝：认出戟是东吴破曹时的遗物。
[3] 东风：指周瑜火攻赤壁大败曹操的事。铜雀：台名，曹操所建，故址在现在河北临漳。二乔，江东乔公的两个女儿，都是东吴美女，大乔是孙策（孙权兄）之妻，小乔是周瑜之妻。

【鉴赏】

　　本诗创作于杜牧任黄州刺史期间（842～844），当时晚唐统治阶级荒淫腐化,不思进取,诗人这首诗咏写三国时期赤壁之战的历史,以史为鉴,告诫统治者,表现了他忧国忧民的思想。

诗前两句记实,从一段沉埋在沙中数百年的断戟说起,认定这段残破的兵器是数百年前赤壁鏖战,孙刘联军大败曹兵的遗物。这样把物(折戟)、地(赤壁沉沙)与历史事件联系在一起。在"将"、"磨"、"洗"、"认"一连串的动作中生动地表现出作者当时兴奋的神态和对历史事件的深刻认识。三国两句发议论感慨。诗人因断戟而引发对赤壁之战的评论,认为周瑜胜利的主要原因是有东风之助,取胜出于侥幸;如果当时没有刮起东风,周瑜就会失败,大乔小乔也会被锁到铜雀台去被曹操占有。表面上看,作者似乎是把东风的作用夸大了。实际上,诗人是在借古讽今,告诫统治者不要寄希望于侥幸。

这首诗紧扣历史事件的特点,将对历史兴废、成败得失评价寓于丰富想像之中,设想奇特,手法新奇,读来令人回味无穷。

锦　瑟[1]

李商隐

【解题】

　　李商隐（813～858）字义山，号玉溪生，怀州河内（今河南沁阳）人。开成二年（837）进士，曾任弘农县尉、秘书省校书郎和东川节度使判官等职。因受牛、李党争影响，被人排挤，潦倒终生。所作咏史诗、抒怀诗、爱情诗都很有特色。他的诗长于律、绝，富于文采，具有独特风格。有《李义山诗集》。

　　这首《锦瑟》是李商隐的代表作，堪称最享盛名；诗题"锦瑟"，是用了起句的头二个字。但是，这首诗与瑟事无关，实是一篇借瑟以隐题的"无题"之作。

【正文】

　　锦瑟无端五十弦，一弦一柱思华年[2]。
　　庄生晓梦迷蝴蝶，望帝春心托杜鹃[3]。
　　沧海月明珠有泪，蓝田日暖玉生烟[4]。
　　此情可待成追忆，只是当时已惘然[5]。

【注释】

[1] 锦瑟：绘有纹彩作装饰的瑟。瑟，古乐器名。
[2] 五十弦：相传古瑟为五十弦。《史记·封禅书》："太帝（即黄帝）使素女鼓五十弦瑟，悲，帝禁不止，故破其瑟为二十五弦。"华年：盛年。

[3] "庄生"句：庄生即庄周。《庄子·齐物论》说，庄周梦见自己化作蝴蝶，醒后茫然，不知是自己梦为蝴蝶，还是蝴蝶梦为庄周。"望帝"句：望帝是传说中古蜀国的一位君主，名杜宇。他死后魂魄化为杜鹃，春天悲啼不止。

[4] 珠有泪：据《博物志》载，传说南海外有鲛人，哭泣时眼泪变成珍珠。蓝田：即蓝田山，又名玉山，在今陕西省蓝田县，是古代著名的产玉之地。玉生烟：据说玉山在和煦的阳光下能散发出一种烟霭似的玉气。

[5] 可待：岂待。

【鉴赏】

　　这首诗借庄生梦蝶、杜鹃啼血、沧海遗珠、韫玉山辉的典故，描写了诗人一生的不幸遭遇，抒发了无限迷惘的感慨。

　　首联以锦瑟起兴，诗人追忆逝去的美好年华，感慨万千，黯然伤神。"思华年"之语，可知是他晚年的悼亡之作。首联悼念之情即起，颔联则写生死难料和内心的悲痛，难以自拔。借助典故抒发人生如梦的无限感慨，表达了诗人历经沧桑的伤感情怀。颈联继写思念，绵绵无期，哀惋悲绝。同样运用典故说明世间万事迷离恍惚，隐寓了诗人怀才不遇的悲凉之情。尾联，道明这挥之不去的思念并非今日才有，在当即已惘然若失了。

　　这是一首朦胧诗，它的特点道先是铺排用典，意境朦胧。本诗表意模糊，境界朦胧，耐人寻味。不实写一事，而是用了四个典故，回首往事，一言难尽，这就给读者以极大的想象和发挥空间。其次是感伤情思。笼罩着全诗诸意象的那种浓烈的迷惘感伤的情思又是确定的，它使得所有的探寻解说都无法离开诗人的感情指向。这正是李商隐朦胧诗美的特色。

夜雨寄北

李商隐

【解题】

　　这首诗，《万首唐人绝句》题作《夜雨寄内》，"内人"古时称"妻子"，现称《夜雨寄北》，"北"就是北方的人，可以指妻子，也可以指朋友。据考证，认为它作于自己妻子去世后，因而不是"寄内"诗，而是写赠长安友人的。但从诗的内容看，按"寄内"理解，似乎更确切一些。

【正文】

　　君问归期未有期，巴山夜雨涨秋池[1]。
　　何当共剪西窗烛，却话巴山夜雨时[2]。

【注释】

[1] 巴山：又称大巴山、巴岭，横亘于陕西、四川两省边境。此处泛指巴蜀之地。
[2] 何当：犹言何时，剪：剪去烧残的烛心，使烛光明亮。却话：追叙，回溯。

【鉴赏】

　　这首诗描绘诗人与妻子的相思离别之情，抒发了诗人的羁旅之愁，真切感人。

夜雨寄北

  诗的首句从妻子角度出发设问"归期",接着诗人自己作答:"未有期",写出了诗人的故乡之思与羁旅之愁的强烈。本句跨越时空,一笔两到,跳跃曲折,构思独出心裁。次句写身处环境,客地夜雨,秋池涨满,不言愁绪而愁意自见,以景寓情。三、四两句又作一跳跃,从今日异地思念,跳跃到将来相会的设想,共剪西窗烛,却话今日思念之苦。"何当"使"共剪西窗烛"虚化,而"却话"又使这虚拟有真实感,这体现出作者虚实结合之巧妙。

  在语言运用上,"期"字两见,"巴山夜雨"重出,构成了音调与章法的回环往复之妙,重出而无繁复之感。全诗结构跳跃腾挪、回环往复,抒情委婉曲折、含蓄隽永,令人回味无穷。语言新奇精警,颔联写出了古往今来深恋者坚贞不渝之爱情的共同特点,因此千余年来为人长诵不绝。

无　题

李商隐

【解题】

　　无题，无法命题，不便说明的诗题。李商隐的《无题》诗，大多比较隐晦，内容或写爱情，或表面写爱情而另有所寄托。至于寄托的内容，多数已难确指。李商隐写了不少无题诗，这首写与恋人的相思离别之情的诗，是其中最为人传诵的一篇。

【正文】

　　　　相见时难别亦难，东风无力百花残[1]。
　　　　春蚕到死丝方尽，蜡炬成灰泪始干[2]。
　　　　晓镜但愁云鬓改，夜吟应觉月光寒[3]。
　　　　蓬山此去无多路，青鸟殷勤为探看[4]。

【注释】

[1] "相见"二句：相见时难，指见面相会难得。别亦难，指难舍难分。百花残，指暮春季节。

[2] "春蚕"二句：丝，以蚕丝象征情思。泪，以烛泪象征离别之泪。

[3] 云鬓改：年轻女子的鬓发丰盛如云称为云鬓，云鬓改，指青春的容颜逐渐消失。

[4] 青鸟：神话中的鸟，使者的代表。

无 题

【鉴赏】

　　这首诗描写了无比深挚的相思离别之情，表达了诗人对爱情的忠贞和执着。

　　这是诗人描写爱情、相思最为脍炙人口的名篇，千百年来，其影响极为深远。在我国古代的诗歌中，表现忠贞爱情的名篇很多，但把爱情的忠贞表现得如此深刻，如此缠绵悱恻，古往今来，极少有能与之相比的。

　　全诗以一个"别"字统领，抒写了无比深挚的相思别离之情，极写凄怨之深，哀婉之痛，并借神话传说表达了对心中恋人的无比挚爱和深切怀念。

　　全诗的艺术构思非常有特色。首先，写惜别是以委婉曲折的笔调来表达，而不是平铺直叙。其次，写别后相思，从自身与对方两方面下笔，写自己思念对方，运用了谐音双关、比喻象征的手法；写对方思念自己，是通过细致逼真的细节刻画来表达，把设想中的双方相思之苦写得越深，也就更深地衬托出诗人的一往情深。

　　全篇纯粹抒情，以"相见时难别亦难，东风无力百花残"起兴全诗，融比兴与象征、写实与象征于一体，脉络清晰而环环递进。由首联的离别，进而到用"春蚕""蜡炬"明为写实，实为象征的颔联，表达相思之决心，再时而写实，用诗人对对方的"忧愁"遥寄情思。最后借助典故表达自己的愿望和祝祷。

梦江南

温庭筠

【解题】

温庭筠（812～870）本名岐，字飞卿，排行十六，太原祁（今山西省祁县）人。少负才华，尤长于诗赋，因生性傲岸，好讥讽权贵，得罪宰相令狐绹，因此累举不第。为晚唐诗坛巨擘，亦有诗名，与李商隐齐名，号"温李"。其诗语言秾艳，予人以绮错婉媚之感。近体气韵清拔，格调高峻；写景小诗则清新可喜。

这是一首闺怨词。写的是思妇独踞望江楼窗口，望人不归。古代这一类诗词很多，本词以淡笔写思妇不见归舟的惆怅之情，寥寥二十七字，却写得情韵兼胜，因而传诵人口。

【正文】

梳洗罢，独倚望江楼。过尽千帆皆不是，斜晖脉脉水悠悠，肠断白蘋洲[1]。

【注释】

[1] 帆：代指船。斜晖：夕阳的斜光。脉脉：默默相对的样子。肠断：极为伤心。白蘋洲：开满白色蘋花的洲渚。古诗中常用白蘋洲代表分别之地，一如灞桥。

梦江南

【鉴赏】

　　这是一首闺怨词，以简洁的语言勾勒出一个倚楼等待离人归来、却一再失望的思妇的形象。

　　首句写女子早起梳妆完毕，便倚楼凝望江面上驶过的帆船，深情地等待着丈夫的归来。"过尽"句写千帆过尽却不见丈夫的影子，只有夕阳余辉含情脉脉，东流的江水悠悠不断。苦等了一整天，却没有等来，可想而知心情是多么哀伤。这"斜晖"与"江水"正传达出这位女子爱与恨、相思与失望、切盼与哀怨情绪的复杂交织。结句"肠断"二字，正是这种复杂心绪的极好概括。

　　本词蕴藉含蓄，委婉曲折，情致悠远。它的用语十分精炼，首两句八个字，勾勒出思妇的形象和动态。首句仅三个字，就概括了她在倚楼眺望之前用心梳妆修饰的经过和急切盼望逢的心情。其次，本词采用拟人手法描写相思之苦，如写"斜晖脉脉""流水悠悠"，衬出思妇的脉脉愁情，绵绵相思悠悠不绝。

　　温词本以深隐含蓄见长，本词却以疏淡出之，又能做到委婉而有余韵。"梳洗罢"三字，包含她整个梳妆过程，下面几句实叙她极目凝望，不见归舟，未用任何词藻饰绘。思妇的精心梳妆和倚楼盼望的心情亦并未明白道出，而要读者自去体会领略。

谒金门

冯延巳

【解题】

冯延巳（903～960），又名延嗣，字正中，广陵（今江苏扬州）人。在南唐中主李璟时居高官。他爱好写词，"虽贵且老不废"。他虽受花间派的影响，但词风不像花间派那样浓艳雕琢，而是清丽多采，委婉情深。王国维说他"开北宋一代风气"。有《阳春集》。

相传，冯延巳的这首词一问世，就博得了人们的高度赞赏。马令《南唐书·党与传下》有一段涉及此词的记载："延巳有'风乍起，吹皱一池春水'之句，皆为警策。元宗尝戏延巳曰：'吹皱一池春水，干卿何事？'延巳曰：'未如陛下"小楼吹彻玉笙寒"'。元宗悦。"元宗即南唐中主李璟，他自己就是一位有相当艺术修养、才情横溢的著名词人。在这一段诙谐的对话中，虽然李璟对此词未作正面的评价，但赞叹之情却溢于言表。

【正文】

风乍起，吹绉一池春水。闲引鸳鸯香径里，手挼红杏蕊[1]。

斗鸭阑干独倚，碧玉搔头斜坠[2]。终日望君君不至，举头闻鹊喜[3]。

【注释】

[1] 引：逗引。香径：花香扑鼻的小路。挼（ruó）：揉搓。
[2] 斗鸭阑干：古代贵族之家，临池养鸭，使之相斗为戏。碧玉搔头：即玉搔头，妇女所用玉簪的别名。
[3] 举头闻鹊喜：闻鹊而喜，举头而望。

【鉴赏】

这是一首以闺怨为题材、描写贵族女子春愁难以排遣、切盼亲人归家的抒情小词。

上阕开头以春风吹皱池水之景，暗寓女主人公难以平静的心绪。春风搅动了池水，更搅动了思人的心。使其更为烦恼。接着以"闲引"的情态写她的闲怨，"手挼"的动作写她的烦乱，突出她的孤寂烦乱。下阕"阑干独倚"以至于"搔头斜坠"，无不表明女主人公期待之久与孤苦之深。最后两句使词的意趣突然一变，以女主人公的闻鹊而喜写她由失望到希望的情绪转变，使气氛转为欢快，造成抒情曲折、词意跌宕的艺术效果。

这首小词，由情入景，以景寓情，情景交融，如由春水吹皱之景引入，暗寓人物心绪不宁之情。此外，小词将人物抽象、复杂的心理活动用动作、形态加以形象化，使其生动真切。如"闲引"、"手挼"、"独倚"、"搔头"直至"闻鹊而喜"，确切地描摹出女主人公闲、烦、孤、痴、喜的心理变化，十分具体细腻。

摊破浣溪沙

李 璟

【解题】

　　李璟（916~961），字伯玉，徐州人，南唐烈祖李昪长子，保大元年（943）于金陵嗣位称帝，在位十九年。李璟爱好文学，词在绮艳中有深婉之致。与李煜并称"南唐二主"，代表了五代词的最高成就。

【正文】

　　菡萏香销翠叶残，西风愁起绿波间[1]。还与韶光共憔悴，不堪看[2]。

　　细雨梦回鸡塞远，小楼吹彻玉笙寒[3]。多少泪珠无限恨，倚阑干[4]。

【注释】

[1] 菡萏（hàn dàn）：荷花的别称。
[2] 韶光：美好的时光。
[3] 梦回：梦醒。吹彻：吹完一套曲子。玉笙：笙的美称。
[4] 无限：一作"何限"。

【鉴赏】

　　这首词描绘一个妇女思念远行的丈夫。写景以烘托情绪，乃致"共憔悴",凄凉哀怨之情溢于言表。

　　这首词的前两句写荷花零落、荷叶衰减,西风渐起的秋天景色,渲染了一派残衰败气氛,烘托了女主人公身心交瘁的悲秋之思。所以下面的"还与韶光憔悴,不堪看",才正式写出女主人公的哀思。"憔悴",既有美好的景物憔悴,也有美好人生年华容色的憔悴。承接前两句,"菡萏香销""西风愁起"的叙写,比句正是对一切美好的景物和生命憔悴的哀伤总结。既然有了这种悲感,所以"不堪看"三个字才有了无限深重的悲慨。

　　下阕作者从梦回落笔写思妇哀愁,点明女主人公悲秋的原因是思念征人。词先以入梦远隔千里的思妇与征人联在一起,然后又以梦回把他们拆开。梦中咫尺,梦醒天涯,其中酸楚不言而喻。最后"倚阑干"三字,形象地写出了无言之泪,爱恨交织的孤苦寂间。

　　这首词,景语情语互相生发,情景交融。如"菡萏"缀一"香销"、"翠叶"缀一"残"字,"西风"接以"愁起"等等,无不使景中含情,情景宛然。其次,词中远笔近笔互相交织,运笔曲折多姿。此外,这首词,语言精警,故"细雨"一联,深得王安石的赞誉;而"菡萏"两句,则又被王国维誉为"大有'众芳芜秽,美人迟暮'之感"。

乌夜啼

李 煜

【解题】

李煜(937~978),字重光,号钟隐,初名从嘉。南唐中主李璟第六子,史称南唐后主。降宋后,封违命侯,不久被宋太宗派人毒死。李煜有较深的艺术素养,通晓音乐,善诗文、书画,对词尤其擅长。其词突破了晚唐五代词写艳情的旧套路,多写屈辱生活、亡国之痛,将词的境界向前拓宽了一步。

这首词又题为《相见欢》。亡国前耽于享乐,亡国后溺于悲哀,这就是李后主的一生。宋太祖开宝八年(975),金陵城陷,李煜肉袒出降,被封为"违命侯"。从此,幽居在汴京的一座深院小楼,过着日夕以泪洗面的凄凉寂寞的日子,不久被宋太宗毒杀。

【正文】

无言独上西楼,月如钩。寂寞梧桐深院锁清秋[1]。

剪不断,理还乱,是离愁[2]。别是一般滋味在心头[3]。

【注释】

[1] 深院锁清秋:清秋锁于深院之中。
[2] 离愁:离别故国的愁思。
[3] 别是一般:另有一番。

乌夜啼

【鉴赏】

　　这首词写作者秋夜独处时的愁苦心情，出色地描绘出了一幅凄凉之境，同时也细致入微地揭示了难以言表的愁怀。此词人称"最凄惋"，表现了悲哀的"亡国之音"。

　　词的上阕写登楼所见之秋景，渲染孤寂凄冷的环境气氛。首句写幽居者无言登楼的形象，"无言""独上"形象精炼，一语道出了亡国破家者的心情沉重、郁闷。接下来写抬头所见是"月如钩"，低头所见是"梧桐深院"，环境的凄冷与心境的悲凉完全融合在一起，情景交融。最后"锁清秋"三字结束上阕，把西楼、残月、衰桐等意象连同登楼望月之人全部紧锁在这深院之中，形象地把囚徒的幽居生活、孤寂心态都确切地描绘出来。下阕借写离愁，直抒离国之恨。开头三个短句，主谓倒装，突出亡国之恨的繁多杂乱和难以排遣。此处以暗喻写离愁，喻体并未点明，但它千丝万缕缠绕纠结一团，千头万绪，乱成一堆，难以理清，莫能名状，最后以"别是一般滋味"作结，把生活中尝遍的酸咸苦辣，说得十分含蓄，余味无穷。

　　本词移情于景，以情寓景，景中即寓孤寂哀瑟之情，设喻抒愁非常巧妙，如写离愁用"剪不断，理还乱"来比喻，使愁思非常形象，新奇巧妙。构思奇巧，蕴藉深远。

虞美人

李 煜

【解题】

相传李煜于生日（七月七日）晚，在寓所命故妓作乐，唱《虞美人》词，声闻于外，宋太宗闻之大怒，命秦王赵廷美赐牵机药，将他毒死。所以，这首《虞美人》，可说是后主的绝笔了。

【正文】

春花秋月何时了，往事知多少[1]！小楼昨夜又东风，故国不堪回首月明中[2]。

雕栏玉砌应犹在，只是朱颜改[3]。问君能有几多愁，恰似一江春水向东流。

【注释】

[1] 了：了结。
[2] 回首：回顾，追忆。
[3] 雕栏玉砌：指南唐宫殿的精美建筑。雕栏，雕花的栏干；玉砌，石阶的美称。朱颜改：面容变得憔悴。

【鉴赏】

这首词通过抒写人事变迁的感慨，表达了作者国破家亡后所产生的深沉的哀怨之情。

虞美人

  上阕写作者回首故国。开头两句即发出了度日如年的哀叹，流露出对过去生活的眷恋。词中，以"何时了"责问"春花秋月"，不合逻辑，但"春花秋月"逗引起痛苦回忆，因而责问其"何时了"，又合乎逻辑，作者化常态为变态，正是为了突出回忆的痛苦。接着写由小楼的春风想到不堪回首故国，强烈的故国之思，便在如泣如诉中传达出来。

  下阕直接抒情，写自己的愁思。悲慨之情如冲出峡谷、奔向大海的滔滔江水。词人满腔幽愤，对人生发出："问君能有几多愁？恰似一江春水向东流！"人生，不就意味着无穷无尽的悲愁么？"一江春水向东流"是以水喻愁的名句，显示出愁思如春水的汪洋恣肆，奔放渲泻；又如春水之不舍昼夜，长流不断，无穷无尽。这九个字，确实把感情在升腾流动中的深度和力度表达出来了。九字句，五字仄声，四字平声，平仄交替，最后以两个平声字作结，读来亦如春江波涛时起伏，连绵不尽，真是声情并茂。这最后两句也是以问答出之，加倍突出一个"愁"字，从而又使全词在语气上达到前后呼应，流走自如的地步。

  本词在强烈的对比中，感情起伏跌宕。在这首词中，词人采用隔句相承的手法，反复对比世界之物永恒不变与人事的变化无常，饱含哲理意味。回环反复，一唱三叹。另外，本词把抽象的感情形象化，设喻巧妙，情景融汇，感情强烈。

渔家傲·秋思

范仲淹

【解题】

范仲淹（989～1052），字希文，谥文正。苏州吴县（今江苏省苏州）人。北宋著名文学家、政治家、军事家。真宗大中祥符八年（1015）进士。他为人忠直，直言敢谏。政治上积极主张改革，力图革新。文章和词都有名篇传于世。他将塞外风光、报国之志写入词，开拓了词的新意境，风格豪放，一扫五代的靡丽词风，与穆修、柳开一起，为北宋的诗文革新运动奠定了基础，并对苏轼、辛弃疾有一定影响。著有《范文正公集》。

仁宗康宝二年（1040）八月，范仲淹任陕西经略安抚副使兼知延州（治所在今陕西延安），抗击西夏。庆历元年（1041）四月调知耀州（治所在今陕西耀县）。他的《渔家傲》词即作于这个时期。据宋人魏泰《东轩笔录》说，范仲淹守边时，作《渔家傲》歌数阕，皆以"塞下秋来"为首句，颇述边镇之劳苦，欧阳修尝称为"穷塞主"之词云云。现在只剩下这一首了。

【正文】

　　塞下秋来风景异，衡阳雁去无留意[1]。四面边声连角起，千嶂里，长烟落日孤城闭[2]。

　　浊酒一杯家万里，燕然未勒归无计[3]。羌管悠悠霜满地，人不寐，将军白发征夫泪！

渔家傲·秋思

【注释】

[1] 衡阳：今湖南衡阳市。该地衡山有回雁峰，俗传北雁南飞至此而回。

[2] 嶂（zhàng）：高峻的山峰。长烟：指飘浮缭绕的烟气、暮霭。

[3] 燕然：燕然山，即今蒙古境内杭爱山。《后汉书·窦宪传》载："东汉窦宪大败匈奴，追北单于至燕然山，刻石纪功而还。"勒：即指刻石纪功。

【鉴赏】

此词上阕写景，"塞下秋来风景异"，边塞的秋色用一个字来形容就是"异"：大雁南飞，不肯滞留；边声四起，一片凄凉；重峦迭嶂，残阳斜照，戍孤城紧闭。作者通过视觉、听觉两方面的描写，组成一幅塞下秋来奇异的景色，渲染了边地的苍凉肃杀的气氛，为下片抒情作铺垫。

下阕由景及情，由景异写州情异。戍边战士喝的是"浊酒"，可见其军旅生涯的艰苦，而"家万里"又点出家乡遥远，思乡之情油然而生。然而"燕然未勒"，战士们的使命还未完成，于是纵使思乡，却也难定归期。最后三句写了秋夜里的景象，因思乡睡不着觉的战士们吹着幽怨的羌笛，在霜花满地凉如水的夜里。这种笛声吹得人肝肠寸断。整个军营都被这种凄凉的气氛所包围，无人入眠，就连白发苍苍的将军也被其感染，每一个战士也为之落泪。思乡与忧国之情交织在一起，使词作显得更加悲壮。

读这首词，我们应着重品味作者的忧国之情，以此贯穿全篇，才能了解它那阔大而深邃的艺术境界。

蝶恋花[1]

晏 殊

【解题】

晏殊（991～1055），字同叔，抚州临川（今江西抚州）人。七岁能文，十四岁时以"神童"召试，赐同进士出身。宋仁宗时官至同中书门下平章事（宰相）。范仲淹、韩琦、欧阳修等名臣皆出其门下。死后谥号元献。晏殊词承晚唐、五代遗风，写男女相思、离情别绪为其主要内容。在艺术上有其特色，造语工巧自然，意境清新，情致闲雅。王灼《碧鸡漫志》说："晏元献公长短句，风流蕴藉，一时莫及。而温润秀洁，亦其无比。"有《珠玉词》。

【正文】

槛菊愁烟兰泣露，罗幕轻寒，燕子双飞去[2]。明月不谙离恨苦，斜光到晓穿朱户[3]。

昨夜西风凋碧树，独上高楼，望尽天涯路[4]。欲寄彩笺兼尺素，山长水阔知何处[5]！

【注释】

[1]《蝶恋花》：原名《鹊登枝》。《词谱》卷十二谓"宋晏殊词改今名。"
[2] 槛（jiàn）：栏干。槛菊愁烟：花园里的菊花笼罩在烟雾之中，仿佛含愁。兰泣露：兰草挂满露珠，像是在饮泣。轻寒：微寒。

蝶恋花

[3] 谙（ān）：熟悉，了解。朱户：朱门，指大户人家。
[4] 凋碧树：树木的绿叶枯干凋落。
[5] 彩笺：古人题诗用的彩色笺纸。尺素：古人书写用素绢，通常为一尺，故称尺素，这里代指书信。

【鉴赏】

　　这是一首写相思之情、离恨之苦的闺怨词，抒发闺中妇女秋来思念丈夫的怅恨之情。

　　词的上阕作者紧扣思妇的情绪发展及变化，由夜到晓，寄情于景，愁烟、泣露是拟人的手法，将主观感受移情于客观事物，透露出女主人公的哀愁，同时闺房内外的空荡凄寒和看似无情的朗朗明月更是把女主人公的相思之苦含蓄委婉地表达出来。词的下阕作者又将思妇的情绪在力度上加强，女主人公"独上高楼，望尽天涯路"，更加突出女主人公的怅惘，同时也表达了主人公对情人纯洁专一的眷恋和相思。

　　本词蕴藉深远，上、下阕之间，在境界、风格上是有区别的，上阕取境较狭、风格柔婉；下阕取境开阔，风格近于悲壮。同时上篇柔婉中有含蓄，下篇广远中有蕴藉，全篇总的一个特点就是意象虚涵。其次，本词以景衬情，并以主观移易世界，使槛菊、兰露、明月都富有人的感情，寓情于景，情景交融。

浣溪沙[1]

晏 殊

【解题】

　　晏殊这首《浣溪纱》是其最脍炙人口的作品。唐圭璋《唐宋词》简释:"此词谐不邻俗,婉不嫌弱,明为怀人,而通体不着一怀人之语,但以景衬情。"晏殊此作是为怀念一位永远离他而去的女子而作的。"无可奈何花落去,似曾相识燕归来"属对工丽,寓意深婉,传唱古今。

【正文】

　　一曲新词酒一杯,去年天气旧亭台,夕阳西下几时回[2]?
无可奈何花落去,似曾相识燕归来,小园香径独徘徊[3]。

【注释】

[1]《浣溪沙》:唐玄宗时教坊曲名,后用为词调。
[2] 一曲句:白居易《长安道》:"花枝缺处青楼开,艳歌一曲酒一杯。"
[3] 香径:指落花飘香的园中小路。

【鉴赏】

　　《浣溪沙》是晏殊一首脍炙人口的小令。主要描写了词人填词对酒的悠闲生活以及抒发对暮春残景的叹惋惆怅,表达春光易逝、人生易老、富贵难久的思想。

浣溪沙

　　上阕综合今昔，叠印时空，重在思昔。词人旧地重游，饮酒赋诗。还是去年饮酒歌唱新曲的晚春时节，园中景物也依然如故，而逝去的时光却如夕阳西下，不会再来。下阕则巧借眼前景物，重点抒写今日的感伤。花，随着老去的春光凋谢了；昔日唱曲的人，也如落花随同逝去的时光消失了。只是看到似曾相识的燕子，令人惆怅感更为强烈了。末句"小园香径独徘徊"，及在惋惜、怅惘之余独自沉思，即所谓"用愁"。"无可奈何花落去，似曾相识燕归来"一联向来为人所称道。杨慎《词品》赞曰："二语工丽，天然奇偶。"这首词的出名，和这一联工巧而浑然天成、流利而含蓄的对句很有关系，在用虚字构成工整的对仗、唱叹传神方面表现出词人的巧思深情。花的凋落，春的消逝，时光的流逝，都是不可抗拒的自然规律，虽然惋惜流连也无济于事，所以说花落、燕归一经与"无可奈何"相联系，就带有美好事物的象征的意味。在惋惜与欣慰的交织中，蕴含着某种生活哲理：一切必然要消逝的美好事物都无法阻止其消逝，但在消逝的同时仍然有美好事物的再现，生活不会因消逝而变得一片虚无。只不过这种重视毕竟不等于美好事物的原封不动地重现，它只是"似曾相识"罢了。

　　全词语言珠圆玉润，轻清宛转，毫不见雕琢香艳之词，读起来音调谐婉，流利上口。全词抒情状物，情致缠绵，意味深长，富含人生哲理。

东 溪[1]

梅尧臣

【解题】

梅尧臣（1002～1060），字圣俞，宣城（今安徽宣城）人。历知建德（今安徽东至）、襄城（今河南襄城），又为国子监直讲，官至尚书都官员外郎。梅尧臣工诗，与苏舜钦齐名，时号"苏梅"。他是北宋诗文革新运动的重要人物之一，提出以"平淡"作为诗歌的最高境界，对后世影响深远。欧阳修很敬重他，称他为"诗老"，陆游则认为从梅尧臣才开始了宋诗的道路，刘克庄更称他是宋诗的"开山祖师"。著有《宛陵先生集》。

宋仁宗皇祐五年（1052），梅尧臣因母丧回到家乡安徽宣城，在家乡秀丽清雅的自然风光中，诗人身心感觉无比欢欣，写下不少讴歌山水，表达情趣的诗歌。这首《东溪》作于至和二年（1055），是其居丧期间写的较好的一篇诗文。

【正文】

行到东溪看水时，坐临孤屿发船迟[2]。
野凫眠岸有闲意，老树着花无丑枝[3]。
短短蒲茸齐似剪，平平沙石净于筛[4]。
情虽不厌住不得，薄暮归来车马疲。

东　溪

【注释】

[1] 东溪：一名宛溪，在梅尧臣故乡宣城。
[2] 孤屿：水中大石。
[3] 野凫：野鸭。
[4] 蒲茸：初生的菖蒲。

【鉴赏】

　　本诗旨在描写家乡的美丽风光，抒发作者本人的闲情逸趣。

　　首联点明在东溪看水，起句平缓，中间两联描写东溪风光，意新语工，都是前四字写景，后三字写意，有浓郁的感情色彩。颔联"野凫眠岸有闲意，老树着花无丑枝。"历来为诗坛所称颂，说是"当时名句，众所脍炙"、"名下无虚。"这联出句写岸边野鸭自在而眠，虽然它出自杜甫《漫兴》"沙上凫雏傍母眠"，但加入"有闲意"三字，便让物我得到统一，进入了相对两忘的境界。对句写溪边老树枝条伸展，繁花盛开，意承李白《长歌行》"枯枝无丑叶"、刘禹锡《酬乐天扬州初逢席上见赠》"病树前头万木春"句。诗人不选溪边桃李这些写景诗中常见意象，却别具匠心选择老树这一意象，于细微处现生机，立意不俗，让人耳目一新。

　　本诗语言细腻、景情交融，去除浮华，淡泊自然，描绘缜密。尤其颔联的两句，意新语工，纪昀称其为"为时名句，众所脍炙"、"名下无虚"。

戏答元珍[1]

欧阳修

【解题】

欧阳修（1007～1072），北宋政治家、文学家。字永叔，号醉翁，晚年又号六一居士。庐陵（今江西吉安）人。宋仁宗天圣八年（1030）中进士，历任知制诰、翰林学士、参加政事、刑部尚书、兵部尚书等职。谥文忠。工于散文，一生写了五百余篇散文，诗和词的成就也很高，是北宋文坛的领袖。有《欧阳文忠集》。

本篇起因于宋仁宗景祐三年（1036），当时范仲淹因上书之言事触犯宰相吕夷简，获罪被贬，朝中大臣多数为之求情，而时任左司谏的高若讷却落井下石，力主罢免范仲淹。欧阳修写了《与高司谏书》抨击高若讷，结果被贬为湖北峡州夷陵县令。次年春年，欧阳修便作此诗。

【正文】

春风疑不到天涯，二月山城未见花[2]。
残雪压枝犹有橘，冻雷惊笋欲抽芽[3]。
夜闻归雁生乡思，病入新年感物华[4]。
曾是洛阳花下客，野芳虽晚不须嗟[5]。

戏答元珍

【注释】

[1] 戏：嘲弄，实是自嘲。元珍：丁宝臣字元珍，时为峡州军事判官，有文名，与欧阳修友善。赠诗《花时久雨》与欧阳修，本诗即为欧阳的答诗。
[2] 疑：怀疑。天涯：指偏远的夷陵。
[3] 冻雷：天气尚冷时响的雷，又称寒雷。
[4] 归雁：春来，大雁北回。病入新年：拖着带病的身体进入新的一年，言已久病。感物华：感叹美好的自然风光。
[5] 洛阳：即今河南洛阳市，盛产牡丹，故有花城之称。宋仁宗天圣八年（1030）至景祐元年（1034），欧阳修曾出任西京（洛阳）留守推官，故云。不须嗟：不必为这里的花未开而嗟叹忧伤。

【鉴赏】

　　花开时节，因久雨春寒，导致花难开。"花难开"是贯穿全诗的线索，联系着作者两种截然不同的心情。开始，本诗以自嘲的口吻，借花未开，抒发了脱身朝廷政治涡游后在平静生活中的寂寞与无奈，然而作者并未把自己禁锢在郁闷愁苦的心情中，而是豁达地接受了周围的一切，花未开也不自嗟，流露出作者旷达的胸襟和洒脱的性格，对人生乐观、积极的态度和执著的精神。

　　本诗首联由王之涣的"羌笛何须怨杨柳，春风不度玉门关"化出，写出夷陵二月春未到、花未开的寂寥清冷的景象，同时也写出自己谪居山城的抑郁苦闷的心情。颔联笔锋一转，抓住山城二月最典型，最奇特的景象，写出枝上的"残雪"和惊天动地的"冻雷"，雪已是残雪，说明冬天正在远去；"冻雷"声声，正是春天来临的脚步。春天到来的讯息使人振奋，作者那种抑郁苦闷的心情一扫而光。作者本人对首二句也颇为自得，他说："若无下句，则上句不见佳处，并读之，便觉精神顿出。"后人亦评其为"起得超妙"。颈联写出了春归大雁回和自己久病在身的情形,被贬异乡的诗人在新春来临,万物祥和的时节,不免生起思乡之情。尾联也写得出巧,先说曾经在洛阳春暖花开的时节如何赏花,悠然自得,如今在遥远的荒山小镇,孑然一身的诗人在二月也未见花,这份寂寞与苦闷,与洛阳城中徜徉花海的逍遥与喜悦是个极大的落差,然而诗人并不以此为意,"野芳虽晚不须嗟",花开得迟了,也不必引以为伤感。

  这首诗清新自然,平实畅达。作者由愁苦抑郁的心情转为豁达洒脱,笑面人生,这种思想转变令人佩服,这也正是全诗主旨。首联和尾联是本诗的精妙之处,值得反复玩味。

雨霖铃[1]

柳 永

【解题】

　　柳永（980?～1053?），原名三变，字耆卿，崇安（今福建崇安）人。因排行第七，又称柳七。官至屯田员外郎。他一生在仕途上抑郁不得志，独以词著称于世。其词反映都市生活的繁华，妓女们的悲欢、愿望及男女恋情，自己的愤慨与颓废、离情别绪和羁旅行役的感受，此外也有一些反映劳动者悲苦生活、咏物、咏史、游仙等作品，大大开拓了词的题材内容。他大量制作慢词，使慢词发展成熟。在表现手法上，他以白描见长，长于铺叙，善于点染，语言浅易自然，不避俚俗。有《乐章集》。

　　此词当为词人从汴京南下时与一位恋人的惜别之作。这首词调名《雨霖铃》，盖取唐时旧曲翻制。据《明皇杂录》云，安史之乱时，唐玄宗避地蜀中，于栈道雨中闻铃音，起悼念杨贵妃之思，"采其声为《雨霖铃》曲，以寄恨焉"。在词史上，双调慢词《雨霖铃》最早的作品，当推此首。

【正文】

　　寒蝉凄切，对长亭晚，骤雨初歇[2]。都门帐饮无绪，方留恋处、兰舟催发[3]。执手相看泪眼，竟无语凝噎[4]。念去去千里烟波，暮霭沉沉楚天阔[5]。
　　多情自古伤离别，更那堪冷落清秋节[6]！今宵酒醒何处?杨柳岸晓风残月[7]。此去经年,应是良辰好景虚设[8]。便纵有千种风情,更与何人说?

【注释】

[1]《雨霖铃》:词牌名。唐玄宗时,原属教坊大曲,宋代另制新曲,用作词牌。

[2] 寒蝉:又名寒蜩,蝉之一种。《礼记·月令》:"孟秋之月,寒蝉鸣。"长亭:古时设在驿路上供行人休息的地方,各亭间距离不一。按古制:十里为一长亭,五里为一短亭。长亭又是人们送别的地方。

[3] 都门:京都。此指汴京(今河南开封市)近郊。帐饮:在郊外设帐宴饮,给人送行。无绪:心绪不好。方:正当。或无此字。兰舟:木兰做舟,船的美称。

[4] 凝:凝结。噎(yè):同"咽",哽咽。无语凝噎:气结声阻,即因悲伤而话噎在喉咙里说不出来。

[5] 念:想到。去去:越去越远之意。烟波:烟霭波涛迷茫不分的水面。暮霭:黄昏时的云气。楚天:楚地的天空,这里泛指南方的天空。

[6] 多情:多情之人。清秋节:清秋季节。

[7] 今宵二句:是揣测次日天亮时的旅途情况。

[8] 经年:年复一年。

【鉴赏】

这首词通过描绘词人与京都歌妓难舍难分的情景,表现了词人缠绵悱恻的思绪,隐寓了词人仕途失意的幽愤、知音不遇的悲凉和漂泊不定的感慨。

词的上阕写临别情景。起首三句点明时间、地点、景物,既是离别的背景描写,也是使人黯然神伤的媒介,景中含情。"帐饮无绪",本已悲苦;正留恋时,却又"兰舟催发",情、事的冲撞中益见分离之痛。"执手"两句,通过细节描写,传神地将离别的情感推向高潮。再以"念去去"两句点明作者去向,补足"无绪"、"留恋"、泪眼相看、"无语凝噎"的原因。下阕分三层叙写,"多情"一层,用推进一层的方法言此日分手的伤痛。"今宵"一层,设想酒醒之后的怅惘。"此去"以后是第三层,设想长久分离的孤独。

　　本词的特点首先是词情凄婉,落笔大方。这首词开头"寒蝉凄切"一句便定下凄婉的调子。此后几句"帐饮无绪"、"相看泪眼"、"无语凝噎"更给人以缠绵之感,而且在表现这种情感时,落笔大方。其词是景情叠现,情景相生。本词的上阕先写景、接写情、复写景,以凄清苍凉的秋景烘托伤离苦别。下阕先写情、再写景、复写情,"杨柳岸晓风残月"这一想像中的景色是词人真情的折射,反过来它又增添了真情的浓厚。

登飞来峰

王安石

【解题】

　　王安石（1021～1086），字介甫，号半山，抚州临川（今江西临川）人。他出生于儒学仕宦之家，注重学习儒家经典，胸怀大志。宋仁宗庆历二年（1042）中进士，做过二十多年的地方官吏，颇有政绩。神宗时，两度为相，积极难行新法，但由于保守派的破坏，成就不大，被迫罢相。晚年退居金陵，封荆国公，世称王荆公。王安石在文学史上更有多方面的成就。其散文逻辑严密，辩理深透，峭拔雄健，语言简炼；其诗前期多吟咏时事，宣传政治改革，喜欢议论，散文化倾向严重，后期即退居金陵后的"半山体"，雅丽精绝，富于情韵。其词作不多，但意境开阔，"一洗五代旧习"。有《临川集》。

　　宋仁宗庆历七年（1047），王安石二十七岁任鄞县（今浙江宁波）知县。三年任满回临川老家探亲，路过杭州，登上西湖灵隐寺前的飞来峰高塔，写了这首诗。这时他正值少壮有为之年，在仕途上初露锋芒，充满积极进取的精神。

【正文】

　　飞来山上千寻塔，闻说鸡鸣见日升[1]。
　　不畏浮云遮望眼，只缘身在最高层[2]。

登飞来峰

【注释】

[1] 寻：古代长度单位。八尺（一说七尺）为一寻。
[2] 缘：因为。

【鉴赏】

  这是一首借景说理的好诗。作者就传统题材翻出新意，抒发具有政治内容和人生哲理的深沉感慨：我不怕浮云遮住望远的视线，因为我在最高层面上。这首诗可以看作是进"万言书"的前奏，实行新法的先声。全诗表现了作者的政治理想、抱负和对前途充满信心的精神境界。

  哲理是从具体的情境中自然提炼出来的。首句写飞来峰山上有一座千丈高塔，先说峰是"飞来"，而峰上尚有一座"千寻"之塔，极言峰之奇，塔之高。第二句紧承首句而来：听说在鸡鸣之时，在塔上可见到旭日东升。这里不说"日出照此木，天鸡乃鸣。"而却说日出是因"鸡鸣"而为之。以为诗人自拟鸣鸡也未可知。一、二两句都是铺垫，在此基础上，自然引出了第三、四句的哲理。

  哲理是用形象生动的语言加以表达的。"不畏浮云遮望眼，只缘身在最高层"。借景抒情，"我不怕浮云遮住我的望远视线，因为我站在最高的层面上"，可见诗人是借景抒发远大的抱负，寓抽象义理于具体事物之中。

古诗名篇

泊船瓜洲[1]

王安石

【解题】

北宋熙宁八年（1075）二月，王安石第二次拜相。奉诏入京时，路过瓜洲（今江苏邗江县南，大运河入长江处）泊船时所作。

【正文】

京口瓜洲一水间，钟山只隔数重山[2]。
春风又绿江南岸，明月何时照我还？

【注释】

[1] 瓜洲：又称瓜埠洲。在今江苏邗江县南，大运河入长江处。
[2] 京口：今江苏镇江市。钟山：又名蒋山，即紫金山，在江苏南京市东。

【鉴赏】

　　这是一首著名的写景抒情诗，抒发了诗人渴望大展宏图又急于与家人相见的深切情感。诗歌的前两句是说诗人站在瓜洲渡口，看到京口与瓜洲相隔仅为一水，那么，距离自己的家乡钟山——南京，也就相隔几座山，实在是不远了。第二句的"钟山只隔数重山"，明写诗人归心似箭急于同家人团聚，实际上暗示了诗人做为一个政治家急于施展自己的理想的迫切心情。第三句

泊船瓜洲

"春风又绿江南岸",这一"绿"字,既描绘出了初春大地一派生机盎然的景象,也道出了诗人二次进京的融融春意。尾句"明月何时照我还"?则是借明月以托情:此一进京也许再不会遭贬了吧?如果再遭贬的话,是什么时候呢?

遍阅本诗,《许彦周诗话》赞为"超然迈伦,能追李杜、陶、谢。"诗中形象生动,色彩鲜明;字句千锤百炼。四句二十八个字中最抢眼的便是"绿"字,据说诗人曾用过"到"、"过"、"入"、"满"等字,但均觉得不能直抒胸臆,而最后定为"绿"。真可谓"神来之笔"。

饮湖上初晴后雨

苏　轼

【解题】

苏轼（1037～1101），字子瞻，号东坡居士，眉州眉山（今四川眉山）人。宗仁宗嘉祐二年（1057）进士。熙宁二年（1069）神宗任命王安石为相，正式实行变法，苏轼对此持反对态度，被迫远离朝政，先后任杭州通判，密州、湖州知州。元丰二年（1079），被政敌以谤讪新政的罪名治罪，这就是著名的"乌台诗案"，案后苏轼被贬为黄州团练副使。神宗死后，旧党执政，苏轼被召回京，官至起居舍人、中书舍人、翰林学士，但因苏轼反对司马光等人尽废新法，再度被排挤，先后知杭州、颍州、扬州、定州。哲宗亲政后，新党复起，又先后被贬到惠州、儋州。建中靖国元年（1101），徽宗即位，内迁，病死常州。苏轼在诗、文、词、书、画上都有杰出和成就，他的诗题材广泛，是北宋诗歌创作的高峰。他的词别开豪放一派，对词的发展做出了划时代的贡献。有《东坡全集》、《东坡乐府》。

这首诗作于北宋熙宁六年（1703），当时苏轼任杭州通判，因此有较多的机会游览西湖盛景。湖，这里指杭州西湖。

【正文】

水光潋滟晴方好，山色空濛雨亦奇[1]。
欲把西湖比西子，淡妆浓抹总相宜[2]。

饮湖上初晴后雨

【注释】

[1] 潋滟（liàn yàn）：湖水盈溢波动的样子。空濛：形容景色迷茫，若有若无。

[2] 西子：西施，春秋时越国美人。

【鉴赏】

　　这是苏轼歌咏西湖的名篇。诗从阴晴两种情境来观察、摹写西湖，写尽西湖明朗与朦胧、静风与骤雨的山光水色。

　　诗首二句写西湖的景色，不管是晴日还是雨天都是那么美好。"晴方好"、"雨亦奇"，饱含了诗人对西湖的赞美之情。查慎行《初白庵诗评》曰："多少西湖诗被二语扫尽，何处着一毫脂粉颜色！"后二句忽发奇想，把西湖、西子相比，得出末句的结论。西湖、西子都是那么娇美动人，西子的家乡与西湖的所在同属古越之地，又都占有一个"西"字，叫起来自然天成。于是成为千古定评。武衍《正月二日泛舟湖上》云："除却淡妆浓抹句，更将何语比西湖？"

　　这首诗的概括性很强，它不是拘泥于西湖某一景，某一时，而是对西湖美景的全面评价。因为这首诗的流传，也为西湖的景色增添了光彩，闻名于天下。

惠崇春江晚景

苏 轼

【解题】

　　这是苏轼题在一幅画上的诗。据载，这幅画上是几只鸭子在水中嬉戏。惠崇，北宋僧人。原籍福建，能诗能画，尤擅画水禽，苏轼和黄庭坚对他的画作都很欣赏。

【正文】

　　　　　　　　竹外桃花三两枝，春江水暖鸭先知。
　　　　　　　　蒌蒿满地芦芽短，正是河豚欲上时[1]。

【注释】

　[1] 蒌蒿：初春的一种野菜。芦芽：芦苇的嫩芽，即芦笋，是烹调河豚鱼羹的佐料。

【鉴赏】

　　这是一幅题画诗，描写了春江的美好春色。
　　首句点明此时是早春时节。第二句突出画中主题——鸭子。第三句用"芦芽短"来烘托春意并引发下文。三句中写到的景物如"竹、桃花、春江、蒌蒿、芦芽"，都是写实物、实景，通过这些景物向读者传递了江南的早春信息，这春天正是万物萌发的生机时刻。第四句则融入了诗人的想象，写"虚"："正是河豚欲

惠崇春江晚景

上时"。将要从大海回游江中的海豚是看不到的,还有"水暖"二字,也是画中无法体现的。而诗人却能入其画中,出其画外,把画中没有而情理却一定会有的事物写入诗中,从而创造了一个比画境更圆满、更丰富的艺术境界。"水暖"一词及全诗末句只有具有惊人的艺术敏感和丰富的艺术想象的苏轼所独到,为他人所不及。

　　这首诗描写生动形象,色彩鲜明,让人有身临其境之感。用词浅显明快,即使呀呀学语的儿童也能读懂,所以传唱久远。

水调歌头

苏　轼

【解题】

　　《水调歌头》是历来公认的"中秋词"中的绝唱。这时，苏轼因与王安石政见不合，离开朝廷，来到"寂寞山城"密州，已经整五年了。政治失意，妻子亡故，弟弟（即苏辙，字子由）远走他乡，诗人心中十分苦闷，于是借询天问月排遣愁绪。此词作于丙辰年即熙宁九年（1076），时苏轼在密州。

【正文】

　　　　丙辰中秋，欢饮达旦，大醉，作此篇。兼怀子由。

　　明月几时有？把酒问青天[1]。不知天上宫阙，今夕是何年[2]？我欲乘风归去，又恐琼楼玉宇，高处不胜寒[3]。起舞弄清影，何似在人间[4]！

　　转朱阁，低绮户，照无眠[5]。不应有恨，何事长向别时圆[6]？人有悲欢离合，月有阴晴圆缺，此事古难全[7]。但愿人长久，千里共婵娟[8]。

【注释】

[1] 把：持。李白《把酒问月》："青天有月来几时？我今停杯一问之。"此用其语。

[2] 阙：宫门前两旁的楼观。

水调歌头

[3] 乘风：《列子·黄帝》有"列子乘风而归"的记载。琼楼玉宇：指神仙居住的天上宫阙。不胜（shēng）寒：据《明皇杂录》载：八月十五夜，叶静能邀明皇游月宫，临行，叶叫他穿上皮衣。到月宫，他果然冷得难以支持，叶给他服了两粒仙丹，才能支持。

[4] 弄清影：和自己的影子一起嬉戏。

[5] 转朱阁三句：月光照遍了华美的楼阁，低低地照进雕花门窗中，照着那难以成眠的人。

[6] 不应二句：月对人该没有什么怨恨吧，为什么偏在人们别离时独自圆满而加重人们的相思之情呢？

[7] 人有三句：诗人自解，人有悲欢离合，正像月有阴晴圆缺一样，这是终古无法克服的矛盾。

[8] 婵娟：本指形态美好的样子，这里代指明月。

【鉴赏】

　　这首词是作者以浪漫主义的手法，通过想象、设问抒发了词人的情怀。词通篇咏月，月是词的中心形象，却处处关乎人事。

　　上阕从问月到赏月，由向往月宫到月下起舞，词人借月喻清高，叙述他的身世之感和思想矛盾。下阕从赏月到问月，由月难常圆到人难常好，衬托离别，抒发对兄弟的怀念之情。全词有着极为丰富的内涵。词中以绚丽多彩的笔墨，描绘了神奇美好的月色，可以说这是一首中秋咏月的词章。然而作者又以饱含情感笔调，抒发了对亲人的怀念，并把对亲人的绵绵思念化作美好的祝福，"但愿人长久，千里共婵娟"，表达了词人开朗乐观、豁达豪放的情怀，又可称得上是一首佳节思亲的抒情篇章。

　　全词写景、叙事、议论、抒情融为一体。天上人间虚实并述，自然深远的笔调映衬出词人胸怀的超脱开朗，将抽象的人生哲理形象化、具体化了。

江城子·密州出猎[1]

苏 轼

【解题】

在苏轼以前很少有人以词来描写壮观的射猎场面,更没有人借题发挥到爱国的主题上来。苏轼的这首词是对词思想内容的一大突破和开拓。在风格上慷慨激昂,豪迈风发。宋词豪放派的正式创立当以此词为标志。

【正文】

老夫聊发少年狂,左牵黄,右擎苍[2]。锦帽貂裘,千骑卷平冈[3]。为报倾城随太守,亲射虎,看孙郎[4]。

酒酣胸胆尚开张,鬓微霜,又何妨[5]。持节云中,何日遣冯唐[6]?会挽雕弓如满月,西北望,射天狼[7]。

【注释】

[1]《江城子》:词牌名。密州:今山东诸城县。
[2] 老夫:苏轼自称。这一年苏轼四十岁。聊发:暂且抒发。左牵二句:左手牵着黄狗,右臂架着苍鹰。
[3] 锦帽句:戴着锦帽,穿着貂鼠裘。千骑(jì):谓兵马很多,有席卷山林之势,有暗示自己"知州"身份之意,因为州一级长官略等于古时候诸侯,而"诸侯千乘",则为古代定制。
[4] 为报:为了报答。倾城:万人空巷,倾城而出。此处是形容随观者之

多。太守：本是汉代州郡一级的行政长官，这里是苏轼的自称，因宋代的知州与汉代的太守职务相当。孙郎：指孙权。据《三国志·吴书·孙权传》载：建安二十三年（218）十月，"权将如吴，亲乘马射虎于庱亭。马为虎所伤，权投以双戟，虎却废，常从张世击以戈，获之。"

[5] 胸胆尚开张：胸怀还很开阔，胆气仍很豪壮。

[6] 节：符节，古代使者所持以作凭信。云中：古郡名，治所在今内蒙古托克托东北。典故出自《史记·冯唐传》。汉云中太守魏尚抵御匈奴，有功，却因多报杀敌六人获罪削职。冯唐向汉文帝直言劝谏，认为边将有功理当重赏，这种处罚太重。汉文帝接受了冯唐的意见，便派他持节去赦免魏尚，仍任云中太守。

[7] 会：将要。天狼：星名。古人认为它的出现象征着外来的侵略。

【鉴赏】

这首词通过描写出城狩猎，表达作者要报效国家，关怀国家命运的爱国精神。

上阕叙写出猎的情志和射猎的张狂，便形象而生动地刻画出一个神采飞扬、威风凛凛、满怀壮志的主人公形象。"左牵黄，右擎苍"，左手牵着黄狗，右手举着苍鹰，这句是作者自比孙权。展现出作者豪迈的气概。

下阕抒写猎后的酣畅和报国的壮志。作者以冯唐自比，还要挽弓射天狼，寥寥数语就将主人公满怀壮志、报效国家的激情刻画得淋漓尽致。

全词语言大气磅礴，雄健豪迈，充分显示出豪放派词的风格，同时，本诗善于用典故来刻画人物的思想特征，给读者以联想，使词作内涵丰富而深刻，这是苏词影响古今的一大特色。

念奴娇·赤壁怀古

苏 轼

【解题】

元丰二年（1079），苏轼因反对新法，被构罪下狱，年底被贬到黄州（今湖北黄冈）任团练副使。三年后，他曾两次游览黄州城外的赤壁（也叫赤鼻矶），写下了这首词及前、后《赤壁赋》。其实苏轼所游的赤壁并非三国时周瑜破曹时的赤壁，该赤壁当在今湖北嘉鱼县东北，苏轼只不过是借题发挥而已。

【正文】

大江东去，浪淘尽，千古风流人物[1]。故垒西边，人道是、三国周郎赤壁[2]。乱石崩云，惊涛裂岸，卷起千堆雪[3]。江山如画，一时多少豪杰！

遥想公瑾当年，小乔初嫁了，雄姿英发[4]。羽扇纶巾，谈笑间、强虏灰飞烟灭[5]。故国神游，多情应笑我，早生华发[6]。人间如梦，一尊还酹江月[7]。

【注释】

[1] 大江：长江。风流人物：杰出的人物。

[2] 故垒：旧时的营垒。人道是：人们传说是。周郎：周瑜。他在任"建威中郎将"的时候年仅二十四岁，时人皆称之为"周郎"。

[3] 崩云：如云之崩裂。一作"穿空"。裂岸：击裂江岸。一作"拍岸"。

念奴娇·赤壁怀古

雪：浪花。
[4] 小乔：乔本作桥。东吴桥玄有二女，皆有国色，时人称为二乔。大乔嫁给孙策，小乔嫁给周瑜。英发：英气勃发。这是孙权评价周瑜时所用之语。
[5] 羽扇纶（guān）巾：手挥长羽毛扇，头戴丝带制的便巾。这是古代儒将的装束。强虏：强敌。灰飞烟灭：指在火战中全部丧生，因周瑜破曹用的是火攻。"强虏"一作"樯橹"，指曹操的船队。
[6] 故国神游：即神游故国，指神魂往游故地（即赤壁）。华发：白发。
[7] 人间：一作"人生"。尊：同樽，酒器。酹（lèi）：把酒浇在地上的祭奠。

【鉴赏】

　　这首词以怀古为题，抒发了作者热爱祖国山河，美慕古代英雄豪杰，企望建功立业的思想感情。

　　上阕重在写景：从奔腾不息的长江想到古往今来的英雄人物，尔后再由人及地，点出眼前的古战场赤壁。接着写悬崖峭壁，写冲天怒潮，为英雄人物周瑜的出场作出了铺垫。下阕由"遥想"领起，集中塑造了青年将领周瑜的英雄形象。"故国"句以下由古及今，从人到己道出了心中的愤愤之情，最终迸出无可奈何的感叹。

　　本词的创作特色是：一、情调豪壮，一抒胸臆。作者当时政治失意，却和一般失意文人作品的低沉哀婉迥然不同，是苏轼豪放词的代表作。二、运用烘托和映衬手法。另外，全词笔力雄健，气势磅礴，意境开阔，作者的豪迈之情表现得淋漓尽致，充分显示了豪放派的词风。

清平乐

黄庭坚

【解题】

黄庭坚（1045～1105），字鲁直，号山谷道人，晚号涪（fú）翁，江西分宁（今江西省修水）人。他是一位多才多艺的诗词家和书画家。他曾任过地方上的县官、学官、秘书省校书郎、国史编修，后被谪为涪州（今四川县涪陵）别驾。死于宜州（今广西宜山）。黄庭坚被后人奉为颇有影响的"江西诗派"的"三宗"之首。有《豫章集》、《山谷词》。

黄庭坚在诗歌理论上主张创新，但其创新手法多侧重"以俗为雅、以故为新"，"点铁成金"，"脱胎换骨"等形式技巧及对前人创作的继承。于是有些作品难免艰涩拗折、佶屈聱牙。这首《清平乐》却无此类弊病。

【正文】

春归何处？寂寞无行路。若有人知春去处，唤取归来同住[1]。

春无踪迹谁知？除非问取黄鹂。百啭无人能解，因风飞过蔷薇[2]。

【注释】

[1] 唤取：唤来。

[2] 因：凭借。因风：顺着风势。飞：一作"吹"。

【鉴赏】

　　这是一首惜春之作，作者以细腻清新的笔触表现了对美的事物热切而执著的追求，抒发了作者惜春、恋春的怅惘心情。全词构思立意新奇，用曲笔渲染，跌宕起伏，感情一层深似一层。词人从惜春写到寻春，从希望写到失望，从不断追寻到濒于绝望，最后终于怀着无可告慰的心情，为美好事物的消逝陷入沉思。词的整个意境充满了静穆柔和的美感，它无言地告示人们：要珍惜春天，春天是美丽可爱的。

　　填词忌板起面孔做文章，前人提倡须用俗语、痴语、无理语，才可达"无理而妙"的美学境界。此词可作代表。其题旨为"惜春"，春归之际，词人深感韶光流逝，寂寞难耐，于是忽发奇想，要去追寻春天的踪迹。可是春天是抽象的，"春无踪迹谁知？"黄莺在春天飞鸣，也许它会知道。他问了黄莺，黄莺百啭千鸣，他却听不懂，唉！他只好望着蔷薇叹息。语语无理，却语语微妙，设想新奇，故前人云："此俗耳针砭，诗肠鼓吹，汝知之乎？"构思巧妙，从虚处入手，曲尽其意而不牵强；明知故问（问春）、问非所问（问黄鹂）的设问，看似痴气十足，却十分高明地达情致意。

鹊桥仙[1]

秦观

【解题】

秦观（1049～1100），字少游，又字太虚，扬州高邮（今江苏高邮）人。三十六岁中进士，任蔡州教授、太学博士、国史院编修等职。在新旧党争中，因和苏轼关系密切而屡受新党打击，先后被贬到处州、郴州、横州、雷州等边远地区，最后客死异地。秦观是"苏门四学士"之一，以词闻名，最为苏轼赏识。其词风格婉约纤细、柔媚清丽，情调低沉感伤，愁思哀怨。向来被认为是婉约派的代表作家之一。对后来的词家有显著的影响。有《淮海集》、《淮海居士长短句》。

"七夕"这天夜晚（阴历七月初七）是分居银河两侧的牛郎织女，一年一度鹊桥相会的日子。旧时风俗，少女们要于此夜陈设瓜果，朝天礼拜，向织女"乞巧"。秦观这首《鹊桥仙》摒弃前人一贯写牛郎织女分隔之苦的套路，而是另辟蹊径，歌颂牛郎织女真挚的爱情。

【正文】

纤云弄巧，飞星传恨，银汉迢迢暗度[2]。金风玉露一相逢，便胜却人间无数[3]。

柔情似水，佳期如梦，忍顾鹊桥归路[4]。两情若是久长时，又岂在朝朝暮暮。

鹊桥仙

【注释】

[1]《鹊桥仙》：词牌名。
[2] 纤云弄巧：片片微云编排出各种巧妙的花样。飞星：流星。飞星传恨：流星在不断地传送着牛、女星平时不得相会的怨恨。银汉：银河，亦即天河。
[3] 金风：秋风。玉露：白露。金风玉露：指七夕时节。
[4] 忍顾：怎忍回看。

【鉴赏】

　　《鹊桥仙》借牛郎织女鹊桥相会的传说，提出了令人耳目一新的爱情观：两情长久与否，不在长相厮守，而在心灵的相通，歌颂了这对情侣之间纯洁而高贵的爱情。

　　词上阕写七夕所见所思。从"银汉迢迢"联系到天长地久，写得活泼灵动，情意深切。下阕想象牛郎织女七夕相会，难舍难分。上、下阕的最后二句："金风玉露一相逢，便胜却人间无数"，"两情若是久长时，又岂在朝朝暮暮"，是形容爱情坚贞的警句。全词句句写天上的牛郎织女，又句句在写人间、写诗人的情怀，抒发对忠贞爱情的歌颂，既有神话色彩，又有人间的烟火气息，幻化出一种奇妙虚幻而又摇曳多姿的艺术境界。

　　前人题咏牛郎织女故事的作品众多，而本词推陈出新，新颖独到。同时富于诗情画意，"纤云"、"飞星"、"银汉"、"金风"、"玉露"等美丽自然景象，不断出现在读者眼前，让人向往。可谓是秦观之词"其淡事皆有味，浅语皆有致"的绝好写照。

苏 幕 遮[1]

周邦彦

【解题】

周邦彦（1056～1121），字美成，号清真居士，浙江钱塘人。因献《汴都赋》得官，但官职一直不高。宋神宗元丰初年，在大晟（shèng）府（音乐机关）为宋王朝制礼作乐，并以直龙图阁的身份做过几任知州。他精通音律，能自度曲，所作词格律法度极为精审，为后世词人的规范，开南宋姜夔、张炎一派，影响巨大。后世有"词家之冠"、"词中老杜"之称。有《片玉集》。

宋代文人写词，就语言艺术方面说，有雕刻与自然两种不同的路径。周邦彦就是以雕刻取胜的。这首《苏幕遮》，倒是"清水出芙蓉，天然去雕饰"的，它能洗尽脂粉，为凌波微步的仙子，作了出色的传神。在周词中，可算是少数的例外。

【正文】

燎沉香，消溽暑[2]。鸟雀呼晴，侵晓窥檐语[3]。叶上初阳干宿雨，水面清圆，一一风荷举[4]。

故乡遥，何日去？家住吴门，久作长安旅[5]。五月渔郎相忆否？小楫轻舟，梦入芙蓉浦。

【注释】

[1]《苏幕遮》：词牌名。遮：一般习惯读 zhā。

苏幕遮

[2] 沉香：一种香气很浓的香料。溽（rù）暑：潮湿的夏天天气。
[3] 呼晴：在天放晴前呼叫，仿佛在呼引晴日。侵晓：拂晓。窥檐：在檐边窥探着。窥檐语：形容鸟雀探头探脑地彼此唱和。
[4] 宿雨：昨夜的雨。风荷：风中之荷。
[5] 吴门：即今苏州。作者家在浙江钱塘，这里以吴门泛指家乡。长安：借指北宋汴京。

【鉴赏】

　　本词以写雨后风荷为中心，由此而引入故乡归梦。作者家住吴门，久客京师，面对象征江南陂塘风色的荷花，很自然地会勾起思乡之情，诗中融景入情，不着痕迹。

　　上阕写雨后初阳映照下的风荷神态，词人客居他乡，夏日清晨，雨后雀噪初晴。"鸟雀呼晴"，一个"呼"字极为传神。"叶上"三句清新而又美丽，一个"举"字尽现出风过处水上荷花一一飘举的绰约神态，王国维称之为"此真能得荷之神理者"。下阕写小楫轻舟梦归故乡，追忆江南故乡、故人。又不知自己何日方能回去，只好在梦中乘小舟重游旧地了，正是直抒胸臆，词语新活，不加雕饰的笔法。

　　本词作者善于选择典型景物，构成画面，动静结合，声色俱备，风格清新自然。构思巧妙，描写精工。语言清新淡雅，读来如闻到荷花清香。

西河·金陵怀古[1]

周邦彦

【解题】

　　根据词人着眼于六朝兴亡来看，本词写作时期，应该是和北宋王朝末年危机四伏，特别是和他晚年的一次流亡有关。宣和二年（1120），适值方腊在浙江举事，周邦彦仓猝间从杭州历经扬州、天长、间关，始达南京（今河南商丘），切身体会到当时战事对宋王朝的巨大冲击，这就不由在词中迸发出"故国"和"孤城"的"兴亡"之情，特别是晚年饱经忧患之感。

【正文】

　　佳丽地，南朝盛事谁记[2]？山围故国绕清江，髻鬟对起[3]。怒涛寂寞打孤城，风樯遥度天际[4]。

　　断崖树，犹倒倚，莫愁艇子曾系[5]。空余旧迹郁苍苍，雾沉半垒[6]。夜深月过女墙来，伤心东望淮水[7]。

　　酒旗戏鼓甚处市？想依稀，王谢邻里[8]。燕子不知何世，入寻常巷陌人家，相对如说兴亡，斜阳里[9]。

【注释】

[1] 金陵：今江苏南京市。
[2] 佳丽地：美好的地方，指金陵。盛事：指繁华。
[3] 故国：故都，指金陵。清江：指长江。髻鬟：古代妇女的发髻。

西河·金陵怀古

[4] 怒涛：指潮水。孤城：指金陵城。风樯：指帆船。度：过。
[5] 断崖：陡峭的山崖。倒倚：形容断崖上的树像倒立地横斜生长。莫愁艇子：莫愁是南朝一个女子的名字，古乐府《莫愁乐》："莫愁在何处？莫愁石城（古代金陵西有石城，临江）西。艇子打两桨，催送莫愁来。"今南京市水西门外有莫愁湖。
[6] 旧迹：遗迹。郁苍苍：形容树木茂盛，一片青葱。垒：营垒。
[7] 淮水：指秦淮河，源出江苏溧水县北，横贯南京城，入长江。
[8] 戏鼓：指游艺场所的乐器。依稀：仿佛。王谢：东晋的两个大家族，他们都住金陵乌衣巷一带。
[9] 寻常：平常。陌：街道。

【鉴赏】

　　这首词描写金陵盛景，抒发作者的历史兴亡之感，隐隐流露出对大宋末世的哀伤。

　　上阕强调金陵地势险固，词一开头，"佳丽地"三个字，一下把金陵推上了历史所赋予的令人艳美的地位。但是接下来第二问便由高峰坠入了深谷，对历史兴亡的无限苍凉之感，寄寓在激扬跌宕的六个字中。"山围故国"句化用刘禹锡《金陵五题·石头城》"山围故国周遭在"诗意，但却把山更形象化了。"怒涛寂寞"句用刘禹锡《石头城》"潮打空城寂寞回"。词用"怒涛"显示出潮水的汹涌，与孤城对照，更给人以动感。

　　中阕描绘金陵的旧迹。"断崖树"、"莫愁艇子"和雾气中的半截营垒，全是荒凉景色。"夜深月过"句写夜色深沉，月亮越过城头上的短墙，照耀在昔日繁华的秦淮河上。此情此景，词人禁不住呼出感人肺腑的"伤心"二句。中阕的感慨苍凉之情，远超过上段。

　　下阕则写眼前景物。"酒旗戏鼓甚处市？"从前面冷寂凄清的气氛，突然转入一片喧声笑语，但从诗人的感情来说，仍是苍凉感慨、冷寂凄清的。因为后面也完全用刘禹锡《金陵五题·乌衣巷》诗意说：燕子不知道人世变化，它们飞向普通街巷人家，在夕阳的余晖里呢喃不已，好像也在诉说这个古城的盛衰兴亡！以如此荒凉冷寂的背景，来衬托酒楼戏馆的繁华热闹、笑语声喧，以静衬动，愈觉其静，荒凉冷寂更为凸显。

　　词中隐括了刘禹锡《金陵五题》中《石头城》、《乌衣巷》两首诗，却"浑然天成"，"如自己出"。本词意境奇伟，格调高古，用词含蓄深沉，优美与壮美相结合，确是怀古之作中独具匠心的佳作。

醉花阴

李清照

【解题】

李清照（1084～1151?），号易安居士，济南（今山东济南）人。其父李格非是著名学者。她的丈夫赵明诚是宰相之子，历任莱、淄等州太守，是位金石家。二人伉俪情深，生活十分美满。金兵入侵，二人随难民南渡。丈夫病逝，晚年生活孤寂愁苦，思想上发生了很大变化。李清照是我国最著名的女词人。工于造语，善于创意出奇，擅长用白描手法塑造出鲜明动人的形象，创立了雅而不涩、易而不俗、生活气息浓郁的"易安体"，有《漱玉词》。

《醉花阴》是一首闺情诗，据伊世珍的《嫏嬛记》载：李清照写完此词，寄与丈夫赵明诚。明诚看后，叹赏不已，想超过它，于是闭门谢客，废寝忘食三天三夜，共写了五十首词，与清照写的那首混在一起，送给朋友陆德夫看。德夫玩味再三，最后说："'只有莫道不消魂'三句绝佳。"说的正是李清照的这首。

【正文】

薄雾浓云愁永昼，瑞脑销金兽[1]。佳节又重阳，玉枕纱厨，半夜凉初透[2]。

东篱把酒黄昏后，有暗香盈袖[3]。莫道不消魂，帘卷西风，人比黄花瘦[4]。

【注释】

[1] 永昼：漫长的白天。瑞脑：香料，又称龙脑。金兽：兽形的铜香炉。
[2] 玉枕：白色磁枕。
[3] 东篱：菊圃的代称。借陶渊明诗而用。
[4] 消魂：感叹极深，似乎魂魄要离开自己的躯体一样。黄花：指菊花。

【鉴赏】

　　本词是北宋著名的重阳节词，通过对闺中环境的描写：白昼，香烟缭绕，喻愁思；半夜，玉枕寒凉，示独处；借黄昏把酒赏菊，刻画一个日夜思念丈夫，愁情满怀的少妇形象，表达了无比深笃的思念之情。词以重阳为背景，喻佳节思亲之意。

　　这首词的上阕描写了词人从早到晚心事重重的愁态。天气阴沉沉的，让人烦愁难挨，词人孤独地、百无聊赖地看着香炉内龙脑香的袅袅青烟。睡到半夜，凉意透过纱帐，使人辗转难眠。"佳节又重阳"，重阳节本是团圆之日，但现在丈夫却不在身边，这就备感相思之苦。一个"又"字，突出了词人的感伤至极。下阕写重阳节这天黄昏词人饮酒赏菊，只影对孤杯，无心赏菊，更添愁思。"莫道不消魂，帘卷西风，人比黄花瘦。"是全篇最精彩之笔，直抒离别的极度悲苦，接着袭来的一阵秋风，使词人更加觉得自己形单影只。词人在重阳佳节独自品味着这人生离别相思之苦。说"人比黄花瘦"，可谓新鲜奇妙而又贴切自然。

　　本词结构上，前面都是铺叙，而最后高潮迭起，最大的特点就是"物皆著我之色彩"，从天气到瑞脑金兽、玉枕纱厨、帘外菊花，词人用她愁苦的心情来看这一切，无不涂上一层愁苦的感情色彩。

声 声 慢

李清照

【解题】

这首《声声慢》是李清照后期的杰作,在作法上有一定的创造性。原来的《声声慢》的曲调,韵脚押平声字,调子也比较徐缓。而这首词却改押入声韵,并屡用叠字和双声字,这就变舒缓为急促,变哀惋为凄厉。此词以豪放纵恣之笔写激动悲怆之怀,既不委婉,也不隐约,不能列入婉约体。

【正文】

寻寻觅觅,冷冷清清,凄凄惨惨戚戚。乍暖还寒时候,最难将息[1]。三杯两盏淡酒,怎敌他晚来风急?雁过也,正伤心,却是旧时相识[2]。

满地黄花堆积,憔悴损,如今有谁堪摘[3]?守着窗儿,独自怎生得黑[4]!梧桐更兼细雨,到黄昏、点点滴滴。这次第,怎一个愁字了得[5]?

【注释】

[1] 乍暖还寒:指深秋天气变化无常。还(xuán):立即。将息:休养、保养。

[2] 雁过三句:是说正伤心时,有雁儿飞过,这些雁儿正是从前见过的,益发触动悲伤之情。

[3] 憔悴损：指枯萎得不成样子。
[4] 怎生：怎样。得黑：捱到天黑。
[5] 次第：光景、情况。了得：包含得了。

【鉴赏】

  这首词通过对残秋景色的描写，表现作者晚年国破家亡、饱经离乱的愁苦生活和凄惨心情。
  上阕起首三句连用七组叠字，将作者由于遭遇国难、家难而造成的凄惨孤寂，内心伤痛尽现于纸上。步步深入，给全词定下了低沉凄楚的基调，让人看了为之叫绝。"乍暖还寒"二句写天气不好，尤感难于调养。"三杯两盏"三句承前写以酒御寒，而酒却敌不过；借酒消愁，酒又不能破愁。忽然雁字横斜，从北飞来，让作者顿起身世之感，唤起了她对于北方故土的相思。下阕"满地黄花"三句，言菊花虽盛，但自已已经憔悴，心绪不佳，所以不能采摘了，用一问句，含蕴深远，绝非平铺直叙所能表达。"守着窗儿"二句，言愁之难于排遣，不料黄昏又起细雨，雨打梧桐，声音凄切，更使人触景生情，凄怆愈浓。
  此词顿挫凄绝，自然而巧妙地概括平凡的日常生活，由此表达作者深切的情感和复杂的心理状态，亲切感人。不但深切地表现了作者内心的痛苦，也让人看到那个愁云惨雾笼罩下的社会生活的图画。本词融抒情写景于一体，上下两阕，一气呵成。用铺叙手法，将作者内心的愁绪和细微的感受层层展开，自然贴切。其次双声、叠词的大胆运用，淋漓尽致，一字一泪，新奇而贴切，历来为词家所称赞。

满江红

岳 飞

【解题】

岳飞（1103～1142），字鹏举，相州汤阴（今河南汤阴）人。南宋初抗金名将。少年从军，屡破金兵，以恢复中原为己任。历任荆湖东路安抚都总、河南、北诸路招讨使、枢密副使等职。绍兴十一年（1142），大败金兵，进军至朱仙镇，但宋高宗赵构采用秦桧奸计，以一天十二道金牌将他召回，诬陷杀害。其作品保存下来的不多，但都充满爱国激情，历来为人们所珍视。有《岳武穆集》。

这首《满江红》大约写于宋高宗绍兴二年（1132）前后。"精忠报国"、"还我河山"，《满江红》即是这八字的艺术性体现。爱国精神、英雄气概，构成了一支激越慷慨，所向无敌的战歌。

【正文】

怒发冲冠，凭栏处、潇潇雨歇[1]。抬望眼，仰天长啸，壮怀激烈[2]。三十功名尘与土，八千里路云和月[3]。莫等闲、白了少年头，空悲切[4]。

靖康耻，犹未雪，臣子恨，何时灭[5]！驾长车踏破贺兰山缺[6]。壮志饥餐胡虏肉，笑谈渴饮匈奴血[7]。待从头、收拾旧山河，朝天阙[8]。

【注释】

[1] 怒发冲冠：形容大怒时头发竖起，将帽子往上顶。凭：倚靠。潇潇：急骤的雨声。

[2] 抬望眼：抬头远望。长啸：撮口激气发出清而长的声音。

[3] 尘与土：形容微不足道，是自谦之词。八千里路：指道路遥远。云和月：意谓披星戴月，转战南北。

[4] 等闲：随便，轻易。悲切：悲痛。

[5] 靖康耻：指北宋灭亡的耻辱。靖康是宋钦宗的年号。

[6] 长车：指战车。贺兰山：在今宁夏和内蒙古交界处。这里泛指宋、金边境的界山。缺：指山口。这两句意谓要驾着战车长驱北上，踏过边界关山，收复失地。

[7] 胡虏、匈奴：泛指敌人。

[8] 收拾：整顿，整理。天阙：宫殿前的楼观。朝天阙：指朝见皇帝。

【鉴赏】

　　这是一首脍炙人口、充满战斗豪情的壮词，是一首忠义慷慨、气贯日月的千古绝唱。

　　词的上阕叙写词人珍惜年华、渴望建功立业的抱负。起句四个字，即用太史公写蔺相如"怒发上冲冠"的奇语，表明这是不共戴天的深仇大恨。作者站在高楼上，不禁满怀热血、激荡沸腾，于是仰天长啸，以抒英雄满腹豪情壮志。"三十功名尘与土，八千里路云和月"十四字，是作者回忆往昔岁月，自己驰骋沙场的历程，气势磅礴。功名已委于尘土，三十已过，"莫等闲、白了少年头，空悲切"之痛语，说与天下人体会。沉痛之笔，字字掷地有声！

　　下阕抒发痛恨敌人、报仇雪耻的爱国激情，表达恢复失地、统一国家的信念。靖康之耻，指徽宗和钦宗被掳，犹不得还，故

满江红

下联接言臣子抱恨无穷，誓欲"饥餐胡虏肉"、"渴饮匈奴血"，驾长车踏破"贺兰"，黄龙直捣，对战胜强敌充满自信。"待从头，收拾旧山河，朝天阙！"抒发了报仇雪耻，还我河山的爱国壮志，一腔忠诚，碧血丹心，肺腑倾出。即以文学家眼光论之，收拾全篇，神完气足，无毫发遗憾，诵之令人精神大振。

　　这首词笔力雄浑、情致深切，陈廷焯《雨斋词话》曰："何等气概，何等志向，千载下读之，凛凛有生气焉。'莫等闲'二语，当为千古箴铭。"

书　愤

陆　游

【解题】

　　陆游（1125～1210），字务观，号放翁，山阴（今浙江省绍兴）人，南宋著名爱国诗人。绍兴二十三年（1153）赴临安应进士试，因名列秦桧孙子秦埙之前，又因"喜论恢复"，受到秦桧的忌恨，复试时竟被除名。宋孝宗即位之初，他被召见，赐进士出身。历任镇江、夔州通判，并参王炎、范成大幕府，提举福建及江南西路常平茶盐公事，权知严州。光宗时，任朝议大夫、礼部郎中。后被劾去职，归老山阴故乡。陆游一生所写诗近万首，还有词一百三十首和大量的散文。其中，诗的成就最为显著。前期多为爱国诗，诗风宏丽，豪迈奔放；后期多为田园诗，风格清丽，平淡自然，有"小太白"之称。

　　这首诗作于淳熙十三年（1186）春。此时的陆游已是六十二岁的老人，退隐家中。从淳熙七年起，已被罢官六年，在故乡蛰居。直到作此诗时，才以朝奉大夫、权知严州军州事而被再次起用。因此，诗中饱含追怀往事和重新施展报国之志的双重情感。

【正文】

　　　　早岁那知世事艰，中原北望气如山[1]。
　　　　楼船夜雪瓜洲渡，铁马秋风大散关[2]。
　　　　塞上长城空自许，镜中衰鬓已先斑[3]。

书　愤

出师一表真名世，千载谁堪伯仲间[4]？

【注释】

[1] 早岁：早年。世事艰：指坚决抗金、收复失地的主张，受到投降派的阻挠、破坏，困难重重。气如山：收复失地的战斗意志像大山一样坚定。

[2] 楼船：高大的战船。瓜洲：即瓜洲镇，在今江苏邗江县南长江滨，与镇江斜相对峙，是江防要地。铁马：披着铁甲的战马。大散关：在今陕西宝鸡市西南，是当时南宋与金在西北的交界处。

[3] 塞上长城：作者自比为可以捍卫国家、防御敌人的边塞上的长城。许：期待。

[4] 出师一表：指诸葛亮的《出师表》。堪：可以。伯仲间：不相上下。

【鉴赏】

《书愤》是诗人一生经历的艺术概括，表现了陆游对政治腐败现实黑暗的强烈不满，满含复国无望，却还要尽忠报国的满腔激情。

首联起句从千回百折中得出人生领悟。"世事艰"三字有诗人半生的失望、坎坷，也包含着一切爱国志士的不幸遭遇。"早岁那知"是对于造成志士失落的现实的批判，也是一种愤怒的自叹。"气如山"三字描写出诗人当年的激奋心情。颔联写作者在绍兴三十一年（1161）在瓜州渡口与主战派人物韩元吉踏雪登高，"望风樯战舰"，以及乾道八年（1172）陆游在大散关与金兵激战的军旅生涯，是"气如山"的生动描写，也是对北伐失败后悲愤之情的迸发。颈联"塞上长城"写足"气如山"的主要意思。"空自许"，"空"字造成这一句的句中转折，也是全诗的转折。"镜中衰鬓"是壮志成尘，年岁易老的感慨与悲愤。"书愤"旨意至此已经完成了。尾联以回溯几百年前诸葛亮北伐中原时上

古诗名篇

呈《出师表》来自喻能够像诸葛亮一样恢复中原,而且还要与他试比高低,颇有老骥伏枥的雄心壮志。

本诗是陆游律诗中的名篇。全诗感情沉郁,气韵浑厚。中间两联对仗工整。特别是"楼船"、"铁马"两句,雄放豪迈,为人们广泛传诵。

十一月四日风雨大作

陆 游

【解题】

这首诗作于南宋绍熙三年（1192）。诗人时年六十八岁。两年前，陆游以"嘲弄风月"的罪名被弹劾罢官而隐居在家。当时诗人境遇不佳，罢官时两袖清风，归后俸禄也时有中断，所以只能"僵卧"。原诗共两首，这是其中的第二首。

【正文】

僵卧孤村不自哀，尚思为国戍轮台[1]；
夜阑卧听风吹雨，铁马冰河入梦来[2]。

【注释】

[1] 不自哀：不为自己生活困苦、年岁老大而哀伤。轮台：在今新疆轮台县。这里泛指边疆。
[2] 夜阑：夜深。冰河：北方冰封的河流。

【鉴赏】

这首诗采用虚实结合的写作手法，通过抒写诗人以贫病之身，尚有老骥伏枥而志在千里的拳拳之心，表达诗人不忘恢复中原，渴求马革裹尸的豪情，同时又反衬出现实的严峻和可悲。

前两句道出诗人退居家中，怀才不遇的境地，本应该"自哀"，可诗人想到的不是个人的悲伤，而是还在想着为国家去"戍轮台"，希望参加保卫祖国的战斗。诗人在自己的悲伤中，仍想到收复祖国失地，这种报效祖国的崇高思想境界，令人钦佩。后两句写夜深了，诗人还不能入睡，迷蒙中，听到了屋外的风吹雨打的声音，还以为是千军万马践踏冰河的马蹄声。这种日有所思，夜有所梦的写法，放在陆游身上既符合生活逻辑，也深刻地反映出诗人杀敌报国的急切心情。诗人用梦的形式，将"戍轮台"之志具体化了，是"尚思"的延续，是"烈士暮年，壮心不已"的情怀。

全诗感情豪迈悲壮，有诗人豪壮奔放的爱国热情，也饱含壮志难酬的痛切愁思，具有强烈的感染力。

示　儿

陆　游

【解题】

　　这首诗作于南宋宁宗嘉定三年（1210）春，是陆游的绝笔诗，也是写给儿子的遗嘱。

【正文】

　　　　死去元知万事空，但悲不见九州同[1]。
　　　　王师北定中原日，家祭无忘告乃翁[2]。

【注释】

[1] 元知：本来就知道。九州同：指全国统一。
[2] 乃翁：你们的父亲，陆游自称。

【鉴赏】

　　这首诗是陆游临终时写给儿子的遗嘱，表达了诗人至死念念不忘北定中原、统一祖国的爱国激情。

　　首句"死去元知万事空"写诗人明知自己不久于人世，对世事看的淡薄。"万事空"，是说人死后万事万物都可无牵无挂了。但接着第二句意思一转："但悲不见九州同"，惟独一件事却放不下，那就是沦丧的国土尚未收复，没有亲眼看见祖国的统一。这种遗恨从生前留到死后。在生命弥留之际，心情更为沉痛。诗的第三句"王师北定中原日",表明诗人虽然沉痛,但并未绝望。他坚信总有一天宋朝的军队必定能平定中原,光复失地。有了这一句,诗的情调便由悲痛转化为激昂。结句"家祭无忘告乃翁",情绪又一转,无奈自己活着的时候已看不到祖国统一的那一天,只好把希望寄托于后代子孙。于是深情地嘱咐儿子,在家祭时千万别忘记把"北定中原"的喜讯告诉他。

　　全诗感情真挚,语言朴实,是一首浸满血泪和悲壮情绪的千古绝唱。

州 桥

范成大

【解题】

范成大 (1126～1193)，字致能，号石湖居士，吴县 (今江苏苏州) 人。宋高宗绍兴二十四年 (1154) 中进士。历任中书舍人、四川制置使、参知政事等职。他在任地方官期间，颇有利于人民的政绩。淳熙九年 (1182)，解职退休，隐居故乡苏州石湖。范成大写诗初从江西诗派入手，后广泛学习唐、宋名家，终于自成一家。最能体现其诗歌特色的，是晚年所写的《四时田园杂兴》六十首。他的田园诗平易通俗，自然生动，清新轻巧，富有民歌风味。有《石湖诗》、《石湖词》。

宋孝宗乾道六年（1170），范成大出使金国，经过汴京时，写了《州桥》、《福胜阁》、《宣德楼》等诗。州桥，天汉桥的俗称，在汴京宫城南，建于汴河上。诗题下作者自注："南望朱雀门，北望宣德楼，皆旧御路也。"诗人借寻访旧地景观来抒发渴望北伐中原的心声。

【正文】

州桥南北是天街，父老年年等驾回[1]；
忍泪失声询使者："几时真有六军来[2]？"

【注释】

[1] 天街：京城的街道。

[2] 六军：周制，天子有六军。这里指南宋朝廷的军队。

【鉴赏】

　　这首诗以北宋汴京的州桥为背景，选取父老盼望皇帝北归而询问使者的情节，表达了中原父老盼望王师北定中原却一再失望的悲痛情感。

　　首句点明州桥的位置是"天街"上，这里是皇帝车驾北归的必经之路。次句交待沦陷区的父老盼望皇帝驾临京都，实际上是盼望宋朝军队早日收复失地，而且是"年年"盼，如今盼到的是出访金国的使者，自然要打探一番。于是自然引出三四两句："忍泪失声询使者，几时真有六军来？"父老乡亲们在盼望宋军，诗人本身又何曾不盼呢？寥寥数语，便将对宋朝百姓渴望收复失地，而朝廷却一再投降卖国的悲愤心情渲泄无遗。

　　诗中情真意切，用语也十分精到，如"忍"、"真"等。潘德舆《养一斋诗话》评曰："沉痛不可多读，此则七绝至高之境。"

四时田园杂兴[1]

范成大

【解题】

最能体现范成大诗歌特色的,是他六十一岁在石湖养病时写的一组田园诗——《四时田园杂兴》。范成大这组田园诗,真实生动地反映了当时江南农村的景物、风俗、农事和日常生活的诸多场面。原诗分"春日"、"晚春"、"夏日"、"秋日"、"冬日"五组,每组各十二首,共六十首。诗前的小序说:"淳熙丙午,沈疴少纾,复至石湖旧隐,野外即事,辄书一绝,终岁得六十篇,号《四时田园杂兴》。"这些田园诗平易通俗,自然生动,清新轻巧,富有民歌风味。

【正文】

昼出耘田夜绩麻,村庄儿女各当家[2];
童孙未解供耕织,也傍桑阴学种瓜[3]。

【注释】

[1] 杂兴:随兴写来,没有固定题材的诗篇。
[2] 耘(yún)田:为田除草。绩:捻麻线(麻绳)。当家:当行,内行,主一行之事。各当家:各顶一行。
[3] 未解:不懂得,不理解。阴:同"荫"。供:从事,参加。

【鉴赏】

　　这首诗描写农村初夏农忙时节，男女老少夜以继日的劳动生产繁忙景象，揭示了人民群众热爱劳动、热爱生活的情操。

　　"昼出耘田夜绩麻"直接描写农民生产劳动的场景：除草、织麻，从早到晚十分忙碌。"村庄儿女各当家"句体现农村男女老少都参加劳动，没有一个人闲着。"童孙未解供耕织，也傍桑阴学种瓜"写儿童不知如何耕种，也不知如何织麻，但从小耳濡目染，受劳动的氛围所熏陶，他们也不闲着，而是跟着大人到田间学习种瓜。最后一句描写的活泼有趣，把儿童的童真淋漓尽致地表达出来。

　　本诗语言通俗浅显，无斧凿之痕，写景时趋于自然，意境活泼，文笔清新轻巧。描写童孙稚态，意趣盎然。这些，都显示了范成大高明的艺术技巧。

晓出净慈寺送林子方[1]

杨万里

【解题】

　　杨万里（1127～1206），字廷秀，号诚斋，吉州吉水（今江西吉水）人。绍兴二十四年（1154）中进士。曾任太常博士、广东提点刑狱、尚书太司郎中、秘书监等职。开僖二年（1206），因痛恨韩侂胄弄权误国，忧愤而死，谥"文节"。杨万里是南宋著名诗人，他的诗与陆游、范成大、尤袤齐名，称"南宋四大家"。他的作品不拘一格，富于变化，有雄健富丽的鸿片巨制，也有信手拈来拢去的抒情小诗。诗风平易自然，清新活泼，自成一家，时称"诚斋体"，著有《诚斋集》。

【正文】

　　　　毕竟西湖六月中，风光不与四时同[2]。
　　　　接天莲叶无穷碧，映日荷花别样红[3]。

【注释】

[1] 晓：即早晨。净慈寺：全名"净慈报恩光孝禅寺"，与灵隐寺为西湖南北山两大著名佛寺。林子方：作者的朋友，官居直阁秘书。
[2] 四时：四季。
[3] 别样：特别。

【鉴赏】

　　西湖历来是文人骚客吟咏的对象。杨万里这首诗以其独特的手法流传千古，值得细细品味。

　　"毕竟西湖六月中，风光不与四时同"，首句看似突兀，实际是在造势，虽然读者不曾领略西湖风光如何之美，但从诗人的赞叹中已经可以感受出西湖美景了。下面一句"接天莲叶无穷碧，映日荷花别样红"，就把西湖美景呈现出来，"碧"和"红"两种耀眼的颜色给人们的强烈的视觉冲击。同时"接天"、"无穷"的莲叶，给人以气象恢宏、浩大宽阔的印象，而"映日"与"荷花"相对，又给以整幅宽大无边的景象上抹上灵动绚烂的一笔。

　　本诗语言平易、通畅明了，其过人之处就在于先抒情再描写，造成一种先虚后实的效果。读过之后，六月西湖"不与四时同"的美景已深深印在每个读者的脑海里。

观书有感

朱熹

【解题】

朱熹（1130～1200），字元晦，一字仲晦，号晦庵，婺源（今江西婺源）人。南宋著名理学家。绍兴十年（1148）进士。任泉州同安县（今属福建）主簿，收弟子员，讲授圣贤修己治人之道。后历任南康（今江西星子县）军、提举江西、浙东常平茶盐公事。光宗时任漳州、秘阁修撰。宁宗时任焕章阁待制、侍讲。韩侂胄弄权，置伪学籍，被诬革职。卒谥"文"。宋代理学的集大成者，著名的唯心主义哲学家，对明清两代的思想体制产生过消极影响。以整理注释经史子集，贡献最大。治学严谨，长于诗文，且能填词。风格自然闲雅，肃然脱俗。著述很多，有《四书集注》、《太极图说解》、《通书说解》、《周易本义》、《楚词集注》等。后人辑有《朱子大全》、《朱子语类》等。

宋代理学家的诗，往往纯粹说理，陈腐可厌，用语则俚俗不堪。然而，朱熹的诗常能寄情于景，寓理于趣，清巧绵密。《观书有感》是作者忽然把难懂的书看懂了时的欣喜和因此产生的联想。

【正文】

半亩方塘一鉴开，天光云影共徘徊[1]。
问渠那得清如许？为有源头活水来[2]。

【注释】

[1] 鉴：镜子。徘徊：这里指倒影荡漾。
[2] 渠：他，指方塘。如许：如此。

【鉴赏】

　　本诗构思新颖别致，比喻贴切生动，有独特的理趣。
　　诗人把一本书比作小小方塘。把书打开，塘中之水光明清澈如镜一般，天光云影在水中交相辉映。这是比喻书中的内容丰富，道理精深。书中的内容和道理之所以如此丰富和精深，是因为它有自己的源头活水之故。这种源头活水从何而来？这分明是暗喻了读书的重要性，一个人只有经常读书，不断吸取书中的精华，思想上才能有"源头活水"，才能永远保持清明的头脑。前两句感情形象本身蕴涵着理性的东西，"半亩方塘"里水很深很清，才能反映出"天光云影"。后两句是对前两句感性形象的理性认识，"清如许"又补充了前面描绘的感性形象。"方塘"因为有"源头活水"不断输入，所以才永不枯竭，永不污浊，永远深而清。因此，这是一首蕴涵着深刻哲理的诗，能够给人们以深刻的启示：水塘清澈如镜，是因为有源头活水来。书本中丰富的内容，精深的道理，也有其源头活水。这就是理论和实践的关系问题。一切真理都来源于实践，实践是认识的发源地，是一切知识、理论得以产生和不断丰富的源头活水。只有把书本上的知识和实践知识紧密结合起来，才能把它变成自己的知识。

水龙吟·登建康赏心亭[1]

辛弃疾

【解题】

辛弃疾(1140～1207),字幼安,号稼轩,历城(今山东历城)人。时历城已为沦陷区。绍兴三十一年(1161)参加耿京领导的义军,任掌书记。耿京兵败后,辛弃疾部率部南归。孝宗隆兴初年曾献《美芹十论》等,陈述抗金方针大略。此后,在江西、湖北、湖南等地任转运副使、安抚使等职。宁宗嘉泰四年(1204),权相韩侂胄准备北伐,曾起用他为知镇江府,但很快又被罢免,不久即抱疾辞世。辛词继承苏轼的豪放词风以及南宋前期爱国词人的战斗传统,词的内容更为丰富,境界更为阔大,手法更为多样,形成了奇肆而博辩的词风。他是豪放词派的集大成者,与苏轼并称"苏辛",而前人有"豪放词以幼安为宗"的评价,在当时及后代词坛上产生了巨大的影响。

这首《水龙吟》作于淳熙元年(1174),辛弃疾时在建康任江东安抚司参议官。他满怀报国热情起自南归,志在收复中原,但在被投降派控制的政治局势下,满腹经纶无处施展,长期沉沦下僚,浪掷华年,这使他感到极其压抑、愤懑,便借登临之际,把一腔郁闷宣泄出来。

【正文】

楚天千里清秋,水随天去秋无际[2]。遥岑远目,献愁供恨,玉簪螺髻[3]。落日楼头，断鸿声里，江南游子[4]；把吴钩看了，栏干拍遍，无人会，登临意[5]。

休说鲈鱼堪脍，尽西风，季鹰归未[6]？求田问舍，怕应羞见，刘郎才气[7]。可惜流年，忧愁风雨，树犹如此[8]。倩何人、唤取红巾翠袖，揾英雄泪[9]？

【注释】

[1] 建康：今南京市。赏心亭：据《景定建康志》在建康下水门城上。

[2] 楚天：泛指今长江中下游一带。

[3] 遥岑（cén）：远山。远目：远望。螺髻：形似螺状的盘绕起来的妇女发式。此处均用来形容山色秀丽。

[4] 断鸿：失群孤雁。江南游子：作者自指。

[5] 吴钩：宝剑名。《吴越春秋》记阖闾命于国中作金钩，有人杀其二子，以血衅金，成二钩，献于阖闾。杜甫《后出塞》："少年别有赠，含笑看吴钩。"此处化用其意。

[6] 休说三句：《世说新语·识鉴篇》记晋张翰，字季鹰，在洛阳作齐王东曹掾，见秋风起，因思吴中菰菜、莼（chūn）羹、鲈鱼脍，遂命驾而归。

[7] 求田问舍：指置买田地房产。刘郎：指刘备。《三国志·陈登传》记刘备批评许汜："君有国士之名，今天下大乱，帝王失所，望君忧国忘家，有救世之意，而君求田问舍，无言可采。"

[8] 树犹如此：《世说新语·言语篇》记桓温北伐，经金城，见昔日所植柳已皆十围，感叹地说："木犹如此，人何以堪！"

[9] 倩：请。红巾翠袖：指歌女。揾（wèn）：擦拭。英雄：作者自指。

【鉴赏】

本词作者借登楼远望之际，怀顾沦陷的北方，抒写了作者南渡以来在南宋王朝腐朽统治下报国无门、壮志难酬的悲愤心情。

水龙吟·登建康赏心亭

  上阕写景，高远开阔，景中寓情。"落日"六句意境悲凉，形象地表现了英雄无用武之地的苦闷。"把吴钩看了，栏杆拍遍"，是他忠爱之心的集中表现。下阕连用张翰、许汜、桓温三个典故，说自己不像季鹰那样只留恋家乡而不顾国家大事。像许汜那样只顾个人利益，就要被雄才大略的刘备取笑。迂回曲折地诉说了他既不愿归隐江湖、更不屑求田问舍替个人经营，同时又为国势飘摇，自己不能及时建功立业，却白白地虚度大好光阴痛心疾首的复杂感情，末几句抒发时无知己之慨，与上阕"无人会、登临意"遥相呼应，章法严谨。

  全词将写景抒情融为一体。绘景选取"楚天"、"清秋"、"落日"、"断鸿"、"西风"等，创造出悲凉的艺术氛围。令人读之既有碧海掣鲸的伟力，又有悱恻深婉的感情，思想内容丰富，艺术手法精美，章法流丽，用典精妙，陈廷焯赞其"落落数语，不让王粲《登楼赋》"(《白雨斋词话》)；陈洵赞它"纵横豪宕，而笔笔能留，字字有脉络。"

破阵子·为陈同甫赋壮词以寄之

辛弃疾

【解题】

　　这首词是诗人赠予其政治上及文学上的至交陈亮（字同甫）的。陈亮为人才气豪迈，议论纵横，自称能够"推倒一世之智勇，开拓万古之心胸"。先后写了《中兴五论》和《上孝宗皇帝书》，积极主张抗战，因而遭到投降派的打击。宋孝宗淳熙十五年（1188）冬天，他到上饶访辛弃疾，留十日。别后辛弃疾写《贺新郎》词寄他，他和了一首，以后又用同一词牌往复唱和。这首《破阵子》也是写于这个时期。

【正文】

　　醉里挑灯看剑，梦回吹角连营[1]。八百里分麾下炙，五十弦翻塞外声，沙场秋点兵[2]。

　　马作的卢飞快，弓如霹雳弦惊[3]。了却君王天下事，赢得生前身后名[4]。可怜白发生！

【注释】

[1] 醉里二句：写诗人深夜醉中把玩武器，回忆起过去的战斗过程。

[2] 八百里：指牛。《世说新语·汰侈篇》记晋王恺有牛名八百里驳。王济与恺比射，以八百里驳为赌物。济获胜，遂杀牛作炙。麾（huī）下：部下。炙（zhì）：烤肉。五十弦：指瑟。《史记·封禅书》记太帝使素

破阵子·为陈同甫赋壮词以寄之

女鼓五十弦瑟,其音悲切。这里代指军中乐器。翻:演奏。塞外声:指悲壮的军乐。

[3] 的(dì)卢:马名。《相马经》说,马白额入口至齿者名的卢。《三国志·先主传》注引《世语》记刘备骑的卢"一跃三丈",过檀溪而脱险。作:如。霹雳:雷声,这里用来形容弓弦声之有力。《南史·曹景宗传》记曹回忆少年生活,有"拓弓弦作霹雳声"之语。

[4] 天下事:国家大事,这里指恢复国家统一之事。

【鉴赏】

《破阵子》这首词,追忆了词人当年在起义军中的火热的战斗生活,抒发了渴望杀敌报国的雄心壮志,也表现了壮志未酬、报国无路的悲愤。

词的上阕从挑灯看剑入笔,很自然地联系到诗人当年金戈铁马的生活,"八百里分麾下炙,五十弦翻塞外声",气势恢宏,气概豪迈,表现出作者内心激情澎湃、热情高涨的战斗情怀。词的下阕从梦想转为现实,驰骋沙场的渴望被冷酷的现实击倒,诗人报国无门的悲愤心情弥漫开来,悲叹出"可怜白发生"这样的结尾,由豪迈陡然转入悲凉,让人不由的心酸。

在艺术上,这首词有两个鲜明的特点,第一,构思多层。全词仅十句,却一层一层地描写了抗金战斗生活的情景,展开了一幅幅形象的、境界层层扩大的画面。第二,结构奇变。前九句一气流注,密不可分,追忆往事,豪情满怀;结尾一句,词意陡转,往事消失,回到现实,感情一落千丈,从豪壮激昂跌落为深沉痛苦的悲叹。

永遇乐·京口北固亭怀古[1]

辛弃疾

【解题】

此词作于南宋开禧元年（1205）。当时，权相韩侂胄正准备北伐。闲居已久的辛弃疾于前一年被起用为浙东安抚使，这年春初，又受命知镇江府，出镇江防要地京口（今江苏镇江）。从表面看来，朝廷对他似乎很重视，然而实际上只不过是利用他那主战派元老的招牌作为号召而已。辛弃疾到任后，一方面积极布置军事进攻的准备工作；但另一方面，他又清楚地意识到政治斗争的险恶，自身处境的孤危，深感很难有所作为。对独揽朝政的韩侂胄轻敌冒进，又感到忧心忡忡。这种老成谋国，忧深思远的情怀矛盾交织成的复杂心理状态，在这首篇幅不大的作品里充分地表现出来，令其成为传诵千古的名篇。

【正文】

千古江山，英雄无觅、孙仲谋处[2]。舞榭歌台，风流总被、雨打风吹去[3]。斜阳草树，寻常巷陌，人道寄奴曾住[4]。想当年，金戈铁马，气吞万里如虎[5]。

元嘉草草，封狼居胥，赢得仓皇北顾[6]。四十三年，望中犹记，烽火扬州路[7]。可堪回首，佛狸祠下，一片神鸦社鼓[8]。凭谁问，廉颇老矣，尚能饭否[9]？

永遇乐·京口北固亭怀古

【注释】

[1] 京口：即镇江，今江苏镇江市。北固亭：在镇江城北北固山上，下临长江。

[2] 孙仲谋：即孙权。三国时吴国君主。

[3] 风流：指前人的流风遗俗，既可用作褒义，也可用作贬意。

[4] 寄奴：南朝宋武帝刘裕，小字寄奴，先世由彭城移居京口。刘裕早年在京口起兵讨伐桓玄，又曾镇守京口。

[5] 想当年三句：回忆刘裕北伐的功业。刘裕曾统率军队先后灭掉南燕、后秦，收复洛阳、长安等地。

[6] 元嘉：宋武帝之子宋文帝刘义隆的年号。宋文帝好大喜功，元嘉二十七年（450），派王玄谟北伐，大败而归。封狼居胥：《史记·卫青霍去病传》载，霍去病追击匈奴，至狼居胥，封山而还。狼居胥，山名，在今内蒙古。封，一种仪式，积土为坛，表示疆界所及。《宋书·王玄谟传》记玄谟每陈北侵之策，宋文帝说："闻玄谟陈说，使人有封狼居胥意。"仓皇北顾：宋北伐失败后，后魏太武帝乘胜追至长江边，声言要渡江。宋文帝深悔北伐。

[7] 四十三年：一般认为是指诗人自绍兴三十二年（1162）率众南归至开禧元年（1205）。烽火扬州路：一般认为是指金主完颜亮绍兴三十一年率兵南侵攻破扬州事。

[8] 佛狸祠：后魏太武帝拓跋焘，小字佛狸。他打败宋文帝后，一直追至长江北岸的瓜步山，并在山上建行宫，后成为庙宇。神鸦社鼓：指在祠庙下的祭祀活动。神鸦：啄食残余祭品的乌鸦。社鼓：祭神的鼓声。作者在北固山登亭隔长江北望，扬州在远处，瓜步山在近处，因此生出这几句感慨。

[9] 凭谁问三句：《史记·廉颇蔺相如列传》记赵国名将廉颇晚年被人谗害，出奔魏国。赵王遣使询探，"廉颇为之一饭斗米，肉十斤，被甲上马，以示尚可用。"使臣受贿，在赵王面前诋毁说："廉将军虽老，尚善饭。然与臣坐，顷之，三遗矢矣。"赵王遂不召用。

【鉴赏】

　　《永遇乐·京口北固亭怀古》是辛弃疾的代表作之一。诗人登高怀古伤今，表现了作者虽年事已高却雄心不老，愿为国尽力，重上沙场的爱国感情。

　　上阕写"叹"、"愤"——怀古；下阕直言现实——论今。上阕正面歌颂了两位古代英雄，即与京口有关的孙权和刘裕。然而崇古在于讽今，大有英雄已去、今已无人之慨。"无觅"二字，乃是对现实的深沉感叹，也是对当权者的激励与鞭策。下阕批评了元嘉北伐，以总结历史教训并由古及今。刘义隆北伐恰与其父刘裕形成鲜明对比。刘裕是"金戈铁马"，"气吞万里"；刘义隆是"草草"行事，结果是"仓皇北顾"。"四十三年"六句，以当年战斗烽火和今日祠祭的鼓乐对比，说明往日的抗战精神无存，敌占区人民民族意识已经消失，所以有"可堪回首"的感叹。而自己虽然也被起用，但毕竟不被重用，难以实现报国之心，因此又有"凭谁问"的苍凉叹息。

　　这首词运用借古讽今的手法，用历史典故来表达思想感情：对孙、刘的赞扬，就是对南宋统治者的指责；对刘义隆的讽刺，就是对韩侂胄的警告；对"佛狸祠下"的感叹，就是对统治者不思收复中原的不满；最后以廉颇自比，则是内心的独白。另外，本词抒情脉络清晰。历史典故表现作者政治立场，使作者的思想感情也跃然纸上，让人体会到作者爱国热情。

扬 州 慢

姜 夔

【解题】

　　姜夔（1155？～1221？），字尧章，号白石道人，饶州鄱阳（今江西鄱阳）人。应试不第，一生转徙江湖。他兼工诗、词，诗从江西诗派入，走向晚唐，在南宋独树一帜。他的词走周邦彦开创的路子，重音律，尚工巧，但力图以瘦硬清刚的笔调来矫正婉约词的软媚无力。词风清空峭拔，格调甚高，而意境则浅，"故觉无言外之味，弦外之响。"在姜夔的影响下，南宋的格律词派逐渐形成并占据了词坛的主要地位。有词集《白石道人歌曲》。

　　这首《扬州慢》是姜夔来往江淮、初过扬州时的凭吊之作。他所要游览的"名都"、"佳处"遭战争洗劫后，而今已变成"清角吹寒"的"空城"，因此作者抚今追昔，发生感叹。"自胡马窥江去后，废池乔木，犹厌言兵"诸句，借物比人，寄慨遥深，是词中名句。陈廷焯评说："'犹言厌兵'四字，包括无限伤乱语，他人累千百言，亦无此韵味。"（《白雨斋词话》）。

【正文】

　　　　淳熙丙申至日，予过维扬[1]。夜雪初霁，荠麦弥望[2]。入其城则四顾萧条，寒水自碧。暮色渐起，戍角悲吟[3]。予怀怆然，感慨今昔，因自度此曲，千岩老人以为有《黍离》之悲也[4]。

淮左名都，竹西佳处，解鞍少驻初程[5]。过春风十里，尽荠麦青青[6]。自胡马窥江去后，废池乔木，犹厌言兵[7]。渐黄昏，清角吹寒，都在空城[8]。

杜郎俊赏，算而今重到须惊[9]。纵豆蔻词工，青楼梦好，难赋深情[10]。二十四桥仍在，波心荡，冷月无声[11]。念桥边红药，年年知为谁生[12]。

【注释】

[1] 淳熙丙申：即淳熙三年（1176）。至日：冬至日。维扬：即扬州。

[2] 弥望：满眼。

[3] 戍角：戍军的号角。

[4] 自度：自己创作乐曲。千岩老人：萧德藻的别号，南宋著名诗人。姜夔是他的侄婿。

[5] 竹西：即竹西亭，在扬州城东禅智寺侧。杜牧《题扬州禅智寺》："谁知竹西路，歌吹是扬州。"诗人因以代指扬州。初程：初次的行程。作者是第一次到扬州。

[6] 过春二句：是说往日的繁华街道已变为麦田。

[7] 胡马窥江：建炎三年（1129）、绍兴三十一年（1161），金兵两次攻破扬州。

[8] 渐黄昏三句：扬州本是繁华都市，现在却成为边防屯兵之地。

[9] 杜郎：指杜牧，曾在扬州游赏，写了不少有关扬州的诗。俊赏：指杜牧对扬州景物的赏鉴俊美卓绝。

[10] 豆蔻词工：杜牧《赠别》："娉娉袅袅十三余，豆蔻梢头二月初。"是写歌女之幼。青楼梦好：杜牧《遣怀》："十年一觉扬州梦，赢得青楼薄倖名。"写自己的声色享乐生活。

[11] 二十四句：杜牧《寄扬州韩绰判官》："二十四桥明月夜，玉人何处教吹箫。"二十四桥为扬州名胜，在扬州西郊，相传古代有二十四个美人吹箫于此。另一说，唐时扬州确有二十四座桥，但至宋时已不全。

[12] 念桥二句：相传扬州芍药为天下奇花，开明桥边春天有芍药花市。

【鉴赏】

《扬州慢》描绘扬州遭劫后的凄凉景象，并与昔日繁盛时对比，表达了国破家亡的悲凉心情，反映南宋人民思念故国、渴望安定生活的感情。

词前小序交代时间、地点及见闻，表明自己悲凉心情，帮助读者领会词意。上阕写初驻扬州的见闻，描绘金兵南侵后扬州的荒凉景象四处可见，这里词人"以少总多"，只摄取了两个镜头："过春风十里，尽荠麦青青"和"满城的废池乔木"。此情此景化作言语，只有凝重的"犹厌言兵"。这里作者用了拟人的手法，物犹如此，何况于人！结尾三句，转换了一个画面，这幽幽的号角声打破黄昏的沉寂。是以动衬静，更突出扬州城的荒凉与寂寥。下阕由见闻产生联想，以昔日扬州的繁华盛景衬托眼前扬州的衰败荒凉，杜郎俊赏、豆蔻词工、青楼梦好等风月繁华已风流云散，深情难赋。"二十四桥明月夜"的乐景，也已荡然无存，只有"波心荡，冷月无声"的哀景。在今昔对比中，诗人借虚拟的芍药花，抒发家亡城破、物是人非的伤感之情。

此词的艺术特色一是情景交融、虚实相济的写法。纵观全篇，布局严密，由"少驻"，写到观景，由景的荒芜，写到原因，由眼中所见到耳中所闻，再到心中所思所想，有声、有色，情景交融；综观全词，有虚有实，回环反复，跌宕起伏。二是清雅空灵，化用前人诗句。清雅空灵不但表现在词语上，如"清"、"寒"、"空"、"波心""冷月"，而且还表现在造境上，如用"犹厌言兵"表现兵燹之后的残破，用杜郎名句表现扬州昔日的繁华，用"二十四桥"、"波心荡"、"冷月无声"表现清幽伤感的气氛等。三是运用反衬手法，在今昔的对比中写景抒情，突出主题。

过零丁洋[1]

文天祥

【解题】

文天祥(1236~1283),字履善,又字宋瑞,号文山,吉水(今江西吉水)人。南宋末著名的民族英雄、政治家、诗人。二十岁时(理宗宝祐四年)中状元。有《文山先生全集》。

恭帝德祐二年(1276),元军围临安,文天祥以右丞相兼枢密使的身份,奉命至元营议和,因坚决抗争而被扣留。在押解北方的途中,逃至温州,拥立端宗,以图恢复,并转战于赣、闽、岭南一带。祥兴元年(1278)十月,文天祥兵败被俘,元军逼迫文天祥作书招降张世杰。文天祥坚决拒绝,向元军统领张弘范出示此诗。张看后只说"好人,好诗",无法胁迫,只好罢休。最后,文天祥以不屈被害。

【正文】

辛苦遭逢起一经,干戈寥落四周星[2]。
山河破碎风飘絮,身世浮沉雨打萍。
惶恐滩头说惶恐,零丁洋里叹零丁[3]。
人生自古谁无死,留取丹心照汗青[4]。

【注释】

[1] 零丁洋:海域名,在今广东中山县南。

过零丁洋

[2] 遭逢：遇到朝廷的选拔。起一经：依靠精通一种经籍而腾达。文天祥在宝祐四年（1256）参加"明经"科考试，中状元（进士第一名）。这句是叙述自己以科名起家的出身。干戈：本指武器，这里代指战争。寥落：荒凉冷落。星：岁星。四周星：四周年。文天祥从1275年起兵抗敌，到现在恰四年。

[3] 惶恐滩：在今江西万安县，急流险恶，为赣江十八滩之一。说惶恐巧借谐音，形容从惶恐滩败退时力不从心，壮志难酬的心情。叹零丁：巧借谐音，形容自己在零丁洋里孤零无援，孤掌难鸣。

[4] 汗青：史册。古代无纸，记事用竹简。制竹简时，须用火烤去竹汗（水分），因称"汗青"。

【鉴赏】

　　这首诗是文天祥的不朽之作，整首诗的基本精神是坚贞的民族气节，昂扬的斗志。

　　本诗的首联作者回忆了自己从登科及第到为国赴命已有四年时间。颔联写出国家危亡则自己也自身难保，体现出国破家亡的悲凉。颈联叙写自己所历经的苦难，表明当时惶恐和孤独的心情。前六句抒写了家国之恨和个人之悲，愤激凄怆，强烈动人。而最后两句"人生自古谁无死，留取丹心照汗青。"以磅礴的气势，高昂的情调把全诗推向了高潮，表现了诗人坚贞不屈的民族气节和舍身取义的生死观。

　　这首诗抒情沉郁悲愤，言志气贯长虹，比喻贴切，语意双关，对仗工整，结构严谨，形象鲜明感人，具有极大的艺术感染力。

天净沙·秋思

马致远

【解题】

马致远（1250？～1321？），号东篱，大都（今北京市）人。元代著名戏曲家和散曲作家，著有杂剧十余种，今存《汉宫秋》、《青衫泪》等数种。他与关汉卿、王实甫、白朴被称为"杂剧四大家"。他的散曲被称为"元代第一大家"。计"小令"一百零四首，"套数"十七套，是遗留作品最多的元代前期散曲作家，有《东篱乐府》。

这首《天净沙·秋思》是散曲，"天净沙"是曲牌名，"秋思"是题目。将秋郊黄昏之景与羁旅行役之愁结合在一起写，是负有盛名的情景交融的佳作。元人周德清《中原音韵》称之为"秋思之祖"，近人王国维《人间词话》誉为"深得唐人绝句妙境"。

【正文】

枯藤老树昏鸦，小桥流水人家，古道西风瘦马。夕阳西下，断肠人在天涯。

【鉴赏】

曲中描绘了一幅秋郊黄昏图，渲染了悲凉的气氛，表现了一个长期飘泊异乡的旅人的惆怅之情。

天净沙·秋思

前三句每句由三个名词代表三种自然景物，构成一个有机的整体，表达一种独特的意境。枯藤、老树、昏鸦，三种景物的共同点是"死气"。三个名词不用任何修饰词语独立成句，这种独立词句有其特殊的表达效果，它把一幅凄凉的画面给凝固了，让读者去思考，去品味，留下无限的想像空间。接下来同样的句式结构，勾画出另一幅灵动的画面，在小桥旁，流水畔，散落着几户人家。有桥便有人行走，流水在动，每户人家想必都是和和暖暖的一家人吧！这给上一幅画面增加了活气，给人以希望。然而，作者却在天黑前找不到一处投宿的地方，多令人焦虑啊！他牵着一匹瘦弱的老马，迎着西北风，在踽踽独行，天要黑了，哪里是他栖身的地方？这位游子远离家乡亲人，此时正思念他们吧！哪里是他的归宿？这些令人神思遐想的意境，正是这首曲子丰富的内涵所在。

这首曲子恬静古意，柔婉凄凉，并引人无限遐想。

旅 兴

刘 基

【解题】

刘基（1311~1375），字伯温，处州青田（今浙江青田）人。元至顺四年（1333）中进士，曾三次出仕元廷，又三次去官，不得已归隐青田山中。后辅佐朱元璋平定天下，创建帝业，深受重用。其诗文都很有名，诗风沉郁顿挫，自成一家。有《诚意伯文集》。

刘基一生共写有《景物旅兴》五十首，这是其中第二十三首。他另有《感怀》三十一首，《杂诗》四十一首，都是与此题材风格相近的组诗。从诗文看，刘基写此诗时还是忠于元室的，故用丁令威化鹤的典故表示他对世事沧桑的忧念。

【正文】

倦鸟冀安巢，风林无静柯[1]。
路长羽翼短，日暮当如何？
登高望四方，但见山与河。
宁知天上雨，去为沧海波。
慷慨对长风，坐感玄发皤[2]。
弱水不可航，曾城岌嵯峨[3]。
凄凉华表鹤，太息成悲歌[4]。

旅　兴

【注释】

[1] 冀：希望。

[2] 皤（pó）：素白色。

[3] 弱水：古人称水浅不通舟楫为弱水，意为水弱不能胜舟。曾城：即层城。古代神话谓昆仑山有层城九重。

[4] 华表鹤：据《搜神后记》记载：丁令威本辽东人，学道于灵虚山，后化鹤归辽，集城门华表柱，言曰："有鸟有鸟丁令威，去家千年今始归。城郭如故人民非，何不学仙冢垒垒？"

【鉴赏】

　　这首诗当作于刘基从元朝廷中罢仕归隐，投奔朱元璋之间。当时，他心情甚为矛盾，仕途险恶，动辄得咎，仕不能仕；干戈

四起，战火延烧，隐亦不能隐，而且长期退隐也与他济世之志不合。全诗前四句正是这一矛盾境遇的写照。刘基在一而再、再而三的打击下，对仕途已感到厌倦了，希望有一安乐窝可以托身。但是树欲静而风不止，天下大乱，那里去找清静而与世无争的隐居之处呢？譬如一只铩羽的鸟，面对着漫漫的长途、西沉的落日，即使它还想飞翔，又怎能再继续飞翔呢？"登高"以下四句写登高瞭望之所见，暗喻元末的局势：山河千里，蜿蜒不绝，"宁知天上雨，去为沧海波"，中间最变幻莫测的莫过于苍茫的云水了，这正如当时动荡不已的战局，或作者浮沉坎坷的仕途。"慷慨对长风，坐感玄发皤"。徒怀壮志，一事无成，岁月消磨，头上的黑发渐渐地变成了白发。诗中譬之为一汪不可通舟楫的浅水，一脉高耸难越的昆仑山，可见诗人十分悲观。一切都变了样。因为此时的刘基尚忠于元廷，但自己的志愿又不能抒展，故用神话传说中的"华表鹤"这一典故来形容自己的情怀郁抑。

　　刘基的这首《旅兴》较之前代名家的咏怀五言古诗来说，更为深沉激越，饱经忧患。写来气势恢宏，语言精练，有一种世事沧桑之感。

山坡羊·潼关怀古[1]

张养浩

【解题】

张养浩（1270～1329），字希孟，号云庄，济南（今山东济南）人。元至年间曾任监察御史，因上书言时政十害，被权贵劾罢。仁宗时复官至礼部尚书，参议中书省事。辞职归隐，屡召不赴。张养浩是一位做过高官而又比较关心民生疾苦的散曲作家，他的散曲，题材多样，有的愤世嫉俗，有的吟咏山水、鼓吹隐居乐道的生活，有的直接反映现实、同情人民，风格清新质朴而又豪迈。存小令一百六十一首，套数三套。有《云庄休居自适小乐府》一卷。

这首《山坡羊》是作者晚年到陕西赈灾时写的散曲小令。义宗天历二年（1329），关中大旱，张养浩重被召为陕西行台中丞，前去赈济饥民，到陕四月，积劳成疾，死于任所。

【正文】

峰峦如聚，波涛如怒，山河表里潼关路[2]。望西都，意踟蹰，伤心秦汉经行处，宫阙万间都做了土[3]。兴，百姓苦！亡，百姓苦！

【注释】

[1] 潼关：关名，在陕西省潼关县境，当陕西、山西、河南三省之冲，素称险要。

[2] 峰峦：山头。峦：小而尖的山头。表里：犹言内外。

[3] 西都：指长安，西汉建都于此。东汉都洛阳，故称西汉旧都长安为西都。踟蹰：犹豫不定。经行：经营。

【鉴赏】

　　本曲表达了作者对广大劳动人民的深切同情，揭示了统治者剥削人民、压迫人民的本质。

　　先写景物，极言潼关外临黄河，内有华山，依山临水，形势险要，历来是兵家必争之地。但是，这样有利的自然条件，却演绎出令人不堪回首的历史。作者经过秦汉宫殿遗址，秦砖汉瓦一片焦土，令人伤心！千百年来战争频繁，封建王朝一代换一代，虽然其间也有太平盛世，然而，兴也罢，亡也罢，吃苦受罪的都是老百姓。最末两句道出了一条社会发展规律，揭示了统治者剥削人民的本质。曲子的主旨句是"兴，百姓苦；亡，百姓苦"。其中的含义值得我们认真去思考品味。

　　这首散曲以雄浑苍茫的景色，真挚深沉的情感和精辟的议论三者结合，境界阔大，气势宏伟，意蕴深邃，情感悲愤沉郁。具有强烈的艺术感染力。

石灰吟

于 谦

【解题】

　　于谦（1398～1457），字廷益，浙江钱塘（今杭州）人。明永乐年间进士。他任监察御史巡按江西时，曾为数百蒙受冤狱的人平反。任兵部右侍郎，巡抚河南、山西，深入里巷访问父老，赈济灾荒，筑堤植树。在任十九年，威信极高。正统十四年（1449）土木之变英宗被俘时，他坚决反对迁都南京，力主拥立景帝，调集各路军马严守京师，升兵部尚书。保卫京师，他亲自督战，在北京城外击退瓦剌军的进攻。加少保，总督军务。景泰元年（1450），瓦剌军无隙可乘，释放英宗。景泰八年（1457），英宗在石亨、除有贞、曹吉祥支持下发动宫廷政变夺回帝位，逮捕于谦，指为谋反，处死，抄家，家属充军边境。弘治时追谥肃愍，万历时改谥忠肃。有《于忠肃集》。

　　这首《石灰吟》是于谦十七岁时写给自己的座右铭。

【正文】

　　　　千锤万击出深山，烈火焚烧若等闲[1]。
　　　　粉身碎骨全不怕，要留清白在人间。

【注释】

[1]"若等闲"三字是拟人化的笔法，意为若无其事。

【鉴赏】

　　本诗通过对石灰制作过程的拟人化的描写，表达了自己不怕艰辛、勇于牺牲的大无畏精神和为人清白正直的崇高志向。"千锤万击出深山，烈火焚烧若等闲"。第一句写石灰岩的开采，石灰岩之"出深山"，要经受千锤万击，说明这种山石具有何等坚硬的质地！当然，"出深山"还仅是开始，石灰岩还要投入石灰窑中锻烧，而且要用高达九百多度的烈火才能锻烧成坚硬的生石灰。"若等闲"三字则是以拟人化的笔法，写出其面临一切严酷考验时镇定自若的神态，不管"千锤万击"还是"烈火焚烧"，它都感到没什么，可见其何等顽强、坚贞。

　　"粉身碎骨全不怕，要留清白在人间"是说仿佛听到石灰在说话了："将我粉身碎骨，最后化成石灰浆水，我也全然不怕，我的心愿就是要把清白的本色长留人间啊！"诗人借石灰之口，表示自己不怕牺牲的精神和执着热烈的追求。

　　这首诗借物喻人，咏物言志。表面上写石灰，实际上写人，写自己以石灰为榜样，在任何艰难困苦面前，都要经得起考验，不怕困难，顽强奋争，做一个坚强而充满正气的人。诗人把石灰拟人化、并投入自己的感情，达到了物我合一的境界。

别云间[1]

夏完淳

【解题】

夏完淳（1631～1647），原名复，字存古，华亭（今上海松江）人。十五岁从父亲、师友一起参加抗清斗争，后被清兵捕获，不屈殉国，死时仅十七岁。其诗歌慷慨悲壮，形成了独特的沉郁风格。有《夏完淳集》。

明桂王永历元年（1647）秋，夏完淳因聚议反清，上表鲁王事泄，终于在家乡被捕，时距陈子龙壮烈殉国不到二日。被捕时，意气从容，慨然而呼："天下岂有畏人避祸夏存古哉！""我得归骨于高皇帝孝陵，千载无恨。"此诗就是在他拜别家乡（松江古称"云间"）被押解上路时所作。

【正文】

三年羁旅客，今日又南冠[2]。
无限河山泪，谁言天地宽[3]！
已知泉路近，欲别故乡难[4]。
毅魄归来日，灵旗空际看[5]。

【注释】

[1] 云间：作者家乡华亭的古称。
[2] 羁旅客：在外奔走。南冠：俘虏。

[3] 谁言句：孟郊《赠崔纯亮》："出门即有碍，谁谓天地宽。"
[4] 泉路：黄泉路，指死亡。
[5] 毅魄：坚强不屈的魂魄。《楚辞·九歌·国殇》："身既死兮神以灵，魂魄毅兮为鬼雄。"灵旗：《汉书·孔乐志》："招摇灵旗。"注："画招摇（星名）于旗，以征伐，故称灵旗。"

【鉴赏】

　　这首诗表现了诗人告别家乡，慷慨赴义的高尚民族气节。

　　首联两句抒写自己的被捕，结合着"羁旅"三年的难忘经历叙来，诗面上虽未展示具体往事，诗行间则隐隐摇曳着诗人颠沛于戎马倥偬之途、出入于义师幕府之中的轩昂身影。"今日又南冠"，一个"又"字，传达了诗人心中，此刻正激荡着多少不甘垂翼之情！颔联两句怆然问叹，吐露了诗人在暮色中环顾四野、俯仰天地时的多少悲哀。"已知泉路近"，死对于诗人来说，非但不惧，而且甘之如饴。但故乡尚存白发之母（母亲、岳母），室中还有怀孕之妻。当其诀别亲人、离开故乡之际，这一切酸楚悲苦，在诗中只以"欲别故乡难"一语叙及，不肯在敌人面前示弱，纵有万般痛苦，也要强自抑制！颈联两句看似语调平平，读来更令人歔欷泪集了。尾联写此去虽已抱必死之心，但反清复国之志，却是死亦难泯的。倘若真死去还有魂魄游离于天地之间，那么，我就是去到九泉，也还要高举着征伐之旗回返家园。当万里空中云雷翻腾之日，那就是我灵旗招展横扫敌寇之时！这充满豪情的悲壮之思，正如震开江雾的朝日，刹那间升腾直上，将《别云间》全诗照耀了。

　　本诗语言精炼，沉郁顿挫，字里行间，洋溢着慷慨激越的感情。

后秋兴（选一）

钱谦益

【解题】

钱谦益（1582～1664），字受之，号牧斋，江苏常熟人。明万历三十八年进士，官至侍郎，福王时为礼部尚书，降清后授礼部侍郎。降清是失节行为，颇为汉族士大夫不齿；满人又不能真正使用他，因此他内心非常痛苦。诗文在当时颇负盛名。

这首七律作者自注曰："自壬寅七月至癸卯五月，讹言繁兴，鼠忧泣血，感恸而作，犹冀其言之或诬也。"此注道出诗之写作缘起。"壬寅"即康熙元年（1662），前一年南明桂王被吴三桂杀害于缅甸，这年七月至次年五月期间，作者于家乡常熟听到关于桂王朱由榔之死的种种传言，闻而忧愁忡忡，把满腔悲愤泄之于诗。

【正文】

海角崖山一线斜，从今也不属中华[1]。
更无鱼腹捐躯地，况有龙涎泛海槎[2]。
望断关河非汉帜，吹残日月是胡笳[3]。
嫦娥老大无归处，独倚银轮哭桂花。

【注释】

[1] 崖山：在广东新会县南，形势险要。1279年元军攻破崖山，陆秀夫背

着宋朝小皇帝赵昺,一同于此投海而死。

[2]"更无"句:指陆秀夫投海葬身鱼腹。龙涎:即龙涎屿,海岛名。在今印度尼西亚苏门答腊岛西北海上。槎:用竹木编成的筏子。

[3]汉帜:汉军的旗子,暗指明王朝的统治。胡笳:暗指清军的号角。

【鉴赏】

　　首联虽然笔触较平淡,但内蕴一股悲凉感伤之意。"一线斜"似写崖山之状态,但亦有其为偏远的弹丸之地的含义。颔联乃承首联之意而展开具体的抒写,今日忠臣志士连仿效屈子、陆秀夫"鱼腹捐躯"也无机会,其悲胜古人。后句则痛恨清军已控制了原属朱明王朝的海域。诗人借番人驾"海槎"来岛屿采取香料"龙涎"的故事,比喻清军海船于南海中掠夺、游弋。颈联直抒胸臆,望尽大江南北之万里关山,处处是清军的旗帜,而不见"汉帜"。对句中"胡笳"象征清军的军事力量。"吹残日月"意谓灭掉明朝,因"日月"相合正是"明"字。尾联由罗浮《咏月》"嫦娥老大应惆怅,倚泣苍苍桂一轮"化出,但寓意深刻得多。"无归处"以嫦娥的奔月不得复归,喻诗人此时走投无路的心情:一是南明桂王朝已灭亡,他欲忠而不可得;二是弟子郑成功亦于同年殁于台湾,不能再相通。作者觉得只能"独倚银轮哭桂花"了。一"独"字写出亡国亡君的孤寂无主之感,而"哭"即所谓"泣血"也,此中有真诚,有悲愤。

　　此诗以抒写真诚、悲愤的忠君爱国之情为主旨,又处处辅以学问,广采经史、神话传说,使诗风显得沉郁悲凉,含蓄不尽,深得杜甫《秋兴八首》之旨。

精　卫[1]

顾炎武

【解题】

　　顾炎武（1613～1682），字宁人，号亭林。初名绛，晚年化名蒋山佣，昆山（今江苏昆山县）人。早年入"复社"，参加过对宦官权贵的斗争。清兵南下，参加昆山、嘉定一带人民的抗清斗争。义军失败后，遍游华北各省，考察边塞山川形势，访求各地风俗民情，致力于边防和地理的研究而一生不忘恢复。晚年卜居陕西华阴县，卒于山西曲沃。其论诗主性情，不贵奇巧。诗歌多写国家民族兴亡大事，托物寄兴，吊古伤今，始终环绕着抗清复明的主题。有《亭林诗文集》、《日知录》等。

　　这首诗作于顺治四年（1647），借咏精卫来抒写诗人的抗清复明之志。

【正文】

　　万事有不平，尔何空自苦？
　　长将一寸身，衔木到终古[2]。
　　我愿平东海，身沉心不改。
　　大海无平期，我心无绝时。
　　呜呼！君不见西山衔木众鸟多，
　　鹊来燕去自成窠。

【注释】

［1］精卫：古代神话中的鸟名。
［2］尔：指精卫。终古：久远。

【鉴赏】

　　此诗托物寄兴，以精卫自比，表达坚定的抗清复明之志。
　　本诗分为三层。第一层四句，是问精卫，大意说，天下许多事情都有不平之处，看开些算了，你为什么唯独要白白地自己受苦——总是以小小的躯体，永远不停地叼衔木石呢？第二层四句，是精卫答，意思是：我的志愿是要填平东海，纵然力竭身沉，心也决不改变；大海不出现填平之日，我的心也就不可能有断绝之时！第三层即最末三句，引其他鸟类来作对照，感叹西山衔木之鸟虽多，可是那些燕、鹊之类来来去去，却一个个都只是为自己做窝。
　　这首诗题咏精卫，寄托着深刻的寓意。精卫实际上就是爱国志士的化身；而燕鹊之流，则可以说是民族败类的喻体。本诗热烈讴歌了爱国志士"平东海"的崇高精神，无情鞭挞了民族败类只顾"自成窠"的可耻行径。
　　诗用一问一答的对话形式，便于揭示其内心世界，又显得无比轻灵活泼。又将精卫与众鸟相对比，更显得精卫之宏伟志愿的不同凡响。

聊 斋[1]（二首）

蒲松龄

【解题】

蒲松龄（1640～1715），字留仙，一字剑臣，别号柳泉居士，世称聊斋先生。山东淄川（今山东淄博）蒲家庄人，出身于书香家庭。青年时热衷功名，十九岁应童子试，县、府、道三试第一，此后却屡试不第，至七十一岁才援例当了一名贡生，一生没有做过官，以教书和作幕宾谋生。蒲松龄是清代著名的文学家，才华横溢，以短篇小说集《聊斋志异》而闻名于世，此外尚有散文、诗、词、曲、戏剧等多种文学作品传世。

这二首诗便是作者于城郊躬耕自居时所著。

【正文】

其一

聊斋野叟近城居，归日东篱自把锄[1]。
枯蠹只应书卷老，空囊不合斗升余[2]。

其二

青鞋白帢双蓬须，春树秋花一草庐[3]。
衰朽登临仍不废，山南山北更骑驴。

【注释】

[1] 聊斋：蒲松龄斋名。

[2] 蠹：蛀书虫。囊：口袋。

[3] 帢（qià）：帢帽，古代士人戴的一种帽子。

【鉴赏】

　　这二首诗写蒲松龄的日常生活，贫苦而充满情趣。

　　第一首诗的前两句写诗人住在城郊，过着躬耕自给的生活，其中"叟"字写出了诗人已近暮年，"野"字与"近城居"和下句的"自把锄"相呼应。"归日东篱"又使枯燥的劳作有了"采菊东篱下"的诗意。同时也暗含着诗人以陶潜自喻的悠然心态。后两句写了诗人的贫苦生活：家中藏有的是万卷书，但粮食却所剩不多了。这两句把一个书生的困窘生活描写得十分精彩，"书卷老"与"斗升余"形成了鲜明的对比。

　　第二首写诗人日常的出游。前两句写了出游时诗人的穿戴、住处。"青鞋"、"白帢"，诗人的衣着是平民化的，"一草庐"，诗人的住宿更是随意至极。这两句诗的色彩十分淡雅，诗人青色的鞋子，白色的帢帽，灰白的胡须，土黄色的草庐，背景是五彩缤纷的春花秋实，画面明丽恬淡。后两句写诗人乐观向上的人生态度。"衰朽"与前两句中"双蓬须"相照应，诗人用"仍不废"和"更骑驴"，写出了对美好生活的热爱和追求。

　　这两首诗在语言和意境上学习陶渊明而自出机杼。语言通俗，苦中作乐，情趣横生。

蝶 恋 花 [1]

纳兰性德

【解题】

纳兰性德（1655～1685），字容若，号楞伽山人。满州正黄旗人。康熙十四年进士，授三等侍卫，再迁至一等。自幼敏悟，好读书，留意经学，善书法，能骑射，工诗，尤长于词。他论词推崇李煜。其词以小令见长，风格清婉。有《通志堂集》、《饮水集》。

纳兰性德和其妻卢氏感情甚笃。卢氏，两广总督、六部尚书、都察院右副都御史卢兴祖之女，康熙十三年（1674）嫁纳兰性德，康熙十六年（1677）卒，年二十一。卢氏死后，他哀伤至痛，为其亡妻作悼亡词数首，本词即其中一首。

【正文】

辛苦最怜天上月，一昔如环，昔昔都成玦[2]。若似月轮终皎洁，不辞冰雪为卿热[3]。

无那尘缘容易绝，燕子依然，软踏帘钩说[4]。唱罢秋坟愁未歇，春丛认取双飞蝶[5]。

【注释】

[1] 蝶恋花：原名《鹊踏枝》，唐教坊曲名，后用为词牌。
[2] 一昔：一夜。环：圆形玉璧。玦（jué）：玉佩如环而有缺口。

[3] 不辞冰雪为卿热：刘义庆《世说新语·惑溺》："荀奉倩与妇至笃，冬月，妇病热，乃出中庭自取冷还，以身熨之。"

[4] 无那：即无奈。奈何，急读为那。尘缘：本为佛教语，佛教认为色、声、香、味、触、法为六尘，是污染人心，使生嗜欲的根源。燕子二句：这两句是说人亡室在，双燕归来，依然呢喃于帘钩之上，李贺《贾公闾贵婿曲》："燕语踏帘钩。"

[5] 唱罢秋坟：李贺《秋来》："秋坟鬼唱鲍家诗，恨血千年土中碧。"春丛：即花丛。梁简文帝诗："花树含春丛。"双栖蝶：用梁山伯、祝英台故事。

【鉴赏】

　　这是一首悼亡词，写得婉丽凄清，充分表现了词人对亡妻的深挚情感。

　　上阕借月起兴，以天上月象征人间情。前三句借天上月圆时少、月缺时多的现象来象征人间爱情美满少、痛苦多的现实。更具体来说，是词人对失去爱妻的深切感叹。下阕写对伤逝者的绵绵哀思。"无那尘缘容易绝。燕子依然，软踏帘钩说。"一切美好的希望在容易断绝的尘世缘分面前都会成为泡影。室在人亡，只有去年燕子依旧双双轻踏帘钩，呢喃细语。此数句写词人在现实中的孤单、痛苦。尽管在亡妻坟前的哀悼结束了，但愁绪并没有停歇，词人盼望的是在百花丛中与亡妻化作双栖蝶。全词以化蝶收束，表达了词人对亡妻的深沉怀念和真挚的爱，给读者留下了一缕遐想。

　　本词用燕子在帘幕间的呢喃私语，反衬人去楼空后未亡人的孤寂。作者善于把抽象的思想情感转化为生动的艺术形象。

论　诗

赵　翼

【解题】

赵翼（1727～1814），字云崧，一字耘松，号瓯北，江苏阳湖（今江苏常州市）人。乾隆二十六年（1761）进士，授编修。后出知镇安府，有政声。后调守广州，擢贵西兵备道。不久，乞归，不复出。主讲于扬州安定书院。长于史学，所著《二十二史札记》、《陔馀丛考》是史学和考据学的名著。论诗主张推陈出新，反对摹拟，多议论谐谑之词。有《瓯北集》。

这组诗共五首，约作于乾隆四十九年（1784）。此为其一。

【正文】

李杜诗篇万口传，至今已觉不新鲜[1]。
江山代有才人出，各领风骚数百年[2]。

【注释】

[1] 李杜：唐代诗人李白和杜甫。
[2] 江山：犹言天地间。这句是说每个时代都有优秀的诗人出现。领：领袖，代表。风骚：指文学。"风"是《国风》。"骚"指《离骚》。

【鉴赏】

这首诗的可贵之处在于思维的形象性，哲理和诗意的有机结合。诗阐述了他对诗歌创作的见解和主张,强调了诗歌创作应具有时代特征,诗人应有自己的新创造。表达了作者论诗的主张,表达了作者进步的文艺发展观。

首句"李杜诗篇万口传"平谈无奇,李白、杜甫诗篇千百年来长诵不衰是人所共认的事实,但第二句紧接着来了一个大转折,说李杜诗"至今已觉不新鲜"了。"江山代有人才出,各领风骚数百年"意思是:各个时代都有自己的天才诗人,以富有创造性的诗篇领导着当代的诗坛,开一代新的诗风。这也说明上句所指"不新鲜"不是作者要动摇李、杜的历史地位,而是从读者的审美感受角度看,唐代大诗人李白、杜甫的诗篇已经不完全适合数百年后读者的审美意识了,诗仙诗圣尚且不能冲破诗歌创作这个法则,那其他人就更不必说了。作者在此揭示了文学的历史发展的规律,强调诗人要争新、创新才能符合时代的步伐的主张。

本诗通篇用赋,直抒胸臆,不用任何典故,但写得鲜明、具体、生动、言简意赅,易于记忆,尤其能引人思考。

咏 史

龚自珍

【解题】

龚自珍（1792～1841），又名巩祚，字瑟人，号定庵，浙江仁和（今杭州）人。三十八岁中进士，先后任内阁中书、礼部主事。道光十九年（1839）四月，辞官南归。道光二十一（1841）年，暴卒于江苏丹阳书院。他精通经学、文字学和史地学，又是著名的思想家、杰出的诗人和散文家。其诗反映了鸦片战争前夕黑暗的社会现实，具有热烈追求理想的精神。文辞清奇瑰丽，别开生面。有《定庵全集》，今人辑有《龚自珍全集》。

道光三年（1823）作者奔母丧回江南。本诗是他服丧期满后一个月，即道光五年（1826）十二月客居昆山时所作。

【正文】

金粉东南十五州，万重恩怨属名流[1]。
牢盆狎客操全算，团扇才人踞上游[2]。
避席畏闻文字狱，著书都为稻粱谋[3]。
田横五百人安在，难道归来尽列侯？

【注释】

[1] 金粉：旧时妇女化妆用品，即铅粉。古典诗歌中常用以形容繁华绮丽的生活。东南十五州：泛指江南地区。恩怨：指男女之间恩惠与怨恨

的感情。名流：名士。
[2] 牢盆：煮盐的器具。这里指掌管盐务的官员。狎客：陪伴权贵游乐的人。操全算：掌握全权。团扇才人：指流连声色的文人。
[3] 避席：古人席地而坐，离开座位，称为"避席"。著书句：这句是说一般士大夫埋头著书，只是为了谋取衣食俸禄。

【鉴赏】

　　这首诗题为《咏史》，意在讽今，针对整个社会风气，特别是文风的浮靡险恶，揭发了时代的弊病。

　　首联以纵横飘忽的笔力指出，一向繁华富庶的东南地区，统治阶层上流社会互相倾轧，上演了多少恩恩怨怨。颔联的"牢盆狎客"谀媚钻营，以帮闲有术而总揽大权，播弄是非而操持政要；"团扇才人"身居高位却百无一能，虚饰风雅以荒忽政事。这两句揭露了政治的腐败。颈联凌厉地描绘出了这个末世的士人们的猥琐。在文字狱的高压下，文人们著书立说全不敢涉及现实，只会拚命钻入故纸堆中搞些无关宏旨的"学问"，以此混些衣食之需。尾联作者引用田横兄弟义不归降、以死殉国的史实，同他笔下的现实对象构成反差强烈的鲜明对照，提醒醉心于功名利禄的文人学士，要保持读书人的节操，不要对清朝最高统治者抱有幻想，也表示出淋漓尽致的刻骨嘲讽。

　　本诗主次分明，将现实描写作为主体对象，其次体现为"史"在诗中始终处于现实描写的附从地位。另外，本诗语言端严整饬，风格遒劲，感情更是慷慨激昂，挥洒恣肆，造语警拔有力。

己亥杂诗

龚自珍

【解题】

  龚自珍逝世前一年就发生了鸦片战争。正是这样的时代,产生了这位近代史上启蒙思想家,他意识到闭关锁国政策行不通了,帝国主义的侵略更加暴露出封建主义衰朽没落的本质。龚自珍感到了这种腐败的气息,他起而"医国"议政,宣传变革。他的思想震惊了醉生梦死中的清朝廷权贵。终因"触动时忌"被贬官。他于道光十九年己亥(1839)南归,在途中写下三百一十五首《己亥杂诗》。下面这首杂诗是他在路过江苏镇江时,应道士之请而写的祭神诗。

【正文】

  九州生气恃风雷,万马齐喑究可哀[1]。
  我劝天公重抖擞,不拘一格降人才[2]。

【注释】

[1] 万马齐喑:形容政治局面的昏馈。
[2] 天公:喻指至高无上的清朝皇帝。

【鉴赏】

  龚自珍这首诗是以祷词形式出现的。如头两句就是赞美雷神、风神，说目前这种万马齐喑、令人窒息的沉闷空气，终究是极其可悲的，必须依靠风神雷神显威，才能使整个大地出现风雷激荡的生气。后二句，作者以"祷祠"者的口吻向玉皇大帝祷告：我奉劝您重新打起精神来，破格地选拔真正有本领的人，降生到人世间来，开创一个充满生机的新局面。

头两句是以自然喻人事，要使中国重新生气勃勃，就得依靠疾风迅雷般的威力，来打破死气沉沉的政治局面。后二句用的是同样的手法，所谓"天公"，明指天上主宰一切的玉皇大帝，实指清朝道光皇帝。他希望清朝皇帝能打破一切旧俗陈规，放手任用各类人才发挥才能，拯救中国。全诗通篇语意双关，表面祈祷神灵，实际上议论人事，利用由风雷震动宇宙的强大力量，引起人们对政治风雷的联想。

这是一首纵论天下事，鼓动性很强的政治诗。这首诗与一般诗歌不同，它既是抒情，又是议论，把深刻的政治思想和生动的艺术形式融为一体，典型地体现了龚自珍诗歌的创作特色。